「おお、お、

の女にする!?」

出雲崎　ねね子
Neneko Izumozaki

Character

シロナガス島への帰還 上

Return to Shironagasu Island
Hyogo Onimushi presents

鬼虫兵庫 —— 著

しろい —— イラスト

登場人物紹介

Character

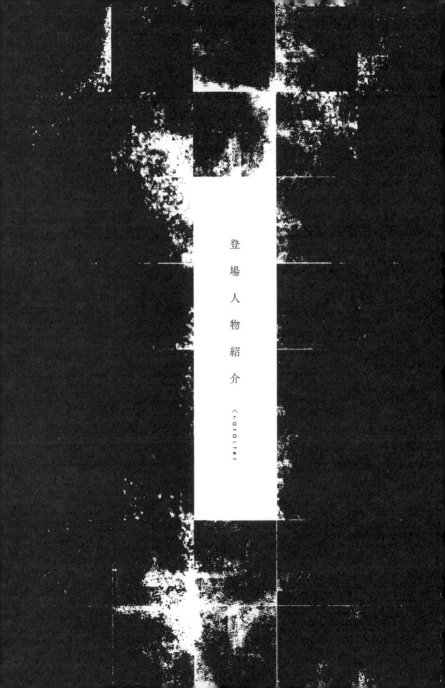

池田　戦

Sen Ikeda

ニューヨークで私立探偵を営む男。
エイダ・ヒギンズの依頼を受け、
シロナガス島へと向かう。
出雲崎ねね子が
気を許す数少ない一人。

出雲崎　ねね子

Neneko Izumozaki

二十数カ国語をネイティブレベルに話すことが
出来る天才少女だが、初対面の人間とは
会話すら出来ない超絶コミュ障。
一度見た光景を完全に記憶、再現出来る
完全記憶能力保持者の為、池田の臨時助手として
シロナガス島へと赴くことになる。酷い吃音持ち。

エイダ　ヒギンズ

Ada Higgins

ニューヨークファイヴタウンズの盟主、
ロイ・ヒギンズ氏の一人娘。
自殺したロイ氏の遺書に残された
シロナガス島への後悔、そして招待状を見た
彼女は池田に父の死の真相とシロナガス島の
調査を依頼する。病弱で顔色が悪い。

アウロラ　ラヴィーリヤ

Aurora lavilla

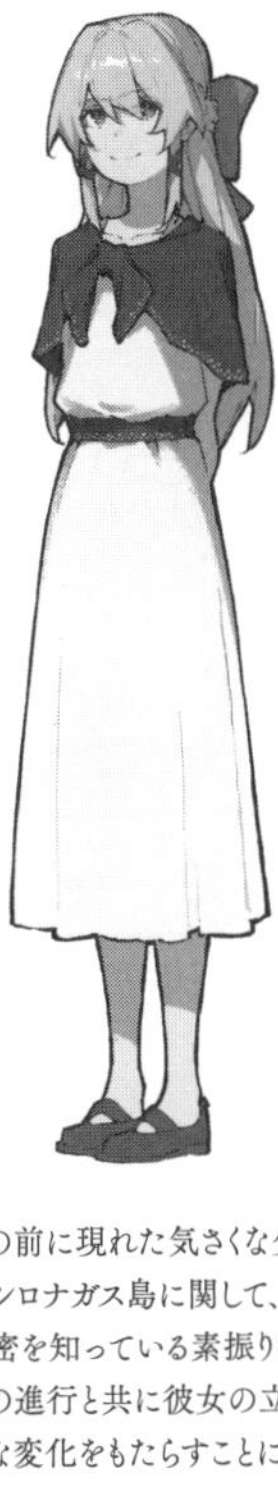

池田の前に現れた気さくな少女。
シロナガス島に関して、
重要な秘密を知っている素振りを見せる。
物語の進行と共に彼女の立場は
急激な変化をもたらすことになる。

リール ベクスター

Riehl Bextor

ワシントン郊外の病院に勤める内科医。
シロナガス島で起きる殺人事件に関し、
検視を行う。叔父の代理で来た為、
シロナガス島に関してはあまり詳しくはない。
酒好き。

ジゼル リード

Gisele Reed

アキラ エッジワースの従者。
何系かわからない
無国籍風の顔立ちの女性。
ミステリアスな雰囲気を漂わせる。

アキラ　エッジワーズ

Akira Edgworth

スコットランド人。
名門エッジワース家の令嬢。
招待状を受け取った父の代理人として
島に訪れる。池田にシロナガス島の謎には
触れないようにと忠告する。
隠された島の実状の一端を知る

アビゲイル　エリスン

Abigail Ellison

シロナガス島、ルイ・アソシエで
働く寡黙なメイド。
感情を表に出さず、
常に職務に忠実であり続ける。
主に客に関する雑用などをこなす。

アレックス　ウェルナー

Alex Werner

代理で島を訪れた少年。
ニューヨークでの
池田の悪評を知っている為、
池田を敵視する。
島の秘密を探ろうとしている。

トマス　ハリントン

Thomas Harrington

かなりの肥満体の男。
ジェイコブとは古くからの知り合い。
シロナガス島の秘密の一端を
知っているが、頑なに隠そうとしている。

ジェイコブ　ラトランド

Jacob Rutland

シロナガス島の秘密の
一端を知る男。
第一の事件が起きた後、
池田に接触を試みる。
度の強い酒を好み、いつも酔っ払っている。

ダン　レイモンド

Dan Raymond

富豪にしてシロナガス島の
管理者的存在。
皆に招待状を送った人物。

ヴィンセント スイフト

Vincent Swift

シロナガス島、ルイアソシエの執事。
かなり切れ者といった
雰囲気を漂わせる男。
ルイアソシエ当主、ダン・レイモンドの
指示に従いシロナガス島を訪れた皆に
レイモンド卿の言葉を伝える。

ノーマン ノース

Norman North

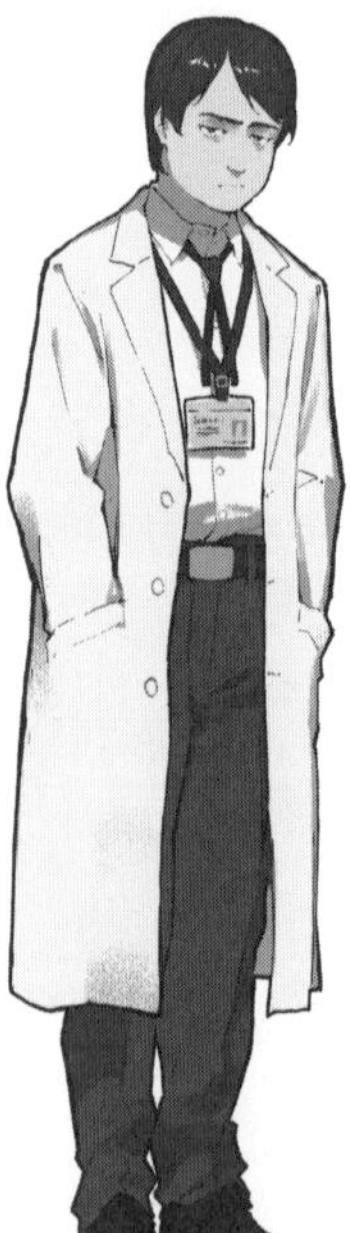

シロナガス島の研究員であり、
優秀な技術者。
穏やかで優しい性格。

第一話
起動する現実世界

」1「

風が窓を震わせていた。

むき出しのコンクリート壁、簡素な二段ベッドが並ぶその部屋は、収容所のような印象を思い起こさせる。二つの縦長の窓から差し込む弱い光以外、明かりは無く、薄暗い。

時折、地鳴りのような音が響く。

二段ベッドの下側に一人の男が眠っている。

口髭を生やし、短髪。背が高く、アジア系だが彫りの深い顔立ち。黒のダークスーツ、紺のネクタイは緩んでいた。

「ハッ……」

その男、池田戦《いけだせん》は、まるで水中から逃れたかのように強く息を吸い込んだ。

見開かれた目はやがて、ズレたピントが合うように定まり、ベッドの裏側の光景を映し出す。

そこに鋭い傷跡が三つ刻まれていた。

「…………」

手を伸ばし、縦に刻まれたその線をなぞる。

何かを示す数字……3。

恐らく誰かがナイフで刻んだものだろう。

そんなことを朧気に考えつつ、池田は身体を起こす。

「ここはどこだ？　俺は一体どうしてこんなところに？」

曖昧な感覚の中、池田は二段ベッドの陰に身を隠し、背中にあるバックホルスターから銃を取り出す。銃に異常がないことを確認した後、そのスライドを引く。

池田は窓際に身を寄せて外の景色を覗き込む。

外には曇天が垂れ込め、黒い海の上には荒々しい白波が走り、この建物の断崖絶壁に白波が打ち付けている。

「俺はこの景色を知っている……」

未だに己の意識が酷く曖昧で定まらない。

ふと空を見上げた時、

「六つの太陽？」

曇天の中、そこにぼんやりと六個の太陽が輝いていた。

異常な光景だが、それは光の屈折などではない。その太陽は確かに六つ、そこに存在している。

「……ッ！」

直後、その場に何かの気配が生じた。

池田は振り向きざま銃を構える。

僅かに間を置いて、部屋の扉を荒々しく叩く音が響く。

次第に音は強くなり、扉を歪ませる程に増幅する。

「誰だ……？」

呟いた直後、それに応じるかのように音は止んだ。

不気味な静寂が辺りを包む。風の音や波の地響きは消え、強い緊張感と共に耳鳴りの音が増幅する。

「……ッ！」

直後、扉は破られた。

ドス黒い水が洪水のように流れ込み、辺りにあるすべての物を飲み込んでいく。

池田は、その半身を水の中に沈めながらも、なんとか体勢を立て直そうとするが、それは叶わない。

「なんだとっ！」

咆哮と共に放った銃弾は、その叫びと共に黒い水へと飲み込まれた。

後にはただ液体が流れる低音だけが残っていたが、やがてそれも止んだ。

…………。

静寂が訪れ。暗闇は完全な無と一体となる。

だがその中、僅かな光が見えた。

『……きて…………起きて……この世界は現実じゃない』

誰かの声。

だが、それはあまりにも遠く、弱すぎる。

『だから、起きて……お願い……。池田……池田戦！』

池田はその声に向かって手を伸ばす。

それは確かに知っている少女の声だった。

」2「

「……ッ！」

池田は水中から逃れたかのように強く息を吸い込んだ。

目を見開くのと同時に、強い光が飛び込む。

その場所、ニューヨーク。ジョン・F・ケネディ空港は、いつもと変わらず、せわしなく歩を進める人混みで溢れていた。

「……眠っていたのか？」

辺りの状況を確認しつつ、同時に池田は自分が何故ここにいるのかを思い出す。

ここには、飛行機で到着したあいつを迎えに来た。

それを頭の中で反芻し、眉間を指で強く押さえつける。

未だに夢の中にいるような曖昧な感覚が残っていたが、池田はそれを無理矢理振り払う。

　ふと、案内掲示板へ視線を向けると、

「まずいな、もうだいぶ過ぎてる」

　既に待ち合わせの予定時刻から二十分近くも経過していることに気づいた。

　普通の人間なら、その程度の遅れは問題にはならないだろうが、池田が待ち合わせしているその人物にとっては、二十分の遅れはかなり致命的な結果をもたらすように思われた。

　池田は慌てた様子でベンチから立ち上がると、目の前にいる黒髪の女性に向かって声をかけた。

「すまない。突然で悪いが、人を探しているんだ。アジア系で幼い娘を見なかったかな？　たぶんそいつ、今頃迷子になって泣いてるんだ。いや、もしかするとショック死してるかもしれない」

　女性は怪訝な表情を返す。

「さすがにそれだけじゃわからないけど……他に特徴は？」

「ああ、以前と見た目が変わってないなら、とてつもなく髪が長い根暗だ」

　黒髪の女性は少しの間、その珍妙な姿を想像しようと努力したようだが、諦めた様子で肩をすくめた。

「見てないわね。そんな凄い見た目をしているのなら、すぐに気づいたと思うわ。インフォメーションセンターにでも問い合わせてみたら？」

「ああ、確かにそうだな。ありがとう」

苦笑を浮かべ答えた後、池田はどうしたものかともう一度辺りを見渡したが、少女の姿はない。

ふと、案内掲示板が目に入る。

『TH　SHA　A　OR　AI　ME　RT　N　KAR　A　O　PA』

そこには出鱈目な文字列が映し出されていた。

画面にシステムエラーが表示されることは珍しくもないが、このように文字の体裁を残したまま出鱈目な表記になるのは珍しい。

文字は再び、不規則に乱れ始め、僅かな後、

『この世界は現実ではない《THIS WORLD IS NOT REAL》』

一つの明確な文章を作り出した。

「なんだこれは……。どうなってる？」

このような表示になるためには必ず人為的な介入が必要なはずだ。

だとするとこれは一体誰の仕業なのか？

考えを巡らせているうち、文章は再び乱れ、僅かな後、通常の表示へと戻った。

先ほどの表示は、時間にして数秒程度だったためか、辺りでその変化に気づいた人間はいない。皆、相変わらず、せわしなくその歩を進めている。

不意に、池田はその雑踏の中にいる一人の少女の姿を捉えた。

池田は小さく頷き、その歩を進める。

「見つけたぞ……」


空港職員は落ち着いた口調で、その少女に向かって声をかけた。

「君は迷子？　どの飛行機でここに来たの？」

「あ……うう……え……ううう……」

少女はそれに対して、言葉かどうかもわからない怪しい声で答える。

少女は背が低く、幼い見た目だ。

その服装は、白襟にグレーの二本線が入った濃紺のセーラー服。膝下まで丈がある深緑色のプリーツスカート。黒タイツにブラウンのローファー。長すぎる黒髪は腰の近くまであり、前髪も顔の左半分を隠している。

それはまるで外部の刺激から身を守る、防衛手段のようにも見えた。

少女は、固く握りしめた手をなんとかほどき、震える手を動かし、身振りで言葉を伝えようとするが、その手はふわふわと身体の前で漂うだけで、妙な踊りにしかならない。

空港職員はその奇妙な踊りを奇妙に思いつつも、質問を続ける。

「親とは一緒？　国籍は？」

「えう……いや……うーうー……」

少女は何も答えられないまま、長い前髪の隙間から覗く鳶色の目に涙を浮かべ、ふがいない自分に苛立つかのようにその場で地団駄を踏み始める。

空港職員は眉を寄せた。

「まいったな、英語が喋れないのか……」

「う、う、うう｜……」

その少女の様子を空港職員の真横からジッと見つめていた池田は、呆れつつ口を開いた。

「おい、ねね子」

ねね子と呼ばれたその少女は池田の姿に気づくと、その身をビクリと跳ね上げる。

「あ……い、池田ぁッ！」

ねね子は、池田にタックルするように抱きつき、そのままカサカサと奇妙な動きで池田の背後へと回り、空港職員の視線から逃れた。

空港職員は池田に怪訝な視線を向けた。

「あなたは？　この娘の保護者？」

「ああ、まあそんなもんだ。俺の名前は池田戦。ブルックリンで探偵業を営んでいる。こいつの名前は出雲崎《いずもざき》ねね子、日本から俺のところに遊びに来る予定になっていた娘だ。心配なら何か証明するようなものでも見せようか？」

「ああ、いやその様子だと確かに保護者なのは確かなようだ……。だが駄目じゃないか。

こんな小さな娘を一人にして」

「おいおい、こいつはこんな見た目だが、もうハイスクールの年なんだぞ」

「ハイスクール？　俺はてっきり……いや、ともかくもう離ればなれになるなよ」

空港職員は困惑した様子を浮かべつつ、その場を後にした。

その直後、

「……いてっ」

池田の背中に衝撃が走った。

ねね子はブツブツと呟きながら、パンチを繰り出している。

「ド、ドスドスドス……」

威力自体は大したことがないが、正確に腎臓打ち《キドニーパンチ》をしてくるのでタチが悪い。

「ああ、悪かったから。そう怒るなよ」

ねね子は池田の前に飛び出し、全身を使って大げさに怒りを表した。

「お、遅すぎるぞ、池田。ふ、ふざけているのか。待ち合わせの予定時刻から千百九十七秒の遅刻だ。いや、今だともう千二百三十三秒の遅刻だ。い、今までどこで油売ってたんだ？　フライドポテト工場にでも行ってたんですかー？」

「俺は到着口のそばにずっといたんだがね……。お前こそどこに行ってたんだ？」

「ボ、ボク？　ボクは池田の姿が見当たらないので心配になって探していたのだ。い、今丁度、空港職員を捕まえて、池田の居場所を聞き出そうとしていたところだ」

「とてもそうは見えなかったが……」

池田が冷めた目つきでねね子を見返すと、ねね子はばつの悪そうな表情を浮かべ、視線を落とした。

「ううう……あ、あいつボクを捕まえて、いっぺんに色んな質問をしてきたんだ。ボ、ボクには会話の難易度が高すぎる。鬼畜過ぎる……」

「はあ……だがお前、確か二十何カ国語をネイティブレベルに喋れるって自慢してたじゃないか？　その能力を生かせばよかっただけの話だろ」

ねね子は再び池田に詰め寄り、地団駄を踏んだ。

「い、嫌味か！　ボクが超絶コミュ障なの知ってるだろ！　初めて会った人とは面と向かって話せないの！」

「ああ、そういえばそうだったな……。まさしく宝の持ち腐れだな……」

そう答えた後、池田はふと先ほどの奇妙な光景のことを思い出し、言葉を続ける。

「そういや、ねね子、お前さっきのあれ見たか？」

「あれ？　あれってなんだ？」

「ほら、空港の発着案内板に妙な文章が表示されていただろ？　気づかなかったか？」

ねね子は顔をしかめた。

「あ、あんな状況下にあったボクがそんなことに気づくわけないだろ……。ちなみに、なんて文章が表示されてたんだ？」

「ああ、確か『この世界は現実ではない』って文章だったかな？　いや、まあいい。どうせ誰かの悪戯か、それとも、ランダムに表示された文字がたまたま意味のある文章になっただけだろう」

　ねね子はハンッと鼻を鳴らし、嘲笑を浮かべた。

「ラ、ランダム表示で文章になるぅー？　ぜ、絶対にそれはない。あり得ない。ランダムで表示される文字がたまたま『この世界は現実ではない』の順番に並ぶ確率知ってて言ってんの？　スペース込みで考えると全二十二文字。それがたまたまその文章になる確率は一載分の一だぞ？　十の四十四乗分の一！　仮に、宇宙誕生から今までずっと毎秒十文字打つ試行を繰り返したとしても余裕で達成不可能なレベルの可能性だわ！　なのであり得ない！」

　そこまで言ったところで、ねね子はその早口をピタリと止め、顔を青くした。

　まるでパソコンがフリーズしてしまったかのようだ。

　池田はねね子の頭を叩いて再起動するかどうか試そうかと思った。

「おい、どうした？」

「う……さ、載とか宇宙とか、壮大過ぎることを考えたら気持ち悪くなってきた……」

「相変わらず難儀な奴だな……。まあいい、ともかく無事なようで何よりだ。このニューヨークにはお前に会いたがっている連中が沢山いるからな。せいぜいゆっくりするといい。駐車場に車を止めているから、それでウチの事務所まで……」

不意に、その池田の言葉を携帯の着信音が遮る。

「ああ待て、電話だ。はい、もしもし」

『池田さんですか？　私です、エイダ・ヒギンズです』

電話口から聞こえてきたその女性の声は、丁重で落ち着いているが、僅かに震えがある。

「ああ、エイダさんか。どうかしましたか？　何か急ぎの用でも？」

『実は大変なことに……ともかく一度、私の屋敷まで来ていただけませんか？』

「ふむ、電話口では話せないような内容……というわけですかね？」

『ええ……そうです。私の屋敷まで来ていただいたら詳細をお話ししたいと思います。お願いです、池田さんだけが頼りなんです。私、もうどうしたらいいのかわからなくて……』

エイダの声は涙混じりで、平静を保とうとするのすら限界といった様子だ。

池田にとっても、そんなエイダの声を聞くのは初めてのことだ。なにか余程の差し迫った事態が起きたに違いない。

「大丈夫。すぐに向かいますので心配しないでください。……では、現地で」

電話を終えると、聞き耳を立てていたねね子が心配そうに覗き込んだ。

「な、なんの電話だったんだ？　なにかヤバそうな雰囲気だったけど……」

「ああ、俺のクライアントからだ。口調から推測して、かなりの問題が起きたらしい。

ともかく一度、お前を俺の事務所の方に降ろして……」

と、池田はそこまで言いかけて言葉を止め、ねね子の方を向いてニヤリと笑みを浮かべた。

「いや待てよ。この件は案外、お前のあの能力が役立つかもな」

「な、なに？　なんか嫌な予感がする……」

ねね子は不安げな表情を浮かべ、ジトッと湿った視線を返した。


「　3　」


池田達は、空港の南東に位置するファイブタウンズへとたどり着いた。

ファイブタウンズは南北戦争で富を成した富豪達が移り住んだ街で、全米でも屈指の豪邸が建ち並ぶ場所として知られている。緑豊かで閑静な場所だ。

池田達が訪れたエイダの屋敷もそういったものの一つで、広大な敷地に生い茂る木々は、森と形容する方が適切に思える程だった。

車から降りたねね子は、その中央に鎮座する白色の豪邸を半ば呆れたような様子で見上げた。

「で、でかい屋敷だなぁ……」

池田は、その言葉に頷きつつも、チラリと敷地の隅に視線を向ける。

「だが、少し似つかわしくないものがあるな」

視線の先にいたニューヨーク市警のパトカーは池田達と入れ違いになる形で敷地を後にしていった。

「パ、パトカーがいるとか……中に怖いこととかないだろうな？」

「さてね、どうかな？」

池田が屋敷の玄関扉をノックすると、半泣きの様子のメイドが現れ、声を上げた。

「ああ！　池田さん！　お待ちしていました！」


ねね子は案内された書斎の中でクンクンと鼻を鳴らす。

「こ、ここ、なんか塩素臭くない？　あと暑いし。なんか嫌な感じがする……」

「塩素臭く感じるのは同感だ。暑いのも確かだが……。お前の場合はそんな冬服なんかを着ているからだろ。今は七月だぞ？　見ているこっちまで暑くなってくる」

「そ、それにしたってちょっと暑いと思うけどなぁ……」

池田は天井に設置されたエアコンの吹き出し口に手を伸ばすが、そこからは勢いよく冷風が吹き出している。

「だがエアコンはちゃんと利いているようだ。ということは俺達がここに入るまで窓が開けられていたんだろ。もしかすると、直前までこの塩素の匂いを逃がしていたのかもな」

「そ、そういや、そもそも池田はなんの依頼を受けてたんだ?」

「ああ。俺はこの屋敷の主、ロイ・ヒギンズ氏の素行調査を行っていた。娘のエイダさんからの依頼でな。なんでも最近、ロイ氏は何かに酷く怯えるようになっていたらしい。脅迫か、あるいは身辺の異常か、ともかくそれを探ってほしいというのが依頼の内容だ」

「そ、それと、この不気味な感じはなんの関係があるんだ?」

池田は「ふむ……」と顎に手をやり、辺りを見渡す。

「依頼と直接の関係があるかはわからないが……」

書斎の北の壁には縦に長い窓があり、壁際には書き物が出来る程度の小さな机、そして整然とした中で妙に無造作に置かれた椅子がある。

天井からは太いケーブルで吊り下げられたシャンデリア、それ以外の面の壁には天井までの高い本棚が連なる様は、いかにも美しく整えられた書斎といった風だが、北の壁には、その場に似つかわしくない不気味な絵画が飾られている。

池田はそれらを一瞥した後、身をかがめ、ローテーブル下にあるカーペットの匂いを嗅いだ。

「塩素の匂いはこのカーペットからだな。それに、ローテーブルの脚とカーペットのへこみが僅かにずれている。乱雑に置かれた椅子。太いケーブルで吊られたシャンデリア……。どうやら状況が見えてきたようだぞ」

ねね子はぽかんと口を半開きにした。

「な、なにが？」

「お前、自分で天才天才と言いふらしてる癖にこういうのは苦手なんだな。この状況から導き出される答えがわからんのか？」

ねね子は目をジトッと細める。

「む、むかつく……塩素臭いのとカーペットのへこみがずれてるのになんの関係があるんだ？」

池田は僅かに間を置き、真剣な表情で口を開く。

「首吊り自殺だ。ここにいた何者かは、ローテーブルを動かし、あの椅子を使って天井から伸びるケーブルにロープをかけ、そして首を吊ったんだ。塩素の匂いが漂っているのは、自殺した際に漏れ出した汚物を洗浄したためだろう」

ねね子の顔がサッと青ざめた。

「く、く、首吊り自殺？　あわわわ……な、なんでそんな縁起の悪いところにボク達を呼んだりしたんだ。ひ、非常識過ぎる」

「そうだ、それにこそ意味があるはずだ。わざわざ俺達をここに案内したということは何らかの意図がある。問題はそれが何なのかだが……」

直後、書斎の扉からノックの音が響き、池田は言葉を止めた。

「失礼します」

「ああ、エイダさんか」

書斎に現れたその女性、エイダは美人ではあるが、何かに怯えるようなその表情はいかにも薄幸という印象を受ける。

ブロンドの髪を中分けにし、ベージュの薄手のカーディガンを羽織り、震えを抑えるように左手で身体を押さえている。その表情は青ざめ、今にも卒倒しそうな様子に思えた。

「あ……ヒッ……ううう……」

ねね子はぎこちない動きで池田の後ろに隠れる。

だがエイダは、そのねね子の珍妙な姿に対しても反応を見せないどころか、存在すら目に入っていない様子だ。

「すいません、お忙しいところおよびだてして。それと、聞き耳を立てる気はなかったんですが……」

池田は気まずそうに視線を落とす。

「ああ、これは失敬。すいません、随分と失礼なことを言ってしまったようで……」

「いえ、池田さんの推測通りです。確かに父はこの場所で首を吊って死んでいました……。状況から見て、間違いなく自殺だという話です」

「ご心中お察しします……。エイダさん、これは一応の確認ですが、あの調査を続ける考えに変わりはありませんか？　ロイ氏が亡くなった以上、調査を続ける意味合いは薄れてしまったわけですが……」

ロイ・ヒギンズが何かに怯えていたとしても、当人が死んでしまったのでは調査する意味はない。真相を突き止めたところで、もはやその問題は解決することはなく、それどころか死者にとって不都合な情報を暴いてしまう可能性すらある。自ら命を絶ってまで隠そうとした真実など、大抵はろくな物では無いだろう。

だが、エイダは悲壮な表情を浮かべ、頷いた。

「ええ……お願いします、捜査を続けてください。私は父が怯えていたその理由、そして、父を自殺へと追いやったその何かを知りたいのです。たとえ、そこに不都合な事実があったとしても、私はその答えを知りたいんです」

「……わかりました。それでは調査を続行しましょう」

「恐らく、父は誰かに脅迫されていたんだと思います。その証拠があるとしたら、それはきっとこの書斎の中にあるはずです。父が何かを隠すとしたらこの場所しか考えられないですから……」

「なるほど……」

池田はしばらく思考を巡らせた後、背中に張り付いているねね子の腕を引っ張り、それを引きずり出した。

「イビャッ！　な、なんだ！　急に引っ張るな！」

「どうやらお前の出番のようだぞ」

池田は内ポケットから写真を取り出し、机の上に広げる。

ねね子は怪訝な表情を浮かべた。

「な、なんだこれ？」

「これは以前、エイダさんに許可をもらってこの書斎の中を撮影した写真だ。これを頭の中に入れろ」

「な、なんでボクがそんなことを……。ま、まあ一応は見るけど……」

ねね子は渋々テーブルの上に写真を並べ始める。

そして、それらをパズルのように組み合わせた後、ジッと視線を向け動きを止めた。

エイダは、そのねね子の行動を気にしつつも、池田に声をかける。

「……それと池田さん。父に関してほんの少しだけ気になったことがあるんですが……」

「なんでしょう？　いや、この手の調査にはそういった些細な情報こそが役に立つことがあるんです。教えてくれませんか？」

「実は以前、この書斎でまどろんでいた父が酷くうなされているのを見たことがあるんです、その時の言葉が奇妙で……『内臓に気をつけろ』確かそんな言葉を言っていたように覚えています」

池田の片眉がピクリと動く。

「内臓に気をつけろ？　その言葉がエイダさんに向けられたものだったという可能性は？」

「いえ、それは私に対する言葉ではなく、どこか恐ろしげな怒っているような口調だったと思います。あまりにもいつもの口調と違うので記憶に残っていたんです」

『内臓に気をつけろ』か、どういう意味だろう？」

考えを巡らす中、ねね子が池田の脇腹に写真を押しつけ「フン」と鼻を鳴らした。

「ほ、ほら……終わった」

「お、流石に早いな。早速だが、写真とこの部屋を見比べて変化した場所を見つけ出してくれ。そこからきっと脅迫状のようなものが見つかるはずだ」

「そ、そんなもの本当に見つかるのかなぁ。き、気が乗らないなぁ……」

ねね子はあからさまに不満げな表情を浮かべてぐずぐずと文句を垂れた後、その場でピタリと動きを止めた。

顔を斜めに傾け前髪の隙間から両目を覗かせ、ジッとその書斎の中を凝視する。

それまでねね子の存在に触れようとしなかったエイダも流石に困惑の表情を浮かべ池田に向かって口を開いた。

「あの……彼女は一体何を？」

「ああ、実はこれはこいつの特技でしてね。一度見た光景を完全に記憶することが出来るんです。その能力を生かして、以前撮った写真を頭の中で再構築し、変化のあったところをあぶり出すという寸法です」

「完全記憶……ですか」

ねね子は顔をしかめ妙なポーズのまま動きを止め、

「へ、変なプレッシャー与えないでほしいなぁ……」

そう言った後、机の上を指差す。

「ぺ、ペンの位置が動いている。あと、便せんが一枚破られている。机の上にある地球儀は以前、アメリカ大陸が前になってたのに、今は太平洋が前になってる」

池田は机の上の便せんを手に取る。

確かに、その便せんの上部には最近破られたであろう鋭い切り口が残っている。

「便せんとペンは何かのメモを取ったということなんだろうが……地球儀が動かされたのにはなんの意味が？」

「そ、そういうややこしいことは池田の方が考えてくれ。ボクは変化した場所を探すだけなので……」

ねね子はゼンマイ仕掛け人形のようにぎこちなく身体を揺らしながら向きを変えていく。そして、あの奇妙な絵画の方を向いて、ピタリと動きを止めた。

池田もそれに視線を向ける。

「その絵がどうかしたのか？」

その絵画は、ドクロのマリアが死んだ赤ん坊を抱き、それを蛇のような生物が見つめている奇妙なものだ。豪邸に飾られる絵としてはあまりにも不気味過ぎ、似つかわしくない。

「い、いや……別に変化とかはないけど、気味悪いなぁと思って」

「おいおい、エイダさんの前で失礼だろ」

池田は顔をしかめて言ったが、エイダは慌てた様子で首を振った。

「あ……いえ、私もこの絵はあまり好きではないので……」

そのエイダの表情を見る限り、特にねね子をかばったわけでもないらしい。

だが、だとするとロイ・ヒギンズは、わざわざ自分の娘が嫌うような絵を書斎に飾っていたことになる。

「この絵は以前からあるんですか？」

「ええ、私が物心ついた時には既にあったと思います。ですが、この絵の由来などは知りません。子供の頃からずっとこの絵が苦手で、書斎に入るのが怖かったんです」

「なるほど……」

自ら死を選んだ大富豪。

最後の場として選ばれた書斎。

そこに飾られていた不釣り合いな絵画。

「死んだ赤ん坊、ドクロのマリア、それを蛇のような生物が見ている絵か……」

ねね子が池田の背中をつついた。

「へ、蛇ではなくて、ダルマザメ」

「ん？　なんだって？」

「だ、だからダルマザメだってば。ツノザメ目、ヨロイザメ科、学名『Isistius brasiliensis』。す、鋭い歯でくり抜くように肉を食べる気持ち悪い深海魚……」

池田は改めてその生き物を見返す、確かにそれは鮫のようにも見える。

「ダルマザメか……。だが、なんでわざわざそんな奇妙なモチーフを選んだんだろうな？」

ふと、池田は絵の中央に薄く白い三角形が描かれていることに気づいた。

「この三角形は何だ？　なにかのシンボルマーク？　それとも、記号化された山かなにかか……」

ねね子の方は既に絵に興味を失った様子で、更に回転を繰り返し、左の本棚へと身体を向ける。両手を突き出し、指でフレームを作り、本棚に狙いを定めるかのようにジッと見つめた後、本棚の上の方を指さした。

「こ、この本、シェイクスピア全集、第四巻が三ミリずれてる」

池田は写真と本棚を見比べる。

「他のもんは理解出来たが、この本動いてるか？　俺にはまったく同じようにしか見えんが……」

ねね子はニヤリと陰気な笑みを浮かべ、口を開いた。

「こ、この程度の違いもわからないなんて無能だな。む、無能池田」

池田の眉間に皺が寄る。

初対面の人間に対してはあれほど弱気であるのに、気を許した相手にはとことん態度がでかくなる。

ねね子は更に調子づき、池田の周りをニワトリのようにトコトコと回り始める。

「ちょ、超天才のボクにかかればこの程度朝飯前。だが、残念ながら、無能池田ではこの些細な変化を見つけ出すことは到底出来なかっただろうな。む、無能だからなぁ……」

「…………」

奇妙な動きで毒づくその様と、ニワトリの姿が、池田の脳内でリンクする。

ニワトリだと思えば多少は可愛げがある。

とも思ったが、やはりムカつく。

ニワトリは更に周回する。

「そ、そんな無能で生きづらくない。五十円やろうか？」

「御託はいいから、さっさとその本を取れ」

「し、仕方ないなぁ……」

ねね子は意気揚々と手を伸ばしたものの、その本には到底、届かない。

背伸びをしても、まだ二十センチ近く離れている。

「うう……た、高い……」

あれほどに挑発した手前、今更池田に頼ることも出来ないのか、ねね子はどう考えても無謀な挑戦を繰り返す。片足立ちになって目一杯手を伸ばすが、それでもまだ遠い。

「……俺が取ってやるよ」

池田はねね子の頭越しに手を伸ばし、シェイクスピア全集の四巻を引き抜いた。

だが何故かシェイクスピア全集を持った池田の手は謎の力によって引き寄せられ、ねね子の頭に落下してしまった。

「プギャッ！」

ゴム製玩具を叩いたような声が漏れた。

ねね子は首をすぼめ、ライオンが襲いかかるような格好で硬直する。

「あ、すまん。手が滑った」

「わ、わざとだ！　絶対わざとだ！　あ、頭にたんこぶできた！　身長が七ミリ縮んだ！　馬鹿！　死ね！　訴訟も辞さない！」

不意に、池田が手にしていた本から数枚の紙がこぼれ落ちる。

「……ん？　待て、何か落ちたぞ」

池田が拾い上げたそれは、一枚は白いシンプルな封筒、もう一つは三つ折りにされたクリーム色の便せんだ。

広げた便せんには、震える筆跡が走っている。

「……ッ！　当たりだ！　こいつはロイ氏の遺書だ！」


『どうやら私は、あの忌まわしき悪魔からは逃れることが出来ないようだ。

いや、その元凶が私の罪であることは明らかだ。

私は決して許されないことをあの地『シロナガス島』で行ったのだ。

あるいは、私もあの光景さえ見なければ、このような罪の意識に苦しめられることもなかったのかもしれない。だが最早、それは不可能だ。

あれを見てしまった以上、私はシロナガス島の悪魔そのものなのだ。

だが、エイダ。信じてくれ。私は、私の中の正義に従い、行動した。

その行為には後悔はあるが、その結果に対しては決して後悔はない。

先立つ私を許してくれ。

ロイ・ヒギンズ　七月二十三日　記す』

池田は怪訝な表情を浮かべる。

「署名と日付から考えて、これはロイ氏の遺書に間違いない。だが、決して許されないことをあの島で行った？　あの光景さえ見なければ？　一体、彼はそこで何を見たんだ？」

だが、それらの中でもひときわ目を引いたのはその島の名前だ。

「シロナガス島か……。聞いたこともない島だな。それに奇妙だ」

ねね子は自らの頭をさすりながら覗き込む。

「シ、シロナガス鯨の英名は……『ブルーホエール』学名は『Balaenoptera musculus』。そ、その両方でもなく和名の『シロナガス』だなんて、確かに妙だなぁ……」

「ふむ……。もう一つの封筒の方はどうだ。こっちは脅迫状の類いなんだろうか？」


『拝啓、ロイ・ヒギンズ氏。

例の件で重大なる懸念が発生。

航空チケット、及びウナラスカからの船を手配。

諸経費として一万ドルの小切手を同封。

なんらかの事情で本人の来訪が不可能な場合、代理人可。

その場合、肉親等『絶対に信用のおける人物』であること必須。

スケジュールに関しては別紙に記載。

秘密厳守。

来訪不能の場合、重大なる結果を招く恐れあり。

詳細は『シロナガス島』にて。

至急、来られたし。

シロナガス島　当主　ダン・レイモンド』

その手紙は、印刷された文章の下に、直筆の署名があるだけのシンプルなものだ。内容も箇条書き程度で必要最小限のことしか書かれていない。

封筒には手紙の他、航空チケット、そして一万ドルの小切手が同封されていた。

「まさか脅迫状ではなく、招待状とはな……。だが、この招待状がロイ氏の自殺の引き金になったとみて間違いないだろう」

「た、確かに妙だなぁ。それに一万ドルの小切手同封って、どんな金持ちなんだ……」

「実に景気のいい話だが、それだけに不気味だ。『例の件で重大なる懸念が発生』か。この何かがロイ氏を自殺に追いやったに違いない。触れるのも嫌になる過去、保身に関わる……金、あるいは……」

池田はそこまで言ったところで、間近にエイダがいることを思い出し、言葉を止めた。気まずさを誤魔化すように、コホンと咳をつく。

「エイダさん。この差出人、ダン・レイモンドとシロナガス島という名に関して心当たりはありませんか？」

エイダは首を振る。

「いえ、もしかするとそのレイモンドという方は父の友人なのかも知れませんが、思い返してみても、そのような名前は聞いたことがないと思います。シロナガス島という名も変わった名前ですし、聞いていたら覚えていると思うのですが……」

「招待状に記載されていたウナラスカは、アリューシャン列島にある都市の名です。この地域に近い場所などに何か心当たりはありませんか？　例えばロイ氏が旅行をしたことがあるとか……」

「アリューシャンに近いというと、そうですね……。父は時々、アラスカに趣味の釣りをしに行くことがありましたが……。すいません、それ以上のことは……」

釣りと偽り、その島に向かったのだろうか？

そして、家族にも秘密にしていた、何者かと会っていた。

あの不気味な絵画に描かれた三角形は、その島を示すものだったのかもしれない。

そして、動かされていた地球儀も、太平洋ではなく、アリューシャン列島を示していたのだろう。きっとそのどこかにシロナガス島はある。

パラパラとシェイクスピア全集をめくっていたねね子は、そこに何かが貼り付いていることに気づき、声を上げた。

「……ん？　な、なんか本の中に貼り付いてる」

ねね子が剝ぎ取ったそれはICチップ付きのカードだ。

カード表面中央には『隔離区画レベル2』、下の方にはロイ・ヒギンズの名前がエンボス加工で打ち込まれている。

「隔離区画……とは少々穏やかじゃないな。どうやらクレジットカードの類いではなさそうだ」

ねね子からそのカードを受け取った池田は怪訝な表情を浮かべた。

それは当然、一般人が手にするような類いのものではない。

「エイダさん、このカードを預かってもいいですか？　少し調べてみたいんですが……」

「あ、はい……。大丈夫です。お願いします」

エイダはそう答えた後、酷く思い詰めた様子で押し黙る。少しの間を置いた後、池田の目をジッと見つめ、切り出した。

「あの……これは、ぶしつけなお願いになるのですが……。池田さん、その島に行って父の真実を確かめて頂けませんか？　その一万ドルはそのまま経費としてお渡しします。お願いです。私はその真実を知らないといけない、そんな気がするんです」

池田は、そのエイダの真剣な目を見返しつつも、その顔に難色を浮かべた。

「それは難しいですね……。依頼を受けたいのは山々なんですが、この島に行くとなるとロイ氏の信用のおける人物を装う必要が生じます。果たしてアジア系の顔立ちである私が信用されるかどうか……。恐らくは信用されず、歓迎もされないでしょう。信用がおける人物、例えばロイ氏の親族を装うのならば、白人男性である方が適任かと思われます。丁度、私の知り合いに白人の腕利きの男がいます。その男を紹介しますよ」

「え……いえ、でも……出来れば私は池田さんにお願いしたいのですが……」

困惑の表情を浮かべるエイダをよそに、ねね子は意味もなく本のページをめくっていたが、やがて池田に興味なさげな視線を向けた。

「こ、ここまでお願いされてるんだから、依頼受けたら？　どうせ暇だろ？」

「やかましい。俺も何か手がないか考えているところだ」

エイダは僅かに考え込んだ後、その頬を赤らめ、口を開く。

「でしたら……こういうのはどうでしょう？　私が池田さんの妻になるというのは？」

そのエイダの言葉を聞いたねね子は思わず身体を跳ね上げた。

「……え？　う、うえぇぇっ⁉」

だが、池田の方は冷静だ。

「ふむ、それはエイダさんの夫を装うということでしょうか？」

「ええ、そうです。私は病弱であまり社交界にも顔を出さないので、池田さんが夫を装ってもそこまで疑われることはないと思います。それでいかがでしょうか？」

「なるほど……。それによって信用されるかどうかは未知数だが、可能性はある……」

偽の情報を流し、情報の補強をすれば、赤の他人よりは信用されるだろう。

そこまでの提案をされて引き下がる道理はない。

池田は覚悟を決めた。

側のねね子はそれまで傍観を決め込んでいたが、突如、ハッと目を開きその場で雷に打たれたかのように硬直し、手から本を落とす。

「あっ！　ちょ、ちょっと待って。そういえば、池田がその島に行った場合、ボクはどうなるんだ？」

「留守番に決まってるだろ」

「る、留守番っ!?　池田の周りにいる奴らとかみんなおかしな奴らばかりじゃないか！　そんな連中に囲まれて留守番なんて寒気がする！　嫌だぁ！」

池田はねね子の顔をまじまじと見返す。

一瞬、タチの悪い自虐ネタを言っているのだと思ったがどうやらそうではないらしい。

「自分は勘定に入ってないのか……」

「や、やっぱりさっきの無し！　行くのは止めた方がいいと思う！」

「悪いな、俺の意思はもう固まったんだ」

エイダは顔をパッと明るくした。

「池田さん！　では……」

「ただ一つ、条件があります。私が戻るまでロイ氏の死は公にしないでください。それが露呈すればどうやっても信用されないでしょうから」

「わかりました。約束します」

「では……。行きましょう。その『シロナガス島』へ」

ねね子は呆然と立ちすくみ、視線を宙に漂わせ、

「あ、あう……。だ、駄目……駄目なのにぃ……」

そうポツリと呟くだけで精一杯だった。

」4「

ベーリング海は酷く荒れていた。

垂れ込める曇天の下では、身を切り裂くような冷たい風が吹き荒れ、黒々とした海が渦を巻いている。

今は七月だというのに、外気温はたったの五度しかない有様だ。

アリューシャンは一年を通し、晴天に恵まれるのは十日程度で、大抵は曇りか嵐のような日が続く。この荒天でも、普段よりは幾分穏やかな程だという。

あれから一週間後、池田はニューヨークからシアトル経由でウナラスカへと飛び、今はシロナガス島へ向かう船上にあった。

船は個人所有のプライベート船ではあるが、その大きさは数百人乗りのフェリーと同等サイズの巨大さである。

「駄目か……」

池田は手に持っていたGPS機器に反応がないことを確認すると、ため息を吐き出し、それをポケットの中へとしまい込んだ。

恐らく、この船にはGPSジャマーのような物が搭載されているのだろう。

「それほどに島の位置を知られたくない理由があるのか?」

チリチリとした強い緊張感が漂う。

池田の身体がひとりでにぶるりと震えた。

「中に戻るか……。ここは寒すぎる」

船内に戻った池田はその心地よい暖かさを感じつつも、本来今の季節は夏であることを思い出し顔をしかめた。

「体温調整機能がおかしくなってしまいそうだな……」

船内はホテルのエントランスと勘違いする程に煌びやかだ。

高級そうなソファとテーブルが並び、奥にはグランドピアノ、数々の酒が並ぶバーカウンターまで設置されている。

今のところ、他の招待客は見当たらない。

池田は船内のソファに腰を下ろそうとするが、ふと、そこに得体の知れない黒い物体が打ち上げられていることに気づき、慌ててその動きを止めた。

黒い物体から声が漏れ出す。

「う、ううう……」

池田はその人の声に似た呻き声を聞いて、やっとそれがねね子であることに気づいた。

「うぇー……」

再びねね子から苦しげな嘔吐き声が漏れた。

ただでさえ長い髪であるのに、ソファの上で身をよじっているためにそれが乱れに乱れ、今では巨大な昆布か、あるいは大量の毛の塊のようにしか見えない。

「……かなり大きな昆布だが、あまりいい出汁は取れそうにないな」

池田が嫌味を言うと、髪の毛から伸びた足が池田の膝を打った。

「い、池田……こ、殺す」

「ああ、ねね子だったのか。あまりその格好のまま喋らない方がいいぞ。他の客がショック死するからな」

「う、うう……うるさいぃ……」

結局、ねね子は留守番とシロナガス島へ向かうことの二つを天秤にかけ、池田についていくことに決めたのだ。

池田も、ねね子を得体の知れない島に連れて行くことには抵抗があったが、島でなんらかの異変が起きた場合、ねね子の能力が頼りになることは間違いない。

それに、池田単独で潜入するより、いかにも頼りにならなさそうなねね子が同行すれば、周囲からの警戒心も幾分和らぐだろう。

ねね子はその身体をゆっくりと回転させて仰向けになると、池田を潤んだ瞳で見上げる。

涙や涎や鼻水が垂れ流されるままになっているため、酷い有様だ。

「ボ、ボクが生死の境をさまよっているというのに、おちょくる奴がいるか。うぇ……」

「船酔い程度で大げさな……。なあ、せめて涎と鼻水を拭けよ。ばっちいぞ」

ねね子は垂れた鼻水をずびっと吸い込む。

「ふ、拭く気力がない……」

「やれやれ……一応の再確認だが、俺はエイダさんの婿養子の太郎・ヒギンズ。お前は年の離れた妹ってことになってるんだ。そいつを忘れるなよ」

「そ、それかなり無理ある設定だろ……。それになんで偽名なんて使う必要があるんだ？」

「これでも俺はニューヨークでは結構知られた名でね。本名だとピンとくるやつがいるかもしれない。用心するに越したことはない」

「じ、自意識過剰だと思うけどなぁ……」

ねね子が呆れた声を上げた直後、その場に二人の女性が姿を現した。

池田はその二人に向き直り、ねね子は身体を反転させて昆布擬態モードへと移行する。

先に金髪の少女の方が口を開いた。

「あら？　先ほどはお見かけしなかった方ですわね。どうも初めまして、私はアキラ・エッジワース。こちらは従者のジゼル・リード」

アキラと名乗ったその少女はかなり若く、ねね子と同い年くらいのように見える。

ブルーの大きな瞳をした美人だが、つり目でいかにも我が強そうな印象だ。

白い肌に綺麗に整えられた長い金髪。前髪は右側に横分けにされており、それを二つの髪留めでまとめ、黒色のカチューシャをつけている。白シャツにダークグレーのベストとロングスカート。首元には赤いリボン。

シンプルな服装だが、その着こなしはどことなく品を感じさせる。

アキラという名前は、日本人では男性、女性にも使われる名称だが、海外の場合だとスコットランドか、またはその系譜で使われることが多い女性名だ。恐らく彼女もその関係なのだろう。

アキラの側に控えるジゼルという従者は、褐色の肌だが、いまいち何系なのかわからない。

服装はダークグレーのスーツ、タイトスカートと黒のストッキング。白シャツに灰色の石が飾られたシンプルなタイピンを付けている。

かなり地味なようにも思えるが、主人を引き立てる従者の服装としてはこれで正解なのだろう。

顔立ちは美人だが感情が薄く、癖のある長い黒髪とも相まってミステリアスな印象を受けた。

「ああ……こりゃどうも。俺は太郎・ヒギンズだ」

アキラは池田にジッと品定めするかのような視線を返す。

「ああ、あなたがあのヒギンズ氏の……。お噂はかねがね聞いていましたわ。どうぞ宜しく」

いかにも不審がっているその様子を見て、池田は内心ヒヤリとした。

事前に入念な偽情報を流していなければ、この時点で露呈していたかもしれない。

アキラは続ける。

「ヒギンズさんは、どこまであの島のことをご存じなのかしら？　何故、ロイ・ヒギンズ氏本人ではなくあなたがこの島に？」

「父上は先頃体調を崩されてね。代わりに俺を差し向けたってわけさ。どうやら、幸いにも俺は信用されているらしい。いや……というより、信用のおける人間が俺ぐらいしかいなかったといった方が適当かな？　金持ちは敵が多いのが世の常だ。わかるだろう？」

アキラは薄い笑みを浮かべた。

「ええ、それは勿論。私の父も余程に敵が多いようですわ。病気で死にかけているというのに、まだ地位や名誉にすがっているようですし。ほんと滑稽」

そこまで言ったところで、隣に控えていたジゼルが無表情なまま声を上げた。

「アキラ様、その程度になされた方が……」

アキラはわざとらしく「あら」と口を覆う仕草を見せた。

「失礼。口が過ぎたようですわね。ロイ氏の病気が早く良くなるように祈っていますわ」

「ありがとう。伝えておくよ」

「では、失礼」

そのまま二人ともこの場を後にするかと思われたが、その途中でアキラだけが踵を返し、

「ああ、忘れてましたわ。一つだけ忠告を」

池田に身を寄せ、耳打ちをする。

「あの島のことを知らないのなら深入りはしないことね。命を縮めるわよ」

池田は怪訝な表情を浮かべる。

「どういう意味だ？」

「そのままの意味よ。余計な詮索はしない。それが長生きの秘訣。ではごきげんよう」

アキラはわざとらしく言った後、その場から立ち去っていった。

しばらく間を置いた後、

「な、なんか嫌味な女だったなぁ……」

擬態していたねね子がもぞもぞと身体を動かしながら言った。

池田は思わずその身を震わせた。

「ビックリさせるな……その格好のまま喋るなと言っただろ」

「あ、あいつ絶対に性格悪いぞ。気をつけろ……」

「そんなこと言われなくてもわかっている。ところで船酔いの方は大丈夫なのか？」

「…………」

ねね子は池田の方も向かず、ソファに顔を押しつける。

「おい」

僅かに間を置いた後、

「吐く寸前……」

酷く弱々しい声が漏れた。

「ええい、クソ。待ってろ今、バケツのような物を持ってきてやる」

丁度、池田がその場を離れようとした時、

「大丈夫？　吐きそうなの？」

一人の女性が現れ、ねね子に寄り添って声をかけた。

女性がねね子の背中をさすったのと同時に、ねね子の身体は強烈な電気ショックを受けたかのようにビクンと跳ね上がる。

「……ッ!!」

女性は、打ち上げられたマグロのようにビクビクと身体を震わせるねね子の動きを見て、伸ばした手を慌てて引っ込めた。

「あ、ごめんなさい。触られるの嫌だった？」

ねね子はそれに答えることもなく、身体をバタつかせながら池田の足を三回蹴り上げる。

恐らく「どうにかしろ」という意思表示だろう。

「ああ、悪いね。こいつはあまり人に慣れていないから、触られたりするのが苦手なんだ」

　女性は苦笑いを浮かべた。

「ごめんなさい。なんだか気に障ることしちゃったみたいね。あなたはこの子の親族かなにか？　……あ、私の名前はリール・ベクスター」

　リールと名乗ったその女性の服装は、紺のジャケットに胸元の開いた白のタンクトップ、ダークグレーの短めのタイトスカートに黒のタイツを着ていた。

　目と髪の色はブラウンで、髪の長さは肩にかかる程度のミディアム。

　すらりとした印象で仕事の出来るキャリアウーマンといった印象を受ける。

「太郎・ヒギンズだ。こいつは俺の年の離れた妹で出雲崎ねね子」

　リールはその池田の言葉を聞いて、パッと表情明るくした。

「ああ！　ヒギンズさんっていうと、あの大富豪の？　お目にかかれて光栄ね」

「なに、俺は単なる婿養子さ。ところでリール、悪いが何か袋みたいな物を持ってないか？　見ての通り、こいつ吐きそうなんだ」

「ビニール袋なら。それに酔い止めもあるけど。でもたぶん、一度胃の中の物を全部吐いちゃった方がいいわよね。はい、ねね子ちゃん。ビニール袋」

　ねね子は青ざめた顔でビニール袋を受け取り、それを口元へと寄せる。

「ううう……」

「大丈夫、全部吐いちゃっていいわよ」

リールはさっき言ったことをもう忘れてしまったのか、ねね子の背中を再びさすり始める。

だが今回は、ねね子も反応する余裕がないのか、拒否反応を示さない。

というより、リールの手際がいいのだろう。

「随分手慣れているな。リールはもしかして医者か、看護師か何かかな?」

「あら、正解よ。まあ、ワシントンの小さな個人病院の雇われ内科医だけどね。それにしてもよくわかったわね。もしかしてヒギンズさんは探偵かなにか?」

池田は内心ギクリとしつつも、

「まさか。しがないホワイトカラーだよ」

肩をすくめてそう答える。

「それにしてもよかったわ、ヒギンズさんが気さくそうな人で。こんなこと言っちゃ失礼だけど、この船に乗ってる人達ってなんかピリピリしてて近づきがたいのよね」

「リールもあの招待状を受け取ってこの船に?」

リールは苦笑する。

「まさか。本当は招待状を受け取ったのは叔父だけど、急病で来られなくなったから私が代理で来ることになったの。まあ、旅費と宿泊費タダであの有名な『ルイ・アソシエ』に泊まれるって話だしね。普段は嫌な叔父だけど、今回は随分気前が良かったわね。

珍しく」

「ルイ・アソシエ？」

「知らないの？　ルイ・アソシエっていうのは、レイモンド卿が建てたホテルの名前よ。絶海の孤島にあるのに五つ星ホテル並みの施設を備えてて、限られたセレブしか行くことの出来ないホテルだって、有名なのよ」

「なるほど、ホテルね……」

だが、これほどの絶海の孤島に高級ホテルとは、随分と不釣り合いな話だ。

本来そのような施設は需要と供給が釣り合わなければ成り立たないはずだ。その島シロナガス島にはそれ程に人を惹きつける魅力があるとでも言うのだろうか？

「ああ……そういや、リールはシロナガス島の名前の由来を知ってるか？　随分と奇妙な名前だよな？」

「えーと、確か日本語由来ってのは聞いたことがあるけど、私も由来までは知らないわね。そういえばヒギンズさんって元々は日本の人？　シロナガスってなんの意味なのかわかる？」

「俺に聞かれてもな……。シロナガスっていうと、日本では鯨の種類を指す言葉のはずだが……」

二人の下、ビニール袋を固く握りしめたねね子が蠢いた。

「お、おぇ……。な、長須は長身を意味し、海上から見ると白く長い身体が見えること

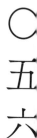

からついた名前が白長須吐きそう。吐きそう！　おえぇぇ……」

苦しいのなら黙っていればいいのに、自分が記憶している情報があると言わずにはいられない性質《たち》らしい。

「……だそうだ」

「へぇ、鯨の名前だったのね。ところで、ねね子ちゃん大丈夫？　とりあえず一回吐いちゃおうか？」

ねね子はコクコクと頷くが、緊張のためか未だに吐けないでいる。

「リールはその島の主のレイモンド卿とは会ったことがあるのか？」

池田がそう問いかけると、リールは苦笑と共に首を振った。

「まさか。世界的に見ても相当な大金持ちって話だし、私みたいな庶民から見れば雲の上の人よ。逆に会うのが怖い気がするわね」

リールが答えた直後、

「なんだお前ら、レイモンド卿を知らんのか？」

ドスの利いた声が響いた。

その場に現れたその男は、上下の白スーツ、紺のストライプカラーのネクタイを締め、短く癖のあるブラウンの髪を整髪料で整え、見開かれた目はギョロリと鋭い。いかにも癖がある人物のように見えた。

男は、ロックグラスに入ったウイスキーを豪快に飲み干し、言葉を続ける。

「レイモンド卿は古くからの貴族の出だが、北海油田開発によって莫大な富を得た人物だ。人当たりはいいが、その底は知れん男さ」

強い酒の匂いが池田達の鼻先に漂い、二人は思わず顔をしかめる。

男はギョロリとした目を向けた。

「失礼、申し遅れたな。俺はジェイコブ・ラトランド。お前らは？」

「……リール・ベクスター」

「太郎・ヒギンズだ」

それを聞いたジェイコブはその顔に皮肉げな笑みを浮かべた。

「ヒギンズ？　ああ、お前がヒギンズ氏の一人娘を射止めたっていう噂の男か！　やがてはあの莫大な資産の大半がお前の物になるって寸法なんだろ？　上手くやったもんだな。おい！」

池田は肩をすくめる。

「悪いが、俺は金目当てじゃないんでね」

「ふん、どうだかね。……で、お前ら二人はシロナガス島は初めてってわけか？」

「そういうことになる。ああそういや、ジェイコブはシロナガス島の名前の由来を知っているか？　今、その話をリールとしてたところなんだ」

「シロナガス島の由来だと？　なんだそんなことか、くだらん。面白くもない単純な話だ」

ジェイコブはふんと鼻を鳴らし、言葉を続ける。

「このアリューシャンは、かつてアメリカと日本との激戦が繰り広げられた地だ。その日本人共が鯨の姿に見えるあの島を見て『シロナガス島』と名付けたというだけの話だ。無論、本当の島の名はある。だが、それは秘密ということになっている。レイモンド卿は慎重な男だからな。島の名さえも知られたくはないんだろう」

「なるほど、やはり鯨か……」

ジェイコブは更に目を見開き、ジッと池田を睨み付ける。

「お前、本当に正式な代理人として選ばれたのか？　どうにも信用がおけんな。貴族連中のボンボンとは気配が違いすぎる。いや、ヒギンズ氏に取り入る程だ、余程のやり手なのか？　一体、お前はどこまであの島のことを知っている？　何が目的だ？　あのつまらん手紙のためだけに来たわけではあるまい。『血か』、『肉か』。お前があの島に求めているのはどっちだ？」

池田は無言のまま僅かに片眉を上げた。

『血か』、『肉か』、その言葉がなんらかの隠語であることは間違いない。

当然、池田はその裏の意味を知らないが、素直に「知らない」と答えるのはまずいだろう。相手が酒の回った常連客となればなおさらのことだ。

ここは無理にでも話を合わせる必要がある。

池田は、ジェイコブに微笑を向けつつ、

「血だ」

と答えた。

ジェイコブはしばらく無言のままジッと池田を見つめる。

重い静寂が支配する中、ジェイコブの顔にニヤリと笑みが浮かんだ。

「ふふ……血か。己のためか、愛する者のためか。それとも組織のためかな？　どちらにせよ、人の欲望は尽きんということか！　気に入ったぞ！」

直後、二人に割って入るような形で丸眼鏡の男が姿を現し、声を上げる。

「ああ！　こんなところにいたんですが、ジェイコブさん。探しましたよ」

男はかなりの肥満体だ。その男が着ている茶色の麻地のスーツは恐らく特注品だろう。それほどに太っている。男は髪を横分けに固め、黒のベストの下に白シャツ、黒の蝶ネクタイをつけていた。

「なんだトマスか。邪魔をするな。今、この男と重要な会話をしているところだ」

話を邪魔されたジェイコブはあからさまに不快な表情を浮かべる。

トマスは気まずげに視線を動かし、ハンカチで滲んだ汗を拭った。

「いや、しかし……ああ、そうだ！　あの話を聞きたいと思ってたんですよ。ジェイコブさんがマカオで大勝ちしたっていう話。お願いしますよ、ジェイコブさん」

「マカオ？　ああ、あれか！　確かにあの時の俺はつきについていた！　いいだろう、ついてこい！」

上機嫌になったジェイコブはトマスを引き連れ、その場を後にしようとしたが、途中でその歩を止め、

「ミスター・ヒギンズ！　悪いが話はまた今度だ！　なに、どのみち島に着けば俺の言っていることの意味がわかるはずだ。それまでせいぜい楽しみにしておくんだな！」

それだけを言い残し、その場から去っていった。

池田はそれを見送った後、僅かに顔をしかめた。

それはジェイコブに不快感を覚えたからではない。あの酔い具合なら、かなりの情報を引き出せたことは間違いない。そのチャンスをふいにしたことを惜しんだのだ。

恐らく、トマスもそれを懸念して、無理矢理会話を遮ったのだろう。ともかく、あの二人は島の実情にかなり詳しいとみて間違いない。

隣にいたリールはそれまでニコニコと作り笑いをしていたが、二人が離れた後、大きなため息を吐き出して肩を脱力させた。

「……なんというか、強烈な人ね。正直言って苦手なタイプだわ」

「まあ、ああいう手合いはよくいるもんだ」

池田がそう言った頃、ソファにいるねね子は何かを掴むように宙に手を伸ばし、バレリーナのように片足を上げる。

その姿勢でブルブルと全身を震わせた直後、

「ウエッ！　ゲロロ……」

出航前に食べたであろうケーキが濁流となり盛大に吐き出された。

リールは慌てた様子でねね子に駆け寄り、

「大丈夫？　ねね子ちゃん。今、お水持ってきてあげるわね」

そう言ってその場を後にした。

汚い音が響く中、池田は思考を巡らす。

『血か』、『肉か』か……。ヒギンズ氏の残した『内臓に気をつけろ』という言葉。この二つには何か深い関連があるのかもしれないな……」

これはきっと一人の大富豪の過去を暴くだけの話ではないだろう。

決して触れてはならない深い闇がある。

「ウエッ！　ウエッ！　ロロロロ……」


「　5　」


デッキの上、池田はたばこを一吸いして、宙に吐き出す。

紫煙はベーリング海の強い風に吹き流され、すぐに灰色の雲の色に溶け込んでいく。

もうじきその『シロナガス島』が見えてくるはずだ。

「……ん？」

ふと、デッキの端にねね子の姿があることに気づいた。

ねね子は長い髪を風にたなびかせ、物思いにふけるように遠くを見つめていたが、池田の姿に気づくと、その視線を返した。

「あ……い、池田」

「もう体調の方はいいのか？　ねね子」

「お、おかげさまで……。リ、リールの酔い止め貰ったらだいぶ良くなった。それに船の中は暑すぎるし……」

そう言いながら、風にたなびく髪を手で分ける。

一言も喋らないのならば、美人の文学少女のように見えないこともない。

「それはよかったな。ああ、そうだ。お前に一つ言い忘れてたことがある」

「な、なに？」

「島に到着した時点でお前は正式に俺の助手となる。あの島につけばすべての出来事は重要すぎるほどの意味を持つ。どんなことも一つも見逃さず、すべてを記憶しろ。気持ちが悪いなどという言い訳は通用しないぞ。その覚悟を決めろ」

ねね子は顔をしかめた。

「お、大げさな……」

「おいおい、これはそんな軽いノリの話じゃないんだぞ？　俺達が島の謎を探ろうとすれば命の危険に晒されるかもしれない。だがお前が助手としての責務を果たすのなら、

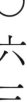

俺は全力でお前を守る。命をかける覚悟でだ。それを約束しよう」

「そ、そんなに危ないの？　あの島」

「たぶんな……」

ねね子は苦笑する。

「つ、ついてこなきゃよかったかなぁ……。でもわかった。ちゃんと全部覚える。じょ、助手としてやれるだけはやる」

「よし。ならこれで俺たちは運命共同体だ。戦場で言えば背中を預けるってやつだ。よろしく頼むぜ。相棒」

「な、なんかこっぱずかしいなぁ……」

ねね子はそう答えた後、海の彼方を指さす。

「あ……。あれってもしかして……」

「……ん？　島が見えたのか？」

灰色の雲の中、ぼんやりと島のシルエットが浮かび上がる。

ベーリング海の荒波、強風に吹き流される雲。その中にただ一つだけの島影がある。

そのあまりにも外界から隔絶された様は、真の孤独の中に存在しているように思えた。

ねね子は首をかしげる。

「あ、あれがシロナガス島？　でも、あんまりシロナガス鯨みたいには見えないなぁ」

「だが、どうやら船はあの島に向かっているようだ。あれがそのシロナガス島で間違いないだろう。さて、鬼が出るか蛇が出るか……」
あのシロナガス島には何が隠されているのだろうか？
きっと良くない何かが起きる。
池田はそれを心の底から感じとっている。
いや……。
そこで起きることを知っている。
……。
一瞬、ザッと視界にノイズのようなものが走った。

第二話

死の島

「1」


池田達はシロナガス島で用意されたハイヤーへと乗り込み、ホテル『ルイ・アソシエ』へと向かう途上にあった。

車の窓に映るベーリング海は、沈んだ青灰色に覆われ、重く垂れ込めた雲からは冷たい雨が降り続いている。

「ねね子、あの港を見たか？」

池田のその問いかけにねね子はビクッと身体を震わせた。

「え？　み、港？」

ねね子は運転手の方にチラリと視線を向けた後、池田の目を見返す。

会話を運転手に盗み聞きされる可能性があるがいいのか？と視線で問いかけるが、

「日本語で話している」

池田はそう簡潔に答えた。

自分達の会話は運転手には理解出来ないだろうという意味だ。

ねね子はそれを確認した後、答える。

「ま、まあ……確かに小っさかったな」

「そうだ。あの豪華客船が着岸出来るのが不思議な程の小ささだった。見える限り、他には小さなモーターボートが二艘だけ。こいつは随分とまずいことになったぞ」

「ど、どうして?」

「あの豪華客船がこのシロナガス島に戻ってくるのは四日後だ。つまり、俺達は帰りの船が来る四日間、どうやってもこの島から出られなくなったってわけさ。まあ、あの小船に乗って外洋に出るという手もあるが……」

　ねね子は顔をしかめる。

「あ、あんなボロ船に乗ってベーリング海に出るくらいなら死を選ぶ。そ、そもそも逃げないといけないような状況にならなきゃ問題ないいんだし、大丈夫だろ……」

「……だといいがね」

　やがて車は島の中腹へ至る。

　そこから島の全景が一望出来た。

　島には背の低い草が生えている以外、一本の木も見当たらず、酷く殺風景だ。

「この島には本当に木の一本も生えてないんだな」

「そ、そうだぞ。それほどにアリューシャンの気候は厳しいのだ。島のすべてが北緯52度から55度の間にあることと、特に冬期に発生するアリューシャン低気圧に伴う……」

　ねね子がどうでもいい知識を披露し始めたので、池田はそれを聞き流す。

　それにしても、池田達が乗っている車は相当な高級車だ。

　たかだか港からホテルまでの送迎に使うには大仰すぎる。

　恐らく、それはレイモンド卿の財力の誇示であるのと同時に、それほどのサービスを提供しても、十分な見返りが望めるということなのだろう。

池田は運転手に向かって声をかける。

「なあ、運転手さんよ。あんたは、この島で働き始めてから長いのかい？」

「あ、いえ、斡旋業者からの仲介で、数日前にこの島に来たばかりですよ」

運転手はそう答えてバックミラー越しに微笑を返す。

「ふむ……」

大した話は聞き出せそうにもない。

恐らく、漏洩保持のために臨時的に人を雇う形にしているのだろう。

「こ、これは観測史上、北大西洋で最も低い気圧と言われてて、当時のシェミア島では……」

隣のねね子はそうしてる間もずっとアリューシャンの豆知識を語り続けていた。

誰に向かって話しているのか、池田にもわからない。

やがてして、運転手が顔を上げた。

「ああ、見えてきましたよ。あれがルイ・アソシエです」

車が向かう先に、白く巨大な四階建ての建物が現れた。

それは建物の上部の屋根窓に多少の飾りがある以外はシンプルなバロック様式の西洋建築である。建物と石橋で連結された左奥には、用途不明の二階建ての別棟があり、切り立った崖の上に建つその建物は、傍目から見てもかなり不安定な印象を抱かせる。

その時になってやっとねね子は、誰一人として自分の豆知識を聞いていないことに気づき、ムスッと頬を膨らませた。

「むー……」

不満げに唸った後、皆と同じように建物に視線を向け、呟く。

「こ、こんな絶海の孤島によくあんなでかい屋敷建てたなぁ……」

「ああ、だがあの大きな建物がルイ・アソシエだとしても、あの左側にある建物はなんだ?」

運転手が答える。

「ああ、あれは客室棟って話ですよ。私も中に入ったことがないので詳しくは知りませんがね」

「あれが客室棟? だが、間にかかっている橋には屋根がないぜ。あれじゃ風雨がモロだ」

石橋には左右に高めの壁があるだけで、屋根らしいものは見当たらない。

荒天が続くこのアリューシャンにあってはかなり異質な造りだろう。それを招待客に使わせるとなると尚更だ。

「まあ確かに妙な話です。あの建物は使用人にでも使わせればいいでしょうに……。あ、私がこんなこと言ったってのは内緒ですよ?」

なんらかの理由で屋根を付けることが出来なかったか。それとも元々、あの客室棟は別の用途に使われていたか。

「さあ着きました。既に皆様はお揃いのはずです。どうぞ中へ」

」2「

ルイ・アソシエのエントランスは広々とした空間と、二階建てほどの高い天井が広がり、吊された巨大なシャンデリアが辺りを照らしだしていた。

エントランス正面の階段は左右に分かれる両階段の形状となっており、いかにも荘厳な印象を受ける。

並んだ招待客の中、船の中では見かけなかった男女二人の姿がある。

一人は、紺のブレザーを着た少年だ。

白シャツにベージュのベスト、紺のネクタイを締め、髪は金色のショートヘア、瞳の色は青。年齢は若く、恐らく彼も代理人だろう。

もう一人は、かなり幼い感じのする少女で、その青い目と金髪の姿は隣にいる少年とよく似た印象を受けた。

白のワンピースに黒のストールを羽織るシンプルな出で立ち。ロングの髪の一部を編んで後ろに回し、それを大きな青いリボンで留め、耳の前に垂れている横髪をクロスした黒のリボンで飾っている。

仮に、彼女も代理人だとすると、招待状を送られた人物には余程頼りになる人間がいなかったとみえる。その幼い少女では、到底、重要な案件を処理出来るとは思えなかった。

少女は池田の視線に気づくと、ニコリと笑みを返した。

その無垢な笑みは、アルプス山脈の麓で花摘みをする少女のような純朴さを感じさせる。悪い印象はないが、それだけにこんな島にいることが酷く不釣り合いに思えた。

不意に、その場に男の声が響いた。

『皆様、ようこそお越しくださいました。私はルイ・アソシエ当主ダン・レイモンドでございます』

だが、辺りを見渡してもどこにもその声の主らしき姿は見当たらない。

どうやらそれはエントランス中央に掛けられた肖像画から流れているらしい。

肖像画には、ステッキを持ち、タキシードに身を包んだ男の姿が描かれている。

絵の中の男は肥満体という程ではないが、少々小太りで、整えられた茶色の髪と口髭を蓄えている。人当たりの良さそうな微笑を浮かべているこの人物がレイモンド卿ということなのだろう。

ねね子は、池田に身を寄せ呟く。

「あ、あの肖像画、スピーカー内蔵なの？　あ、悪趣味……」

「まあ、同感だな」

『皆様方にはまずお部屋の方に移動していただき、その後、食事会場にて今回の件の詳細を語りたいと思います。お部屋までは執事のヴィンセントとメイドがご案内致します』

レイモンド卿の言葉の後、その場に燕尾服を着た初老の男が現れ、池田達に向かって恭しく頭を下げた。

セットされたグレーの髪と顎髭、深く鋭い眼光。すらりとした長身の立ち姿からはかなり切れ者といった印象を受ける。

「ご紹介にあずかりました、執事のヴィンセント・スウィフトと申します。これより皆様方には客室棟の方まで移動していただき、しばらくの間お休みいただければと思います。既に荷物の方はお部屋の方までお運びしていますので、どうぞ、こちらへ」


エントランスから脇の通路を抜け、木製の両開き扉を開くと石造りの回廊へとたどり着く。

回廊は壁や天井、床もすべて石造りの無骨な造りで、いくつかある小窓からは外光が射し込んでいるが酷く弱々しい。その内部を照らし出しているのは主に壁に備え付けられた白熱球のランプだった。その様は岩を掘り抜いて作られた洞窟を連想させる。

無骨な印象を薄めるためか、壁際にある木製の台座の上には花瓶があり、青い花が飾られているのが見えた。

ヴィンセントは、回廊の先にある鉄の扉の横に備え付けられた回転式のハンドルに手をかけた。

「この回廊から橋へ出るためには少々手間がかかる構造になっております。こちらのハンドルを回してこの鉄の扉を上げる必要があるのです」

ハンドルを回すと、重々しい音と共に鉄の扉が持ち上がる。

扉が完全に上がりきった後、ヴィンセントはハンドルを握ったまま皆に向き直り、口を開く。

「大変手間がかかりますので、橋へと移動したい時は私どもにご連絡ください。また、もしもご自分でこの扉を開ける場合は、しっかりとハンドルが止まる最後まで回すようにお願いします。扉はひとりでに下りてきますので、回しきらないと扉に挟まれる恐れがあり大変危険なのです」

池田は眉を寄せ、思わず呟く。

「なんともまぁ、馬鹿げた扉だな……」

池田の知る限り、こんな扉があるホテルは見たことも聞いたこともない。

どこかの工場かなにかにはあるかもしれないが、それにしても吊り上げ式の鉄の扉など事故の元にしかならないだろう。

よく見ると、鉄の扉が備え付けられた場所には僅かな隙間があり、水がしたたり落ちている。

どうやらこの鉄の扉は一番引き上げた際には、その上半分が外に露出する形になるらしい。つまり雨が降ればそれなりの量の水が回廊の中に流れ落ちることになる。その点だけを見れば石造りの回廊は理にかなっていると言えるだろうが、そもそもの前提として、この奇妙な構造の必然性がわからない。

無理矢理その答えを絞り出すのなら、必ずこの扉は閉まっている必要がある。といったところだろうか。なにかのトラブルなどが起こり、扉が開いたままになることは絶対に避けなければならない。そういった状況を回避するためなら、この構造も理解出来る。

その中、ねね子は池田にすがるような視線を向けた。

「よ、よろしく……」

「なんだ？　何がよろしくなんだ？」

「ボ、ボクは他の連中と話しするの嫌だし……。こんな重労働したら間違いなく倒れる。だからあれは常に池田が回してくれ。よ、よろしく」

「めんどくせぇなぁ……」

橋の上には濃い霧がかかり、今はベーリング海も僅かにしか見えない。

湿っぽく冷たい風が頬を打つ。

山の上でガスに包まれた感覚と似ているが、潮の香りが強い。

ヴィンセントは皆を先導する形で橋を進んでいく。

「少々お寒いですが、ご容赦ください。客室棟に行くためにはこの橋を渡る必要があるのです」

アキラは大げさな様子で自らを抱くようにその身を縮めた。

「さっむッ！　じゃなかった……寒いですわね。この寒さどうにかならないんですの？」

「何卒ご容赦ください。お寒いようでしたら後でブランケットをお貸ししますので」

雨は止んでいたが、風の方は身体が倒れそうになる程、強い。

橋の左右には胸元程度の高さの壁が連なっているが、風よけとするには随分心許ないように思われた。

ねね子も身を縮め、小さく悲鳴を上げながら橋の上を進んでいく。

不意に、池田の横をあのワンピースの少女が駆け抜け、橋の上でバレリーナのようにくるりと反転した。

広がった裾が収まるのと同時に、少女は池田に向かってニコリと笑みを向ける。

少女のワンピースは夏に着るような半袖で、上に羽織っている黒のストールも薄手で防寒性がないものだ。

まるでその少女だけ寒さの外にいるかのようだった。

「なあ、その格好で寒くないのか？」

池田がそう問いかけると、少女はニッと歯を見せ、活発そうな笑みを浮かべる。

「寒くないわ！　このくらい全然平気よ！」

「まあなんとも元気でいいことだな……」

「私の名前はアウロラ・ラヴィーリャ。あなたのお名前は？」

「ああ、俺は太郎・ヒギンズだ」

アウロラはその名前を聞いて、眉を寄せる。

「太郎・ヒギンズさん？　なんか変な名前ね」

「実に辛辣な意見どうも」

池田が顔をしかめてそう答えると、アウロラは慌てて手で口を覆った。

「あ、気に障ったのならごめんなさい。でも、なんかそれは本当の名前じゃないって感じがするの。ヒギンズさん、本当は全然違う名前なんじゃないの？」

「そうか？　もしも俺に本当の名前があったとしたら一体どういう名前になるんだろうな？」

「なんだかそれも嘘言ってるみたい……。ねえ誰にも喋らないから本当のこと教えて。私、口はとても堅いの。ねえねえ」

アウロラは駄々っ子のように池田の袖を引っ張り始める。

随分と変な奴に絡まれてしまった。と、池田はそう思いつつ小さくため息を吐き出した。

稀に勘が鋭い人間はいるものだが、それに無邪気さが加わるとこのように厄介なことになる。このままだと他の招待客から怪しまれてしまうかもしれない。

池田はアウロラに耳打ちをする。

「わかったよ、根負けだ。俺の本当の名前は池田戦って言うんだ。だが、深い事情があってその名前は隠してるんだ。ここでは太郎・ヒギンズってことで頼む」

アウロラはその池田の言葉を聞きながら、フンフンと頷き、その顔に満足そうな笑みを浮べた。

偽名での潜入中、出会ったばかりの少女に本当の名前を教えるなど、とんでもなく不用意な行動だろう。だが何故か、池田はこの行為に問題がないと感じていた。それは池田自身にとっても酷く奇妙に思えることではあったが……。

「やっぱり、本当の名前は別だったのね。池田戦……とてもとても良い名前だわ。よろしくね、池田戦さん」

「……太郎・ヒギンズ」

その言葉を聞いてアウロラはきょとんとする。

「……？　その名前は偽物なんでしょ？　やっぱりその名前、変よ。変よ変。へんへん」

「深い……事情がある」

その時になってやっとアウロラは先ほどの話を思い出し、再び慌てて手で口を覆った。

「あ……あわわ、そうだったわ。太郎・ヒギンズさん」

池田が不安になる中、アウロラは悪戯っぽく小さく舌を出し、

「ごめんね」

他の招待客の中へと駆けていく。

丁度、その先にいたアキラが橋の上でバランスを崩し、ジゼルに寄りかかる。

「とと……」

先の方にいるヴィンセントが振り返り、声を上げた。

「足下の方も濡れて滑りやすくなっております。ご注意ください」

確かに石畳は先ほどの雨で濡れ尽くし、水はけも悪いのか石畳の隙間には水たまりが出来ている。

アキラは呆れたように呟く。

「ほんと、酷い場所ね」


橋の先にある回廊も先ほどのものとほとんど同じ造りだった。先ほどの回廊を百八十度回転させればまったくこの回廊と同じ物になるはずだ。強いて違いを見つけるのなら、飾られている花の色が黄色なこと程度だろう。

ねね子は寒さで身を震わせつつ、呟く。

「な、なんであのまま回廊を一続きにしなかったんだ？　あの吹きっさらしの橋は寒す

ぎるのに……」

「確かに妙な話だな……」

回廊の先にある両開き扉を抜けると、やっと暖かさが身を包んだ。

客室棟の外観は酷く無機質だったが、その中は十分な暖房、温かみのある照明、赤い絨毯が敷き詰めてあり、いかにも高級ホテルといった様相だ。

廊下には、既に一人のメイドが控えていた。

メイドの服装は黒の長袖ワンピースに白いエプロンのメイド服。だがメイド服と言ってもそれは昨今、コスプレ以外ではまず目にすることのないヴィクトリアンスタイルのものだ。

髪は綺麗に切り揃えられた黒のボブカットで、ホワイトブリムを付けている。そして元々の地顔なのか、そのメイドの瞳は冷めていて、酷く無表情に見えた。

「初めまして、私、皆様方のお世話を致しますアビゲイル・エリスンと申します。お気軽にアビーとお呼びくださいませ」

アビーはその見た目の印象通りの無感情な声を出した後、束にした鍵をジャラリと取り出す。

「それでは、皆様にお部屋の鍵をお渡し致します。出雲崎様が二階、一番右奥のお部屋201号室。ベクスター様がその向かいのお部屋202号室」

アビーが差し出した鍵はウォード錠だ。

それは大多数の人間が『古めかしい鍵』と聞いて連想する形の物で、円柱の金属棒に凹凸の突起が付けられただけの旧式鍵である。現代ではもはや骨董品であり、当然ながら防犯性が低いが、この島では外部からの侵入を考慮する必要がないため、見栄えを優先したということなのだろう。

内科医のリール・ベクスターは鍵を受け取りながら、ねね子に笑みを向けた。

「あら、向かいの部屋みたいね。よろしくね。ねね子ちゃん」

「あ……え？　う……」

ねね子はリールに視線すら返さずに硬直し、ぎこちなく池田に救いの視線を向けるが、池田は何も答えず肩をすくめた。

どうやら池田とねね子の部屋は離されてしまったようだ。その部屋割りの意図はわからないが、既に決まっているのなら部屋を変えることは難しいだろう。

ねね子はそのまま潤滑油が切れたロボットのように、ぎこちない動きで二階へと向かって行った。

「次に二階真ん中右側のお部屋、203号室がラトランド様。その向かいのお部屋、204号室がハリントン様」

あの酒飲みのジェイコブ・ラトランドと、肥満体の男、トマス・ハリントンが前に出て鍵を受け取る。

「それじゃ、お先に失礼するぞ。ミスターヒギンズ」

「二階手前右側のお部屋、205号室がリード様。その向かいのお部屋、206号室がエッジワース様」

従者のジゼル・リードとお嬢様のアキラ・エッジワースに鍵が手渡される。

「どうも。行きましょ、ジゼル」

「一階右奥のお部屋、101号室がヒギンズ様。その向かいのお部屋、102号室がウェルナー様となっております」

池田の偽名に続いて、ウェルナーという名が呼ばれた。

ブレザーを着た少年は無愛想な表情で鍵を受け取った後、チラリと池田に視線を向け、

「どうも初めましてヒギンズさん。アレックス・ウェルナーです。よろしく」

酷く当たり障りのない挨拶をして、そそくさとその場を後にする。

「ねえねえねえ！」

アウロラはそのアレックスの後をスキップしながら追っていき、親しげに声をかけたが、アレックスはただ一瞬その歩を止めただけで、それ以外は見事なまでの完全無視を決め込み、自分の部屋へと向かっていく。

ガチャリと鍵が閉まる冷たい音が響いて、アウロラは頬を膨らませた。

どうやらアレックスは、他の客とは関わりたくもないらしい。

池田も同じように自分の部屋へと向かおうとしたがアウロラがそれを呼び止めた。

「待って、池……ヒギンズさん！」

池田はその不用意な呼び声に眉を寄せつつ、振り返る。

「なんだ、アウロラ。何か用か？」

アウロラはもじもじと身をよじった。

「後でヒギンズさんの部屋に遊びに行っていい？」

「そりゃ別に構わんが、俺の部屋に来たところで面白いもんなんてないぞ？」

「とてもあなたのことが気になるの。あなたと一緒にいると何か面白いことが起きそうな気がするわ。なんでかはわからないけど！」

「変わった奴だな……。まあ、好きにすればいいさ」

「それじゃ、そうさせてもらうわね」

アウロラはまたニッと笑みを浮かべ廊下を駆けていった。

アウロラは、池田に興味があるというより、あのアレックスに対する馴れ馴れしさを見るに、誰に対しても人懐っこいだけなのかもしれない。

悪い奴ではなさそうだが、随分と変な奴に目を付けられたものだ。

と、池田は再び同じことを思った。

池田の101号室は、中央にキングサイズのベッド、奥には向かい合わせのソファとテーブル、壁には縦長の窓が二つ備え付けられている部屋だった。

窓からはアリューシャンの曇天、荒れるベーリング海を望むことが出来るが、客室棟は切り立った崖の上にあるため、本館や島の様子を窺うことは出来ない。

まるで、この客室棟自体がベーリング海に浮いているのではないかと錯覚する程だった。

「まったく、すごい場所だな……」

呆れたように呟いた後、池田はデスクの上に置いてあった客室案内のインフォメーションブックを手に取る。

申し訳程度に客室棟の避難経路図が記載されているが、当然あの橋の他に逃げ道はない。だが、客室棟の構造を知るには有用なものだ。

池田は手近のメモ帳を破りとり、客室棟の構造と先ほど聞いた招待客の名前を書き込んでいく。

「二階の右奥から手前に向かって順に、ねね子、ジゼル、ジェイコブ、左奥から、リール、アキラ、トマスの順。一階の右奥が俺の部屋で、その向かい側がアレックス、そういえばアウロラの部屋はどこだったかな？」

朧気な記憶をたどると、池田が101号室に入る時、アウロラがアレックスの隣の部屋に入ろうとしていたことを思い出し、図に書き加える。

これで部屋割りは把握出来たが、やはり奇妙だ。

一階には空室が多く、わざわざ池田とねね子の部屋が分けられたのも謎だ。

もしかすると、この部屋割りにも何かの意味が？

池田が考えを巡らせる中、

「……ッ！」

不意に部屋の呼び出しブザー音が鳴った。

池田は警戒しつつ外の気配を探るが、その間もブザー音の連打は止むことがない。

「……誰だ？」

池田はこんなことをする人間は一人くらいしか思い当たらない。

「待ってくれ。今、開ける」

用心しながら扉を開けた直後、

「遊びに来たわ。池……ヒギンズさん」

部屋の中に飛び込んできたのはアウロラだった。

池田は思わず安堵の息を吐き出す。

「なんだアウロラか……って、早ぇよ」

アウロラはきょとんとする。

「え？　ちゃんと私、遊びに行くって言ったわ？」

「それでも普通はもう少しこう、間を空けるというかなんというか……。お前、まるでそのまま廊下で待ち構えてたレベルの早さじゃねぇか」

「そうよ、やることもないし、廊下で待ち構えていたの。ねぇ、お話ししましょう？」

アウロラは本気なのか、それとも冗談を言っているのか、池田にもどうにもその真意が摑めない。

そもそも、簡単に他人を信用し過ぎで、不安になってくる。

「なあ、アウロラ。普通、か弱い少女が一人で男の部屋になんて入るもんじゃないぜ？」

「なんで？　ヒギンズさん、私のこと襲ったりするの？」

「襲うわけねぇだろ。だが世の中には悪い奴とか色んな奴がいるし……まあともかく、用心しろって話だよ」

アウロラは頰に指を当てて顔を傾ける。

「んー？　じゃあ何も問題ないじゃない。お話ししましょ？」

「まあそれは別に構わんが……」

そう答えたものの、何故、アウロラがこれほどまでに池田に興味を持つのかがわからなかった。まさかアウロラがスパイであるとも思えない。

アウロラは足取り軽く部屋を進み、

「お話ししてくれるのね。よかった、嬉しい。私とてもとても人恋しかったの」

そう言った後、デスク備え付けの椅子にちょこんと腰掛け、ニコリと笑みを向けた。

「さあお話ししましょ、池……ヒギンズさん」

毎回の間違いに流石の池田も苦い表情を浮かべる。

面白がってわざとやっているのではないかと疑ってしまう程だ。

他の招待客の前でそれをやられると致命傷にもなりかねない。

「アウロラ……一応言っておくが俺の名前は池ヒギンズではないぞ」

「うー……ごめんなさい。ねえ、もう絶対に間違えないから、二人きりの時は池田さんって呼んでも構わない？」

「まあいいだろう、二人きりの時はな。そのかわり他の客の前では絶対に間違えるなよ？　正直、かなり心配だぞ」

「ええわかったわ！　池田さん！」

アウロラはそう元気よく言って笑みを浮べる。

その言葉を信用出来るかは別として、いい笑顔なのは間違いない。

池田はこの際、島の情報を聞き出せる良い機会だと思うことにした。

「俺はこの島に来たのは初めてなんだが、アウロラはこの島に詳しいのか？」

「この島のこと？　一杯知っているわよ。シロナガス島って名前は日本語のシロナガス鯨から名付けられたのよ」

「あー、それに関しては知っている。もう少しこうなんだ、島の中で何が行われているとか、そういったことを知らないか？」

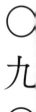

アウロラの表情がサッと曇る。

「島の中で？」

一度その視線を落とし、ジッと考え込む。

「何か、この島ではとても良くないことが行われている。確かにそんな気がするわ。でも昔、何かを聞いた気がするのに思い出せない……」

「とても良くないこと？　そういえば、あの橋や鉄の扉は随分妙な造りだよな。あれも関係してる話なんだろうか？」

「橋と扉……あれを見るととても悲しい気分になるの……。何故かしら？　いえ、もしかするとあれは何かを閉じ込めるために……」

「閉じ込める？」

アウロラは真剣な様子で考え込んでいたが、しばらくした後、力なさげな笑みを返す。

「ごめんなさい……やっぱり思い出せないわ……。池田さん、この島のことを調べているのね？」

「まあ、少し興味があってな」

「大丈夫、任せて。あなたには協力しないといけない、何故かそんな気がするの。使命……いえ、運命みたいなものを感じるわ。私はあなたに会うためにずっと待っていたのよ。たぶんだけど」

池田は苦笑する。

「随分と大げさだな」

「池田さんのためになることを色々と思い出してあげる。えーと……例えば、さっき挨拶してたこの屋敷の主の人。何故だかしらないけど、その名前にとても嫌な感じがしたわ」

「レイモンド卿に嫌な印象？　ふむ……」

「もやもやしててよくは思い出せないけど……。もしもまた何か思い出したらすぐに伝えるわ」

「ああ、助かる。そういや、アウロラも招待状をもらってこの島に来たのか？　流石にこんな場所に一人旅だと、心細いだろ？」

アウロラは大げさに胸を張り、得意げにフンと鼻を鳴らした。

「全然、大丈夫よ。それはちょっと私を甘く見過ぎね。私は結構これでも強い女なのよ」

「ああ……そりゃ悪かった。だが、付き添いになるやつくらいいたはずだろ？」

「いないわ。私以外の家族はみんな死んじゃったもの。私、天涯孤独の身ってやつなの。昔、私の家はもの凄ーい大金持ちで小さな国くらいなら買えるくらいだったけど、今は金庫の中に埃しか入ってないのよ」

「そいつはまた悪いことを聞いちまったな……」

池田は気まずげに言葉を詰まらせる。

だが同時に疑問も浮んだ。何故、屋敷側はアウロラを招待したのか？

招待されているのは富豪か、その関係者ばかりだと思っていた。

その中には元富豪も含まれるということなのだろうか？

だが、利用価値のない元富豪を呼び寄せる必要がどこにある？

アウロラの存在はこの島とは酷く不釣り合いだ。招待した理由が、口封じのためでなければいいが……。

池田がそんなことを考えていると、アウロラが心配そうに池田の顔を覗き込んだ。

「ねえ、そんなに暗い顔をしないで。もう全部、私の中ではとてもとても遠くに行ってしまった出来事のように感じるの。だから池田さんが悲しむことなんてないわ」

「それならいいんだが……」

「でもちょっとだけ、時々思い出して悲しくなることもあるけどね」

「それでいい、泣きたい時は泣けばいい。それが人間ってもんだ」

アウロラは照れくさそうに頷く。

そうした後、二人の会話に僅かな間が生じた。

アウロラは顔を赤くし、わたわたと慌て始める。

「あの……それで、その……」

アウロラはどうにかしてこの場の空気を和ませようとしたようだが、頭が追いつかないらしい。

「ああそういや、アウロラ。その青いリボンよく似合ってるな」

池田は助け舟を出す。

「そう……。ありがとう」

池田は怪訝な表情を浮べる。

「……？　どうもその顔はありがとうって感じじゃないな。むしろ嬉しくないって顔だ。どうした？　何か悪いことでも言ったか？」

「ごめんなさい……。私あまりこのリボン好きじゃないの」

「……？　よくわからんが、好きでもないリボンをつけてるのか？」

「まあ……そういうことになるわね」

何故、嫌いなリボンをつける必要があるのか？

自分の意志でないのなら他人に強要されているとでもいうのだろうか？

池田は疑問に思ったものの、それ以上の詮索は止めることにした。

「なあ、アウロラ。事情はよくわからないが、もしも何か困っていることがあったらいつでも相談してくれ。手を貸してやる」

アウロラはもじもじと身をよじらせ、池田の顔を上目遣いに覗き込む。

「なら池田さん、私を養ってくれる？」

「馬鹿言うな、俺の方も金庫の中に埃しか入ってないタイプの人間だぜ……。アウロラ養ったら、二人とも餓死しちまうよ」

池田が苦笑しつつそう答えると、アウロラは悪戯っぽく舌を出した。

「うふふ……意地悪言ってごめんね。冗談よ」

「だが、本当に困った時はニューヨークの池田戦を頼りにするといい。手助け程度ならいくらでも出来るはずだ」

池田はそう言って、内ポケットから取り出した名刺をアウロラに手渡す。

それはどう考えても不用意な行動だったが、池田はどうにかしてアウロラの力になってやりたい、そう思った。

アウロラは受け取った名刺に目を輝かせる。

「池田さん、やっぱりあなたとてもいい人ね。あ……池田さんは探偵さんなのね、凄いわ！　じゃあ、本当に本当に辛くなった時、連絡していい？」

「いや、そんなに我慢することじゃない。別に何もなくても気軽に連絡してくれ。いや、そうだな……島から帰ったら必ず一度は連絡すること、いいか？　こいつは約束だぜ」

「わかったわ！　必ず連絡する！」

池田の経験上、こういう娘は、最後の最後まで人に頼らないことを知っている。アウロラも一見すると能天気だが、無理していることも多そうだ。根が優しそうなだけに、余計に心配に思えた。

アウロラはニコッと最上の笑みを浮かべた。

「ありがとう、池田さん。大好きよ」

「よせよ、名刺渡しただけだぜ？」

「それでもとても嬉しかったわ」

アウロラはそう言った後、椅子から立ち上がり、バレリーナのようにその場でくるりと反転する。

ワンピースの長いスカートがふわりと広がった。

「じゃあ私もう行くわね。いきなり訪ねちゃってごめんなさい」

「ああ、気にするな。丁度いい暇つぶしになった。また良かったら俺の部屋に遊びに来い」

「ええ、さよならは言わないわ。『じゃあまたね』でお別れしましょう？」

アウロラはスカートの両端を軽く持ち上げ、カーテシーの格好で会釈する。

大げさなようだが、アウロラのその立ち振る舞いは様になっていた。

「今生の別れでもあるまいし、大げさな……。ああ、また今度な」

「じゃあまたね」

アウロラはニッともう一度笑みを浮かべ、その部屋から去っていった。


僅かな間を置いた後、池田は小さく息を吐き出す。

「アウロラは心配だな。厄介事に巻き込まれなければいいんだが……」

直後、池田は地面が揺れているような錯覚を感じ、額に手をやった。

まるで誰かに身体を揺れ動かされているかのような感覚。

船に乗った時の揺れの感覚がまだ残っているのかもしれない。今までは気を張っていたために気づかなかったが、安堵と同時に長旅の疲れが出てしまったのだろう。

どのみち、レイモンド卿の話がある時は部屋に連絡が来るはずだ。

池田はそのままベッドの上に寝転がる。

何気なく天井を見つめてるうち、意識は揺らぎ、まどろみの中へと落ちた。


「4」


瞬きをした瞬間、辺りは無機質なコンクリートの部屋へと変貌する。

目の前には二段ベッドの裏側がある。

池田はその光景を疑問に思うこともなく、ただそのベッドの裏側に刻まれた傷に視線を向ける。

三本の傷。3。

それを指でなぞる。

これは何を意味しているのか。

「ああ……。う……ううう……」

その時、不意にどこからともなくくぐもった男の呻き声が聞こえた。

池田はそれに反応し、身体を跳ね起こす。


直後、辺りは元の客室へと戻った。

未だに頭の中には曖昧な感覚が残っていたものの、池田は素早く辺りを見渡し、この場に異変がないかを確認する。

「今のは？　あれも夢か？」

室内には人の気配はない。

扉を開け、廊下も確認するがそちらにも異変はなかった。

「気のせいだったのか？　それとも寝ぼけていただけか？」

だが先ほどの状況を思い起こしてみても、あの声だけは他とは違う現実味があった。

「気が抜けないな……」

部屋の中を調べ始めた池田は、ふと枕元に飾られている絵画に気づく。

それは青く静謐な風景画だ。

穏やかな水面の中央に小島があり、糸杉と無機質な構造物がある。そこに一艘の手こぎ船が向かっており、船には、漕ぎ手の他に亡骸の入った棺と白い布に身を包んだ人の姿が見える。

「この絶海の孤島で飾るには随分と皮肉な絵だな……」

絵の作者はアルノルト・ベックリン。第二次世界大戦の頃のドイツで一種のブームにもなった絵だ。一説には、この水面はギリシャ神話におけるアケローン川であり、その漕ぎ手はカロンだとも語られている。日本風に言えば、三途の川とその渡し守といったところだろう。つまり、この白い衣装を身にまとった人間は死者で、その向かう先は冥界の島。

それらの要素からこの絵は『死の島』と名付けられた。

「この島、シロナガス島が死の島とならないことを祈るとしよう」

そう呟いた直後、不意に窓の外で僅かな物音が鳴った。

「……？」

窓は右側にレバーハンドルのついた縦長のすべり出し窓だ。

外側にもハンドルがついているため、開けようと思えば外部からも開けられるだろう。

「まさか外から忍び込む奴はいないだろうが……」

そう、呟きつつ池田は窓のノブを動かし、それを外に向かって押し出す。

「うおッ！」

直後、窓は強風で煽られ一気に全開になった。ノブを握っていた池田は、その勢いのまま外に落ちそうになるが、なんとかその場で踏みとどまる。

なんとか体勢を立て直した後、池田は安堵の息を吐き出した。

「あ、あぶねぇ……」

遙か眼下にある岩肌には容赦なく波が打ち付け、轟音を響かせている。

下に見えるのは粗い岩肌と波しぶきだけで、建物自体が傾いているのではないかと錯覚する程だ。

不意に、どこからか首を絞められたアヒルのような鳴き声が聞こえた。

「……ッ！　……あっ！　……うぇっ！」

海鳥の鳴き声かとも思ったが、それにしては声が汚い。

ふと上を見上げると、そこにねね子がいた。

「そうか、真上の部屋はねね子の部屋か……。あいつなにやってるんだ？」

ねね子は窓を全開にし、ノブを握ったまま半身を乗り出している。

池田は声を上げた。

「おい、ねね子！　何やってる！　危ないぞ！」

「……ちる……ちる…………てッ！」

ねね子の声は強風と波の音にほとんどかき消され、池田の耳まで届かない。

池田はねね子がいつものようにふざけているのだと思った。

「何やってるのかしらんが、危ないからあんまりはしゃぐなよ？　じゃあ、また後でな」

「……おいいッ！　……てッ！　……なッ！」

ねね子は必死の形相を浮かべ、ペッとつばを吐く。

「うおっ！　汚ぇ！」

幸い、つばは強風で流される。

池田はそのねね子の奇行に顔をしかめた。

「ねね子！　何が言いたいんだ！　ゆっくり口動かして話せ！」

ねね子はゆっくりと口を動かし始める。

「ふむ……？　……オ……チ……ル……タ……ス……ケ……テ……」

つまり、ねね子はふざけているわけでもなんでもなく、今にも落ちそうなのをなんとか腕一本で支えてるのだ。

池田と同じように、窓を開けて今の状態になってしまったのだろう。ねね子の腕の長さでは自力で元に戻ることも出来ず、必死に助けを求めている。耐えられる時間は、あと数分か数十秒か。

池田はハッと我に返った。

「おい！　クソッ！　マジかッ！　ねね子！　なんとかあと三十秒耐えろ！」

叫びながら廊下に飛び出すと、廊下にいたアウロラが呑気な様子で声を上げた。

「あ、ヒギンズさん」

隣のアレックスも同じように声をかける。

「ああ、丁度良かった。少し伺いたいことが……」

「今は無理だ！　後にしろ！」

廊下を走り抜け、階段を駆け上がる。

ねね子の部屋は一番奥、右側の部屋。２０１号室。

二階の廊下を進むと、行く手を遮るようにしてジェイコブが現れる。

「おお、ミスターヒギンズ。どうだ、一緒に旨いスコッチでも……」

「いらんっ！」

一蹴した直後、今度はアキラが立ち塞がる。

「あら、ヒギンズさん。ちょっとよろしいかしら？」

まるで招待客全員が結託して邪魔しているかのようだ。

池田はアキラを押しのけた。

「よろしくないっ！　邪魔するな！　馬鹿っ！」

「ば、馬鹿ぁ!?」

池田は、ねね子の部屋の扉を開け、中へと飛び込む。

その先、今にも落ちそうなねね子の後ろ姿が見えた。

池田はねね子に飛びつく。

「よし！　取った！」

ねね子の腰に手を回すと、そのまま強引に引き寄せ、後ろに投げ飛ばした。

「う、うわっ！」

それと同時にねね子が固く握っていたノブも引き寄せられ、窓が閉まる。

喧噪は収まり、その場に静寂が取り戻された。

だが池田の頭の中には未だにねね子を救助出来ていないかのような、漠然とした不安が渦巻いていた。今、ベッドの上に投げ飛ばしたのは、制服をまとった毛の固まりかなにかで、実物のねね子は崖の下に落ちてしまったのではないのか？

「お、お……お、お……おおう……」

そんなことを考えていた矢先、ベッドの上の毛の固まりから、気の抜けた声が発せられたのを聞いて、池田はやっと安堵の息を吐き出した。

ねね子は涙と鼻水にまみれた顔を上げた。

「ひ、ひ……ひうぅ……あぁぁ……」

「何言ってるのかさっぱりわからん……。深呼吸してからゆっくり喋れ」

「あ、あ、あ……あ……あ、あ、危ない時はボクを助けるとか言っておいて……ぜ、ぜ、全然助けに来ないじゃないか。あ、あんなに、死にかけてたのにぃ！」

「いや……まあ確かに危険が迫った時は助けるとは言ったが、そういうのはお前が不審者に襲われるとかの状況を想定していてだな……。流石にこんなアホな死に方のフォローまでは考えてなかったんだよ……」

「ア、ア、アホとはなんだアホとは！　このアホォッ！」

池田はねね子の口から放たれる唾から逃れるように顔を背けた。

「まあ、確かにもう少し早くお前の状況に気づくべきだったかもな……。次からは気をつける。ねね子もこれに懲りたらもうこの窓には近づくなよ？」

「あ、当たり前だ。頼まれても誰が近づくものか」

そう言ってねね子が鼻をすすった頃、部屋の電話が鳴り響いた。

時刻はもうすぐ正午だ。そろそろ屋敷から話があってもおかしくない。

「ああ、本館の方からか？」

池田は受話器を取る。

「もしもし」

『ああ、ヒギンズ様。出雲崎様のお部屋にいらっしゃったのですね』

電話口から聞こえてきたのは、メイドのアビーの声だ。

「ああ、少し野暮用でな……」

『ご昼食のご用意が出来ましたので橋を渡った本館通路口までお越しいただきますようお願いします。レイモンド様からの重要なメッセージもお伝えすることになっていますので、必ずご参加いただきますようお願いします』

「ああ、わかった。すぐに向かう」

池田は短く答えて、受話器を置いた。

「というわけだ。昼食の準備が出来たらしい。行くぞ」

そう呼びかけたものの、ねね子は顔面をベッドに押しつけたまま尻を上げ、足をプルプルと震わせ、生まれたての子鹿のような動きを繰り返している。

「おい、なに遊んでるんだ？」

「こ、腰が抜けた……おんぶして」

「はは。面白い冗談を言う奴だな……先に行ってるぞ」

「あ……ま、待て。い、いや、待って。ま、待ってくださいぃ……」


「　5　」

池田が回廊の中を進んでいると、

「ちょ、ちょ、ちょっと！　ほ、本当に置いていく奴がいるか！」

足取りのおぼつかないねね子が叫びながら池田にタックルした。

「痛えな。なんだちゃんと歩けるじゃないか？」

「い、嫌味なこと言うな！　ボ、ボクの心身はとんでもなく傷ついているのだ！　例えるのならば、アレクサンドリア図書館焼失のように！」

「はあ……」

例えが壮大過ぎていまいちピンとこない。

池田の微妙な反応を見たねね子は、辺りを見渡した後、

「く、くそ……もっとわかりやすく言うのなら、えーと……」

間近にあった花瓶を指さし、叫んだ。

「そう！　この花のように！」

池田は花瓶に生けてあるその花に視線を向けたが、別段おかしなところはない。心が傷ついていることを表現するのに適当だとも思えなかった。

「この花のようにって、どういう意味だ？　綺麗なもんじゃないか」

「だ、だから池田は無神経だというのだ。び、微妙だけどさっき見たよりも元気が無くなってしおれているだろ。ボクの心もこれと同じくらいに傷ついているの！」

「俺には何も変わっていないように見えるがなぁ」

池田は、しばらくジッと花を見つめていたのだが、いくらそうしてもその違いはわかりそうにない。これがねね子の心の傷を表すというのなら、あまり傷ついていないということなのだろう。

先を進むと回廊奥の鉄の扉が閉まっていることに気づく。

「やれやれ……自分でこのハンドルを回すのか……」

「こ、この扉、屋敷の人間が開けるとか言ってなかったっけ？　閉めっぱなしって随分と不親切だなぁ」

池田が回し始めたそのハンドルはそれなりの重さがある上に、一回ししても僅かにしか上がらない。かなりの回数を回してやっと扉を全開にすることが出来たが、ヴィンセントの説明通り、扉はハンドルから手を離すとひとりでに下がってくるので危なっかしい。

扉をくぐるようにして橋へと抜けると、外では一雨あったのか、橋の上は先ほどよりも濡れていた。

ざらつきのある石畳なので滑ることはないが、跳ね返りがズボンにつきそうだ。

冷たい風が容赦なく吹き付ける。

すぐにでも橋の上から逃れたいところだが、あいにく本館側回廊の扉の方も閉まっている。

ねね子はその場で足踏みをして、池田を急かした。

「は、早くぅ、あーけーてー……」

「また重労働か……」

池田は再びハンドルを握る。

「……ん？」

ふと、池田は握ったハンドルが氷のように冷たいことに気づいた。

他の招待客が本館に向かったのなら、同じようにしてこのハンドルを回したはずだ。

だが、この冷たさから推測すると、直近でハンドルを回した人間はいないということなのだろう。

ねね子は足踏みを通り越し、小さくジャンプをし始めた。

「はーやーくー」

扉を抜けたねね子は身体を縮めて、池田に恨めしげな視線を向けた。

「うう……さ、寒かった。もう少し早く開けれなかったのか……」

「これでもだいぶ急いだんだがね。それに、お前は寒いかもしれんが、俺はこの重労働のおかげで暑いくらいだぞ」

そう答えつつ、池田は、以前この扉を開けたヴィンセントのことを思い出す。

ヴィンセントは扉を開け終わった時も涼しい顔をしていた。相当手慣れているか、体力があるのだろう。

回廊の先にいたアビーが二人に気づき、声をかけた。

「お待ちしておりました、ヒギンズ様、出雲崎様。ご案内いたします。会場はこちらです」

池田は会場に向かおうとしたアビーを呼び止め、自らの背中越しに鉄の扉を指さす。

「なあ、アビー。あの橋の扉はどうにかならんのか？　さすがに毎回あれを開けるのは大変だぜ。開けっ放しにするとか、色々とやりようがありそうなもんだが……」

アビーは無表情なまま小首をかしげ、池田の後ろにある鉄の扉を覗き込んだ。

「扉ですか？　おかしいですね。皆様がお越しになることになっていましたから、扉はロックをかけて開いたままにしておいたはずなのですが」

「つまりは誰かが閉じてしまったということか……」

「大変失礼いたしました。後で私が扉を開けてロックをかけておきます。また扉が閉まっていた時は私が扉をお開けしますので、お気軽にお呼びください」

「そいつはありがたいが、あの重労働を女性にさせるのは気が引けるな」

アビーは相変わらずの無表情のまま姿勢を正して言った。

「どうぞお気遣いなさらずに、私はこれがお仕事ですので」

「素晴らしい。まさしくメイドの鑑ってやつだな。おい、聞いたかねね子。お前も見習ったらどうだ?」

「い、い、いきなりボクに振らないでくれ……」


食事会場には既にトマスの姿があった。

会場の海側一面には大きなガラスが備え付けてあり、ベーリング海が一望出来る。天井からは巨大なシャンデリアが吊らされ、白い布が掛けられた長テーブルの上にはいくつかの燭台が置かれており、会場奥には、バーカウンターと本棚があるのが見えた。

だが、池田達の目を最も引いたのは、壁に掛けられた巨大な絵だ。

描かれているのはロイ・ヒギンズの書斎で見たのと同じダルマザメ。あの絵とかなり似ている。

アビーが一つの椅子を引き、口を開いた。

「ヒギンズ様はこちらのお席に、ねね子様はこちらのお席となります」

会場には九つの席が用意されている。

奥側から数えて四つ目、右側の席、トマスの正面にねね子が案内され、池田はその左隣だ。

ねね子は毎度のごとく、動揺した様子を浮かべた。

「あ……う……え？」

部屋割りと同様に、既に席順も決まっているらしい。

ねね子は「席順を変えてほしい」とアビーに訴えかけようとしたが、チラリとアビーの手に視線を向けるのでやっとだった。

「うう……」

ねね子は渋々席につく。

他の客はまだ会場に来る気配がない。

今、この場にいるのは池田達とトマスだけだ。何かを聞き出すには好都合だろう。

池田はトマスに向かって気さくな調子で声をかける。

「やあトマス、船では失礼した。俺は代理人だから、どうにもこの島に慣れていなくてね、肩がこっていけないよ」

「ど、どうもヒギンズさん。僕も同じようなものですよ。いつまで経ってもここの雰囲気には慣れないです」

「ほう、つまりトマスはこの島には来てから長いってことかな？」

「え、ええ、まあそれなりには……」

「しかし、噂に聞いた通り、レイモンド卿はなかなかの変わり者のようだな。屋敷の全体が異様な雰囲気で包まれている。特に驚いたのはこの会場に掛かっているあの絵だな。あの不気味なのは一体なんなんだろうな？　魚かなにかか？　トマスはあれがなんなのか知っているのか？」

隣のねね子は眉間に皺を寄せ、宙に向かってブツブツと独り言を呟く。

「だ、だから前にボクが言っただろ。あれはツノザメ目、ヨロイザメ科、学名『Isistius brasiliensis』のダルマザメ……。も、もう忘れちゃったのか……？」

池田は、ねね子のピント外れな呟きをスルーする。

トマスはあの絵画を見上げた。

「僕も初めは驚きましたが、あれは何かのサメの絵だと聞きましたよ。詳しくは知らないですが、レイモンド卿はあのサメを好んでいるって話です」

「ほう、そいつは随分と変わった趣味だな。あの絵は不気味というかどうにも悪魔じみている。ああ、そうだ。悪魔と言えば、以前、シロナガス島の悪魔という言葉を耳にしたことがあるんだが、もしかしてあのサメがその悪魔なんだろうか？」

それまで平然としていたトマスの顔にサッと動揺の色が浮かんだ。

「シ、シロナガス島の悪魔……ですか？」

「おや？　なにか心当たりでも？」

「い、いや、知らないですね。聞いたこともないです」

トマスは滑稽な程に動揺を浮かべ、汗を滲ませていたが、

「ヒギンズさんはどこにお住まいなんですか?」

それを誤魔化すように、話題を変えた。

「俺かい? 俺が住んでいるのはニューヨークのブルックリンだよ。マンハッタンの夜景が望めるいい場所に住まわせてもらっている」

隣のねね子が池田に冷笑を向ける。

ねね子の知る限り、池田のオフィスからマンハッタンは親指で隠せる程しか見えないはずだ。

だが、トマスはその池田の言葉を額面通りに受け取った。

「羨ましいですね。僕はニューヨークに行くのは学会でくらいですが、あそこはいい街だ」

「学会? それはもしかして……」

池田が問いかけようとした時、その場にアキラが現れる。

「どうもヒギンズさん、ハリントンさん、ねね子さん。まだ少し早かったみたいね」

「よう、アキラ。ジゼルは一緒じゃないのか?」

アキラはその池田の言葉に対し、ムッと表情を固くする。

「私も子供じゃないのですから、常に一緒というわけではありませんわ、ミスターヒギ

ンズ」

池田は、アキラの言葉に妙なトゲがあることに気づいたが、その原因がなんであるのかまではわからない。ねね子が落ちそうになった時、なにかアキラに向かって言った気もするが、思い出せない。

アキラはねね子の右隣の席に腰を下ろす。

僅かに間を置いた後、会場にジゼルが現れた。

「すいません、お嬢様。遅れました」

「大丈夫よ、ジゼル。捜し物は見つかった？」

「ええ、鞄の中にありました」

ジゼルはそう答えてアキラの右隣の席に着く。

その後、会場にアレックスとアウロラが現れ、アレックスはジゼルの右隣、一番奥の席につき、その正面にアウロラが座った。

アウロラは、ニコニコと皆に笑みを向けていたが、アレックスの方は他の皆とは本気で関わりたくないらしく、無言のまま視線すら合わせようともしない。

最後にジェイコブとリールの二人が現れ、池田に向かって声を上げた。

「やあ皆さんお揃いで」

「あら？　もしかして私達が最後？」

トマスの左隣にジェイコブが座り、その隣がリール。

招待客は揃ったが、レイモンド卿はまだ姿を現さない。

「……？」

不意に、池田はこの場になにかの違和感を覚えた。

池田はそれを確かめるべく会場に集まった招待客達を見渡す。

向かい側の席、奥からアウロラ、リール、ジェイコブ、トマス。そして池田側の席の奥から、アレックス、ジゼル、アキラ、ねね子、池田が並ぶ形。

だが、何かがおかしい。

何かが足りない。

いや、あるいは多いのか。

池田はしばらくその違和感の正体を探ったが、いくら思考を巡らせてもその答えにはたどり着けそうにない。

池田は、一端その思考を切り上げ、皆に視線を向ける。

ジェイコブはどこで飲んでたのか知らないが、食事前だというのに既にワイングラスを手にしている。船の時も飲んでいたから、アルコール中毒に近いのだろう。

その隣に座るリールは作り笑いを浮かべ、ジェイコブの話に適当な相づちを打っているようだった。

やがて、会場にヴィンセントが現れ、皆を見渡し声を上げた。

「皆様、お揃いのようですね。それではお食事をご用意致します。主人、ダン・レイモンドも間もなくこの会場に到着する予定です」

料理の手配が進められる中、池田はトマスが妙に落ち着かない様子で腕時計に視線を向けていることに気づく。

トマスはその焦りを誤魔化すようにハンカチで額を拭い、

「す、すいません。ちょっと失礼……」

そう言って会場を後にした。

「妙だな……トマスはどこに行くつもりだ？」

「ど、どこって便所に決まってるだろ。そわそわしてたし……」

「お前は記憶力はいいが、人物観察に関しては全然駄目だな。よく見ろ。トマスは時計に視線を向けてたぜ。何か時間設定のある用事があるってことだ。だが、この島でそんな用事があるとは思えん。一体、どこに向かったんだ？」

「し、知るか。どうせ誰かと会うんだろ……」

「誰かに会うって、他の連中は皆ここにいるんだぞ？」

正確にはレイモンド卿はまだ現れていないが、食事前にトマスとレイモンド卿が密会する可能性は低いだろう。

「ど、どうでもいい……」

やがて、皆のテーブルに料理が運ばれ始める。

トマスの動向に興味のないねね子は、目の前に人がいなくなってむしろ好都合だと陰気な笑みを浮かべた。

「ふ、ふひ……」

隣の席のアキラはそんなねね子を珍獣を見るかのように覗き込んだ。

「ねぇ、ねね子さん、あなたとても髪が長いのね。どこで髪をお切りになっているの？」

「ヒアッ……あ、あ、あの……」

滑稽な程に怯え、縮こまるねね子を見てアキラは顔をしかめた。

「なによ。そこまで怯えなくてもいいじゃない」

池田が助け舟を出す。

「ああ、すまんね。そいつは人と会話するのが苦手なんだよ」

「あら、それは失礼。早く慣れるといいですわね、人間に。早く人間に慣れたーい、って感じで」

ふと、アキラは小馬鹿にした感じで言った。池田はアキラが食前酒のワインに口を付けていることに気づく。

アキラはその池田の視線に気づき、池田に薄い笑みを向けた。

「ヒギンズさん、ご存じ？　イギリスでは一六歳からでも保護者同伴ならお酒を飲むことが出来るんですのよ。ワインくらいは淑女のたしなみの一つですわ」

「そうはいってもここはアラスカ州のはずなんだがね……」

その様子を見たねね子は、アキラの存在に怯えつつも目の前にあるワインにキラキラとした目線を向けた。

「ボ、ボクもこれ飲んでいい……？」

「勿論駄目だ。お前は大人しくグレープジュースにでもしておけ」

「ケ、ケチ……」

そうする中も食事は進んでいく。

メインディッシュとして出されたのは牛ヒレ肉のロッシーニ風だ。

小ぶりな見た目だが、素材はかなり厳選されており、表面を強火で焼かれたレアのヒレ肉とフォアグラ、そしてその上には贅沢に大ぶりの黒トリュフのスライスがのせられ、マンデラワインとフォアグラのピューレ、粗く刻まれたトリュフを加えたペリグルディーヌがかけられている。

という解説を、ねね子が独り言でブツブツ呟く。

ねね子は猫背で姿勢が悪く、長すぎる髪で顔が隠れてしまうため、傍目から見れば完全な不審者だ。特に隣のアキラは眉間に皺を寄せて、汚物を見るような視線でそれを眺めていた。

池田はチラリと腕時計に視線を向ける。

あれから十分以上経ったが、トマスはまだ帰ってこない。

また、レイモンド卿が姿を現す様子もない。

結局、皆に食後のコーヒーが運ばれてくる頃になっても、二人が現れることはなかった。

ジェイコブはコーヒーを運んできたアビーを呼び止める。

「俺は例のやつにしてくれ」

「かしこまりました」

アビーは角砂糖を載せたスプーンをカップの上に置き、手慣れた様子で火をつける。

ボウッと、薄く青白い炎がスプーンの上で燃えだす。

池田が何気なくそれを眺めていると、

「カ、カフェ・ロワイヤル……」

ねね子が小さな声で答えた。

「ああ、あれはそういう名前なのか？　ああやって燃やす飲み物なんだな」

「あ、あの角砂糖にはブランデーがしみこませてあってあんなふうに燃えるのだ。炎の熱で角砂糖が溶けた頃を見計らって、コーヒーと混ぜ合わせて飲む……。かのナポレオンも愛飲したというお洒落な飲み方……。く、くそ、お洒落過ぎる……」

「ああいった洒落た飲み方は俺も知らないから縁遠い世界だな。気になるのなら記念に頼んでやろうか？」

「しょ、正直ちょっとだけ興味あるけど、こんな明るい中だと服とかに延焼しそうで怖い……。アルコールランプとかだってカーテン閉めて暗くして使わないと危ないんだぞ。

ま、まさかこの辺りも燃えてないだろうな……」

ねね子はそう言いながら何もないテーブルの上でバタバタと手を動かす。

相変わらずの挙動不審の動きなので、隣のアキラはまた眉間に皺を寄せてそのねね子の奇行を眺める。だが、やがてそれはアキラの理解の範疇を超えてしまったためか、しかめっ面の顔をスンッと無表情にし、固い笑みを浮かべたまま停止した。

池田はジッと青い炎を見つめ続ける。

不意に池田の脳裏に炎のイメージが浮かび上がる。

燃え上がる強烈な炎、轟音。平静な食事会場の中、会話と僅かに響く食器の音、それらと不釣り合いな炎のイメージ。男の叫び声。

「い、池田？　どうかしたか？」

池田はねね子の言葉によってハッと我に返る。

「いや……なんでもない」

池田がそう答えた直後、ヴィンセントが蓄音機と共に姿を現した。

「皆様どうかそのままで。本来、主人ダン・レイモンドが直接、皆様方にお話しをする予定になっていましたが、急遽それが変更となりました。ただいまよりこのレコードから主人のメッセージをお伝え致します」

池田はその古めかしい蓄音機に怪訝な視線を向ける。

「レコード？　レイモンド卿は何故現れないんだ？」

ジェイコブはハッと鼻で笑う。

「レイモンド卿の気まぐれはいつものことだ。別段変わったことじゃない。だが、我々をこの島まで呼んだくらいだ。相当重要なメッセージがあるってことだろう」

ヴィンセントは会場を見渡し、トマスの姿がないことに気づいた。

「ハリントン様のお姿がないようですが、致し方ありません。時間通りに行えとの言付けですので、このままレコードを再生致します」

レコードに針を置くと、僅かなノイズ音の後、音声が流れ始める。

『みなさま……わざわざこのシロナガス島……いただき……恐縮…………』

流れ出したその音声は、録音した時点から乱れていたのか、あるいはレコード自体が傷ついているのか、かなり不明瞭で聞き取りづらい。

『重大な懸念が……ました……島の秘密……絶対……約束……何者が……流したのです……これは……許されることでは……せん……しかも……何者かは……私を……し……つけたのです……情報……正確性……犯人……だと……招待状を……』

あまりの不明瞭な音声にジェイコブは思わず苛立ちの声を上げた。

「おいおい、ふざけてるのか。全然聞き取れないぞ」

直後、

『…………て…………が………………………………………………………………………………この中に裏切り者がいる……』

それまでの乱れた音声とは違うはっきりとした音声が流れた。その不気味な声のトーンに、皆はハッと息を飲む。

やがて、レコードは雑音のような支離滅裂な音声を流した後、そのメッセージを終えた。

「……これで主人のメッセージは終わりなようです」

ヴィンセントもこの状況は予想外だったのだろう。表情には現れていないが、その内容に困惑している様子だ。

ジェイコブは何もない宙を睨み付け、呟く。

「いくら何でも冗談が過ぎるぞ、レイモンド卿……。この中に裏切り者だと？　馬鹿な、そんなことをしても何の意味もない」

アキラは呆れたように鼻を鳴らした後、椅子から立ち上がり皆に向かって声をかけた。

「メッセージは終わったようですわね。それでは私は失礼いたしますわ。ごきげんよう。……行きましょ、ジゼル」

ねね子はアキラ達が会場を後にしたのを見て、池田の袖を引いた。

「じゃ、じゃあボク達も行こう……」

「いや……少し話を聞いてみよう」

「ボ、ボクはやめた方がいいと思うけどなぁ……」

池田はジェイコブの元へと近づく。

「ジェイコブ、今の件に関して少し聞きたいことがあるんだが……」

ジェイコブはブツブツと独り言を繰り返し考え込んでいる様子だったが、池田の言葉でハッと我に返り、ジェイコブはギョロリと鋭い視線を向けた。

「ミスターヒギンズ……思えばあんたの経歴はどうにも怪しい……。まさか、お前がその裏切り者なんじゃないだろうな？」

「おいおい、まさか。そんなこと思われるとは心外だな」

「いや、ミスターヒギンズだけじゃない。他の連中も、特に代理人として来た連中は怪しい。きっとその中に裏切り者が……」

池田が顔をしかめていると、ねね子がもう一度池田の袖を引っ張った。

「な、な……だから言っただろ……。か、帰ろう……」

廊下に出て、張り詰めた空気から解放されたねね子は「プハッ」と大きく息を吐き出す。

「な、な、なんなの？　この嫌な雰囲気……。さっき裏切り者がどうとかって話があったけど……」

「どうやらあの招待状は裏切り者をあぶり出すための餌だったようだな。だがわからんな。仮に裏切り者がいたとしても馬鹿正直にノコノコこの島に来るとは思えんのだが……」

「し、島に来なかったら怪しいってわかるから、それで全員呼んだんじゃないの？」

「なるほど、となるとジェイコブの言うように怪しいのは代理人を使ったやつなのかもな。といってもトマスとジェイコブ以外、全員代理人なわけだが……」

「ヒ、ヒギンズさんがその裏切り者だったんじゃないの？　自責の念にかられて自殺したとか……」

「しっ、そのネタは軽く口にしない方がいい」

池田は周囲に人影がないことを確認した後、続ける。

「まあ、確かにその可能性はあるが……そうなるとお手上げだ。こちらにはそんな情報はないからな。だが、事情を知らない無知な代理人を問い詰めたところで裏切り者かどうかは判断出来ないはずだ。それとも、レイモンド卿は既に誰が裏切り者なのか当たりを付けているということだろうか？」

「と、とりあえず部屋に戻らない？　な、なんか怖いし……」

「そうだな、これ以上は部屋に戻ってから話そう」


回廊まで戻ると、あの鉄の扉は再び閉まっている様子だった。

池田は思わず目をむく。

「おい、ちょっと待て、またか？　扉はアビーが開けたんじゃないのか？」

「さ、先に行ったアキラが閉めちゃったんじゃないの？　あの女、性格悪いから……」

二四

「クソ、またこれを回すのか……」

苦労のすえ扉を開けると、強い風が回廊に吹き込む。橋の上に二つの人影が見えた。

「……ん？」

橋の上には、うずくまるアキラとそれを介抱するジゼルの姿がある。

ねね子は訝しげな視線を向け、呟く。

「な、なにやってるんだ？　あの二人……」

「どうも様子がおかしいな」

池田とねね子は小走りで二人の元へと駆け寄る。

アキラは真っ青な表情で視線を宙に浮かせ、吐き気を抑えるかのように手で口を覆い、それに寄り添うジゼルはその手をアキラの肩に添えていた。

「大丈夫ですか？　お嬢様」

池田は二人のそばで片膝をつき問いかける。

「おい、どうした？　何かあったのか？」

ジゼルは緊張がこもった表情を向けた。

「実は、この先の通路で人が倒れていて……」

側のアキラは宙を見つめ、ただ呆然としている様子だったが、やがて、自分に言い聞かせるかのように小さな声で呟いた。

「あれはもう人じゃないわ……。人じゃないのよ……」

この先の回廊でただならぬ事態が起きたことは間違いない。

池田はジッと鉄の扉に視線を向けた。

「先の通路……つまりこの扉の向こう側か……」

アキラは青い顔のまま、池田に強い視線を向け、呟く。

「扉を開けるのなら覚悟なさい。……えぐいわよ」

「忠告、感謝する」

池田はそう言って頷いた後、鉄の扉へと歩を進める。

そうしてそのハンドルを握りしめた。

「ねね子。怖いのなら下がっていろ。この先にどんなものがあるのかわからんぞ」

ねね子は池田の背中にしがみつき弱気な声を上げた。

「ひ……ひ、ひー、こ、怖いぃ。決心が揺らぐので開けるなら早く開けてくれぇ」

池田は頷き、そのハンドルを持った手に力を込める。

「いいだろう。いくぞ……扉を開ける」

第三話

透明な殺意

」1「

鉄の扉が開くのと同時、焼け焦げた悪臭と共に黒煙が溢れる。
回廊の中に溢れていた煙は、吹き込む風によって薄れ、その状況を現した。
「……ッ！」
回廊の石畳の上には人らしき物体が倒れていた。
性別すら判断出来ぬ程に焼け焦げ、その原形を僅かにだけ留める人間。
いや、その体型から推測して、それは恐らく肥満体の成人男性だ。
そして、その体型と、焼け残った服装、麻地のスーツ、黒のベスト、シャツ。
顔の火傷が酷く、確証は持てなかったが、
「まさか……トマスか」
池田はそのトマスらしき人物の顔面部に顔を寄せ、呼吸を確認する。
既に息はない。
死因は窒息死か焼死、ともかく火が原因になったと見て間違いない。
だが妙だ。
この石造りの通路にはこれほどの火災を起こす可燃物は見当たらない。
焼死する程の強烈な火など、どこにあったというのか？
「う、うう……。じょ、冗談じゃない。も、物には限度が……」

ねね子は、ヨロヨロとその身を壁にもたれかけさせ、嘔吐いた。

毒のある言葉はいつもと同じだが、今は本当に限界が来ているのだろう。真っ青な顔を浮かべ、今にも卒倒しそうだ。

「ボ、ボクもう限界だから……。い、一応見たんで、役目終わり。そこで気絶してるんで、よろしく……」

ねね子は泣き声でそう言った後、その場からふらふらと離れて、石橋の隅に突っ伏す。

「おい、大丈夫か？」

池田が声を上げた直後、辺りは騒がしさを増した。

騒ぎを聞きつけた皆が橋に集まりだしたのだ。

ジェイコブは回廊の中のそれに動揺した視線を向けた。

「おい、これは一体なんだ？　何が起こっている？　その通路にある物は……なんなんだ？」

リールが回廊から溢れ出る悪臭に反応し、呟く。

「酷い匂い……」

池田は皆を見回した後、顔をしかめた。

「まずいな……」

この現場にはまだ数々の重要な証拠が残っている。

皆にこの現場を荒らされれば、事件の真相が掴めなくなるかもしれない。

池田は回廊の中に入ろうとするジェイコブを止めるべく、大声を張り上げた。

「近づくな！　この現場は調査が終わるまで保持する必要がある！」

「保持だと？　ミスターヒギンズ！　一体、貴様に何の権限があるんだ！　そこをどけ！　そこにある死体はなんだ！」

ジェイコブは池田に詰め寄る。

確かに、単なる一般人が現場を保持しろと言ったところで彼らを抑え込むのは難しいだろう。この場の混乱を鎮めるには、それなりの権威が必要となる。

池田は覚悟を決めた。

池田は内ポケットからニューヨーク州の私立探偵ライセンス証を取り出し、それを皆に向かって掲げる。

「止まれ！　俺の本当の名は池田戦。ニューヨークで探偵業を営んでいる男だが、訳あってこの島に来ることになった。知っての通り、俺には捜査権も逮捕権もある。この島に警察が来るまでは俺の指示に従ってもらう！」

それは半ばハッタリだ。ニューヨーク州の私立探偵ライセンスは、アラスカ州では効力を及ばさない。だがその言葉はこの場を支配するのに十分な効力をもたらした。

ジェイコブは動揺した視線を向ける。

「た、探偵？　池田戦、だと？　貴様、身分を偽っていたのか！」

「ああ、そうだ、ジェイコブ！　それ以上こちらに近づくな！」

招待客の大半はただ驚きの表情を浮かべるだけだったが、その中でアレックスだけが違う反応を示した。

「ニューヨークの探偵、池田戦……？　き、聞いたことがあります。なんでもマフィアとも繋がりがある男で、非合法な手段も厭わない札付きの悪党だって……。ああ、そうだ！　確かに一度、新聞で見た顔ですよ！　間違いない！」

皆から一斉に不審の視線が向けられる。

アキラは手で口を押さえたまま、池田を睨んだ。

「や、やっぱり悪党だったのね……」

「ああ、なんとでも言え。ともかく、これで俺の身分は証明されたってわけだ。札付きの悪党だろうがなんだろうが、ライセンス持ちには違いない。ここは俺の指示に従ってもらうぜ」

「だ、誰がお前の指図なんて……」

食いかかるアレックスに対し、池田は手を向けてそれを抑える。

「アレックス、とりあえず今は俺への敵意は置いておけ。ねね子の介抱を頼む」

「……ッ」

アレックスは池田を一睨みした後、ねね子の元へと歩み寄り、その身体を抱きかかえる。

「リールはこっちだ！　悪いが現場に立ち会ってもらうぞ！」

「あー、あの……前にも言ったけど私の専門は内科なんだけどね……」

リールは、一旦躊躇する様子を見せつつも、

「でもそんなことを言ってる場合じゃなさそうね。わかったわ、池田さん」

そう言って回廊の中へと歩を進めた。


目の前の焼死体は未だに燻り、僅かな煙と不快な匂いを放ち続けている。

「リール、準備はいいか？」

それまでリールは動揺した様子を見せていたが、大きく息を一吐きした後、プロらしくサッと意識を切り替えて、答える。

「ええ、大丈夫よ。でも一応言っておくけど、私が出来るのは医学的な助言を与えるだけよ。他のことは期待しないでね」

「ああ、それで十分だ。さあ始めよう」

池田は、死体の横に腰を下ろし死体の検視を開始する。

死体の状態で真っ先に目につくのは、その奇妙なポーズだ。死体はまるでカエルを仰向けにしたかのように四肢を広げ、腕と手首を強く折り曲げている。

「何故、腕や足がこんな具合に曲がっているんだ？」

「筋肉中のタンパク質が熱で変成したからよ。変成した筋肉は、より筋肉量が多い側に曲がるからこういう形になるの。生のお肉焼いたら縮むでしょ？　あれと同じよ」

「そいつは実にありがたい情報だな……。ステーキが大好きになりそうだ」

リールが眉を寄せる中、池田は続ける。

「それで、火傷の度合いで言えば、腕よりも足の方が酷いようだな。もうほとんど皮膚の色を留めていないようだ」

「広範囲にⅢ度の熱傷、医者によってはⅣ度熱傷と表現する程の状態ね。皮膚の一部が完全に炭化しているようだわ。単なる着衣着火ではここまでの状況にはならないと思うわ。これに似た状態なら、そうね……焼身自殺とかが近いかも……」

「焼身自殺か……。足下の方が熱傷の度合いが強いということは、何か下側から強い火に晒されたってことか？　だが、どこにそんな火の気があるっていうんだ？」

池田はもう一度回廊の中を見渡してみるが、やはり火の気になるような可燃物はない。無理矢理可燃物と言えそうな物を探し出すとすれば、花瓶が置かれていた木の台座くらいのものだろう。

「他にあるのは、割れた花瓶と花の燃えかすくらいのものだが……」

「そうね。せっかく綺麗な花が飾ってあったのにね」

リールは生返事をして、手持ちのライトで死体の口内を照らす。

「……他の部位と比べると顔はまだ熱傷がマシなようね……口内には煤の付着も少ないし、浮腫もみられない。気道熱傷もほとんどないみたい」

「つまり、気道を焼く間もなく、意識を失ったってことか？」

「酸欠による失神と言うよりは、ショック状態に陥ったという方が適切かも。ともかく高温の空気で気道が焼けてないことだけは確かよ」

「ふむ……」

池田は焼け焦げたスーツに視線を向ける。

「……ん？」

スーツの内側から財布の端が覗いていることに気づくと、それをハンカチを使って慎重に抜き取る。

長財布の中には、一枚の手紙が挟まれていた。


『――――お伝えしたいことがあります。

――――が集まった五分後、客室へとお戻りください。

そこで今回の件をお話し致します。

ダン・レイモンド』

それは簡易なメモ書き程度のメッセージだ。

一部が焼けているため全体は判読出来ないが、素直に受け取ればそれはレイモンド卿からの誘いの文面と読める。

だが、その文章は手書きではなくワープロソフトで作られたものだ。誰が作成したのかわかったものではない。

「何それ？」

「手紙だ。どうやらトマスは誰かにはめられたらしい」

更に長財布を調べると、その中に見慣れた一枚のカードがあることに気づく。

『隔離区画レベル3』

池田が所持しているロイ・ヒギンズのカードと似ているが、ヒギンズ氏の方がレベル2と刻まれた灰色のカードであるのに対して、こちらはレベル3の赤色だ。ただ、カードは高温に晒されたためか痛みが激しい。恐らく、磁気とICチップは駄目になっているだろう。

「また隔離区画か……どうにも嫌な感じだな」

池田は自分にしか聞こえない程の小さな声で呟いた後、リールに向き直った。

「ともかく、これで大まかな状況は把握できた。一度、状況を整理しよう」

「ええ、わかったわ」

「まず死因だ。窒息かあるいは熱傷によるショック死という線が妥当か」

「まあ……そんなところね」

「熱傷は腕と足が特に酷いが、それらと比較すると胴体、顔面部は比較的熱傷の度合いが浅い」

「基本的には全身大火傷なんだけど……まあ比較的にはね」

「この通路の中には火の気は無く、また熱傷の原因になるような物も見当たらない」

リールは頷き、もう一度辺りを見渡す。

「それが本当に不思議よね。こんな火の気のない通路のどこでこれほどの熱傷を負ったのかしら……」

「本当に熱傷を負った現場はここなんだろうか？　他で熱傷を負ってここまで移動した可能性は？」

リールは首を振る。

「さすがにその線はないと思うわ……。この遺体の状態と気道熱傷のなさからみて、動けたとしても数メートル程度だと思う」

「確かに、俺が扉を開けた時、回廊から大量の煙が溢れてきた。回廊の中で燃えたと考える方が自然だろう。それにこの体格だ。外部から運ぶのは容易ではない」

「そうすると、ますます謎は深まるわね。どうやってここでこれほどの熱傷を負ったのかしら？」

「火の気のない場所で焼死か……」

稀にそういう変死体が発見されるという話は池田も聞いたことがある。

果たしてこれもそういった類いのものなのだろうか？

「ともかく、一連の状況から考えて、事故の可能性は限りなく薄い。辺りには火の気もないし、この熱傷具合は雷に打たれたような感じでもないようだしな」

「雷なんかとは違うわね。これは間違いなく、かなり強い火に巻かれた感じよ」

「となると、次に考えられる可能性は自殺。動機は置いとくとして、それがもっとも有力な線だ。ガソリンでも被ればこんな具合に自殺することも可能だろう。だが、そう考えた場合、財布に挟まれていたあの手紙が問題になる。あれは間違いなく誰かがトマスを誘い出したものだ。だとすれば答えは一つに絞られる……」

池田はジッとトマスの死体を見つめ、

「これは殺人だ」

そう呟いた。

リールはビクリとその身体を震わせる。

リールも朧気にその可能性は考えていたが、意識的に選択肢から排除していたのだろう。外界から隔離された絶海の孤島で殺人事件が起き、自分がそれに巻き込まれるなど誰も考えたくもないことだ。

「さ、殺人？　でもそんなまさか……。一体誰がなんのために？」

「誰がなんのために、そしてどうやって殺したか。そうだそれが問題だ。それを探り出さないといけない。早く犯人を見つけ出さなければ……」

だが、トマスを殺す動機はなんであるのか？

あのレイモンド卿が伝えた『裏切り者』と関係することなのだろうか？

「ともかく今言えることは、俺達は今、酷く危険度が高い状況に置かれているってことだ。注意した方がいい。トマスを殺した犯人は間違いなくこの島の中にいる」

リールは不安げな表情を浮かべ、我が身を抱くように自らの腕を引き寄せる。

直後、

「ううう……」

その場に何者かの呻き声が響いた。

「……ッ！」

池田は咄嗟に声のした方向へと視線を向け、リールはビクリとその身を跳ね上げる。

この場にいるのは池田とリールの二人。それ以外にあるのは一つの焼死体だけ。

そのはずだった。

だが、そうではなかった。

冷や水を浴びせかけられたかのように、強烈な寒気が走る。

「……トマスッ！　息を吹き返したのか！」

「え……ま、まさか、この状態で生きているの？　さっきまで呼吸もなかったはずなのに……」

池田は無言のままリールに視線を向ける。

仮に奇跡が起きたとして、トマスがこの状態から生き延びることが出来るか否か。それを視線で問いかける。

リールは恐怖の表情を浮かべながら、震えるように首を横に振った。

池田はトマスに身を寄せ、声をかける。

「よう、トマス。心配するな、火傷は思った程酷くはない。だが今は少し休んだ方がいい。後は俺達に任せれば何も問題はない、安心しろ」

トマスの口から深い息が吐き出される。

「……ンゲル……。……リードマン……」

うわごとにも似た途切れ途切れの言葉。

「……リードマン？」

耳を口元に近づけると僅かにそれだけの言葉を聞き取ることが出来た。

後はただ弱々しい呼吸音が響くだけだ。

だが、やがてしてそれも止まった。

僅かに間を置いて、リールは医者としての冷静さを取り戻し、トマスの状態を確認する。瞳孔反射の確認。呼吸と心拍の方は皮膚が重度の熱傷により硬化しているため、確認しづらい様子だったが、やがてそれらをチェックし終えた後、小さく息を吐き出した。

「亡くなったわ……今度は間違いないと思う。ごめんなさい、ちゃんとチェックすべきだった。状況で先入観を持ってしまった……生きているはずがないって……」

「リールはよくやった。この状況ならそう判断してもおかしくはない。ここに来た直後はトマスの呼吸も止まっていたし、実際、俺もそう思っていた。気を落とすな」

「そう言ってもらえると少しは気が楽になるけど……。でもやっぱり駄目だわ、医者失格よ……」

その場に言いようのない重く沈んだ静寂が訪れる。

何かが違えばトマスを助けられたのではないか？　そんな後悔が二人の脳裏から離れない。

だが、やがてその静寂は破られた。

橋にヴィンセント達が現れたのだ。

「これは何事ですか？　皆様、お怪我はございませんか？」

遠目にヴィンセントを見た池田はその場から立ち上がる。

「随分、遅いご登場といったところか……」

池田はヴィンセントに近づき、一連の状況を説明する。

「……というわけだ。こうなった以上、一度外部と連絡を取るために通信機器を使わせてもらいたい」

「承知いたしました。屋敷に長距離無線がございます。ご案内いたします」

「こちらが通信室となっています。ここからならウナラスカ経由でアラスカまで通信を行うことが可能です」

ヴィンセントはそう言いながら食事会場横にある扉を開ける。

だが、

「……ッ！」

机の上に置かれた長距離無線装置は、その中央を斧で叩きつけたかのように完全に破壊されてしまっていた。金属のケースからは、バラバラになった基板が露出している。修復は不可能だろう。

「どうやら何者かに先を越されたらしいな」

池田はそう言いつつも、同時に疑問を覚えた。

この部屋が防音室だったとしても、これほどの破壊を行えば外にも音は漏れるはずだ。いつ誰が、どうやってこれを破壊したというのか？

なにか得体の知れないものが蠢き始めている。それは島自体が意思を持ち、皆を飲み込もうとしているかのようだ。

「ヴィンセント、これの他に通信装置はないのか？」

「残念ながらございません。このルイ・アソシエにある通信設備はここ一カ所になります。客船が戻れば通信を行うことも可能なのですが……」

「それまでは連絡すら出来ないってことか……。さて、それで問題は誰がこの通信装置を破壊したのかってことだ。ヴィンセント、この通信機器が無事なのを確認したのはいつだ？　この周辺で不審な物音を聞いたことはあるか？」

「通信機器を確認したのは、皆様方がこの島に到着した直後です。港を去る船に対してここから通信を行いました。それ以後、私の記憶ではこの近くで不審な物音を聞いた記憶はございません」

「俺達が到着した後ね……。ということは発見されるリスクを無視すれば、誰にでもこれを破壊するチャンスはあったというわけか」

考えを巡らせる中、通信室の中にアビーが現れた。

相変わらずの無表情だが、急いで駆けてきたためか僅かにその顔が上気している。

「失礼します。裏口の窓が割れているのを見つけました。この通信機を壊したのと同じ不審者の仕業でしょうか？」

「裏口の窓が？　アビー、案内してくれ」

「かしこまりました。こちらです」


通信室から左に出て、更にその先の角を左に折れると、すぐに裏口の窓が目に入った。

扉の上部は格子状のガラス張りだが、そのノブに近い部分が割られている。ガラスの破片が室内側に散らばっているところを見ると、外側から破られたのは確かなようだ。

「外から破られたガラスか……」

だがこの状況には違和感しかない。この絶海の孤島で外部犯など馬鹿げている。

仮に池田が犯人の立場だったとしても、こんな雑にガラスを割る真似などしないだろう。こんなことをすれば外部からの侵入者があると自ら喧伝するようなものだからだ。

「アビー、この島でここ以外に身を隠すことが出来る場所はあるか？」

「港の近くに管理小屋がございます。それ以外の場所ですと、風雨をしのげる場所はないかと思います」

「なるほど……。ともかくこうなった以上、レイモンド卿に会って話をしたい。会うことは出来るか？」

無表情なアビーの顔に僅かに困惑の色が浮かんだ。

「旦那様にですか？　それは……」

思えば、池田は未だにレイモンド卿の声しか聞いていない。

本当にレイモンド卿という人物が存在しているのかすら疑わしい。

その場に重い静寂が訪れたが、それを強い雷鳴が破った。

控えていたヴィンセントが代わりに声を上げた。

「私がお部屋までご案内致しましょう。ただし、お部屋にいらっしゃるかどうかはわかりかねますが」

「構わん。案内してくれ」


二人は食事会場前通路の中頃にあるエレベーターの中へと乗り込んだ。

「主人、ダン・レイモンドのプライベートスペースは四階にございます」

「何故、これほどの騒ぎになってもレイモンド卿は姿を現さないんだ？」

肖像画と蓄音機から流されたメッセージ。

あれほどの強烈な自己顕示欲があるのに、一向に姿を現そうとしないのは奇妙だ。

まるで自らの意思でその身を隠しているかのようだ。

ヴィンセントは四階のボタンを押した。

「なにぶん気まぐれな方ですので……。今回のように姿を消されることも珍しくございません」

「とはいえ、この絶海の孤島で屋敷以外の場所に身を隠しているわけもないだろう。この屋敷のどこかにいることは確かなはずだ」

エレベーターは上昇を開始する。

「さて、会えればいいのだが……」

「旦那様、お客様をご案内いたしました。お話になりたいことがあるそうです」

ヴィンセントがノックしても、扉の奥からは反応がない。

池田も扉に近づき、同じように扉をノックする。

「……?」

その音の響きを聞いて、池田は僅かに眉を寄せた。

音の響きが重い。

一見すると木製扉のように見えるが、その扉はかなりの重量の鋼鉄で出来ている。

扉の横には、不釣り合いなカードキーの読み取り装置も備え付けてあるのが見えた。

一四六

池田はその疑問を一旦押さえ込み声を上げる。

「レイモンド卿！　私の名は池田戦。ロイ・ヒギンズ氏の代理としてこの島に来た者です！　先ほど、客室棟の接続通路内で人が死にました！　状況から見て何者かに殺害されたと推測されます！　それらのことに関して話を伺いたい！」

だが、いくら待っても扉の奥からはなんの反応も返ってこない。

池田は小さく息を吐き出した後、ヴィンセントに視線を向けた。

「レイモンド卿はここにはいないようだな……。かといってこのまま家捜しをするわけにもいくまい。ヴィンセント、悪いがレイモンド卿を見かけたり、コンタクトがあった時はすぐに俺に知らせてくれ」

「承知いたしました」

だが、レイモンド卿が身を隠し続ける理由はなんなのか？

あの手紙に書かれていた通り、トマスを呼び出して殺したのはレイモンド卿自身だということなのだろうか？

だとすれば、すべてはレイモンド卿によって仕込まれた罠だということになる。

屋敷側の人間も信用出来ない。

夕食会場は静まりかえっていた。

古めかしい柱時計から鳴り響く秒針以外、なんの音も聞こえない。

トマスを除く招待客は全員集まっているというのに、その場はまるで誰もいないかのように静かでそして重く沈み込んでいた。

窓の外の光景もその印象に拍車をかける。

日が落ちた後、空には分厚い雲がかかり、月明かりすらも完全に遮断している。ベーリング海は完全な漆黒となり、まるで窓自体が塗りつぶされているかのようだ。

テーブルに置かれたメインディッシュは魚のソテーだ。

それも焦げを抑え、明るいソースをかけることによって、恐らく焼死体のイメージを連想しないように配慮がなされている。

アキラはフォークに伸ばした手を途中で止め、皆にぎこちない笑みを向けた。

「そ、そういえば……最近フロリダの方で大量のイルカが打ち上げられたそうですわね」

ジェイコブは手持ち無沙汰な様子でトントンとテーブルを叩く。

「ほう、そいつは初耳だな……」

リールは落ち着かない表情を浮かべ、テーブルに置かれた食器の位置を微調整する。

「へ、へーそうなの？　そういえば昔、イルカのふれあい体験に参加したことを思い出したわ。イルカの鳴き声って可愛いのよ。キューキューって……」

池田がナイフで魚を切り分けると、その場にいた皆はビクリと反応して一斉に視線を向けた。

池田は眉間に皺を寄せ、その動作を止める。

皆に視線を返すと、皆は気まずそうに視線を戻し、再びぎこちない動きを再開する。

アキラが気まずさを誤魔化すように笑みを浮かべた。

「そ、そういえば、マグロって……」

再びどうでもいい話が始まった。

池田には皆の考えはわかっている。

仮に、トマスを殺害したのが屋敷側なら、当然、次のターゲットは他の招待客だ。そしてその場合、島に潜り込んできた探偵はまず真っ先に殺されるだろう。最も考えられる殺害方法は毒殺。つまりこの場にいる皆は池田が毒殺されるかどうかを観察しているのだ。池田が料理を食べ、無事なのを確認出来た後で自分達も食事にありつこうという算段。

そのため池田は、このメインディッシュに至るまで、すべての料理を先に毒味する羽目になっていた。

隣のねね子もパートナー云々のことなどすっかり忘れて、皆と同じように池田に不安げな視線を向けている。

池田はその場の異様な空気に辟易としつつも、切り分けた魚を口元へと運ぶ。

「ほう、こいつは。なかなか……」

その直後、池田の身体がグラリと揺れた。

胸を押さえて前のめりに倒れる。

「……ッ！　うっ、な、なんてこった……クソッ……こいつは……ううう……」

皆はその池田の様子を見て、顔を真っ青にして硬直した。

だがその直後、

「う………旨い！」

という小芝居をやったので、池田は皆から殺意のこもった視線で睨み付けられた。

池田はその皆の視線を見返し、肩をすくめる。

その場の皆は池田が無事に料理を食べるのを確認すると、恐る恐る食事を取り始めた。

そうしてその実に陰気な夕食会は終わりを迎えたのだった。


「まったく、あんな陰気な飯はもうこりごりだぜ……」

会場からの帰り、橋の上で池田がぼやくと、隣にいるねね子が不安そうに顔をしかめた。

「ボ、ボクも食べちゃったけど……ほ、本当に毒とか入ってなかったのかな？　ち、遅効性の毒とか……。た、例えばダイアフォトキシンとか、アルファアマニチンとか……」

「そんな毒があるのなら昼食の時に使ってるだろうから心配するな」

「よ、余計心配になるだろ、それぇ……」

「まあ考えてもみろ。屋敷の連中が本当に俺達を殺すつもりなら、トマスをあんな派手に殺したりはしないだろう。他の客に警戒感を与えるのはデメリットしかない」

「じゃ、じゃあ、トマスを殺したのは招待客の誰かってこと？」

「まだそこまで断定は出来ないが……」


回廊の中は未だに煤だらけのままだった。当然ながら既にトマスの遺体はないが、焼けた悪臭はかなり残っている。

「う、うう……こ、これいつまでこのまんまなの？　き、記録取ったなら綺麗にするだろ、普通」

「出来れば警察が来るまでこの現場を保存しておきたいんだよ。まあしばらくの間、我慢してくれ」

「き、きつ過ぎる……」

「しかし、こうやって見ると右側の方が焼け方が酷いんだな」

池田は改めて回廊を見回す。

花瓶が載っていた台はほとんどが燃えて僅かに残骸を残すだけで、その近くの壁にある電球も切れ、濃い煤がついている。

トマスが倒れていたのはその丁度下の辺りだったはずだ。

「と、とりあえず今はそんなことはどうでもいい……。一刻も早くこの場から去りたい……と、というか去る！」

ねね子は顔を青くして、その場から一人で逃げていった。


「とりあえず、招待客全員から事件前後の状況を聞く必要があるな……」

池田は自室のベッドの上に腰を下ろし呟く。

直後、雷光が走り、間を置かず強い雷鳴が轟いた。

助けも呼べず、外界は荒れ狂う海。

船が来るまでは四日。

「……出来るだけの準備はしておいた方が良さそうだ」

池田は自室に運び込まれていたトランクを開け、その底の部分を引き剝がす。

二重底に隠されていたのは自動式拳銃、デザートイーグル.50AEカスタム。

デザートイーグルは主に排莢回りで信頼性が低いと語られることが多い銃だが、インナーバレルとアウターが一体化し、フレームに強固に固定されているため、安定性が高く、大口径銃の割に集弾性も悪くない。なにより威力がある。普通の人間を相手にするには明らかに過剰なスペックではあるが、頼りになるのは間違いない。

池田はそれをバックホルスターに収めた。

「さて、まずは誰から話を聞こうか……」

トマスが焼かれた時間帯は皆、会場の中にいたはずだが、数分程度なら席を外していた可能性はある。証言を聞いた上で、ねね子の記憶と照らし合わせればより正確な状況、なんらかの異変の把握が出来るはずだ。

「ん……？」

ふと池田は扉の外に僅かな気配を感じた。

用心しつつ部屋の扉を開けるが、廊下には誰の姿もない。

「俺もよほどに神経が高ぶっているのかね……」

そう言った後、池田は呆れたように息を吐いたが、足下に落ちているメモ用紙に気づくとその認識を改めた。

「……どうやら気のせいではなかったようだ」


『屋敷の前で待つ。午後八時』


それは署名もない単純なものだ。

かなり怪しいが、罠でないとしたら何か重要なタレコミがあるのかもしれない。公には出来ないような後ろ暗い何かが……。

池田が扉を閉め、部屋の中へと戻った直後、電話が鳴り響いた。

池田は受話器を取る。

「……もしもし」

『あのメモは見たか？』

その男の声には聞き覚えがある。

「その声……ジェイコブか？」

『……あまりこの電話で長話はしたくない。誰に聞かれてるかわかったもんじゃないからな。メモを見たんだろ？　あのメモの通り、指定の場所と時間に落ち合いたい』

「落ち合ってどうするつもりだ？　まさか俺を罠にはめるつもりじゃあるまいな？」

『罠だと？　馬鹿をいうな。俺は昼間の件に関して少し話したいことがあるだけだ。この島に来た理由は別として、皆の中で身元が確かなのはお前しかいない。信用出来るのはお前だけってわけだ』

「なるほどね。関係者には知られたくない秘密の話ってことか……」

『ともかく、これ以上この電話で話をするつもりはない。続きはメモの場所でする。話をする気があるのなら指定の時間に来い。一分でも遅れるようならこの話は無しだ。いいな？』

そう用件を伝えると、ジェイコブは一方的に電話を切った。

ジェイコブはトマス殺害に関してのなんらかの情報を知っている様子だが、この誘い自体はかなり怪しいものだ。だが、ここまでのことをして密会したがる程だ。それほど屋敷側に聞かれたくない内容なのかもしれない。

「会う価値はある……」

とはいえ、保険は必要だ。

池田は受話器を取り、２０１号室をコールする。

「……相変わらず電話に出ない奴だな。早くしてくれ、時間がなくなる」

いくら待っても反応がないので諦めて電話を切ろうとした矢先、やっとそれが繋がった。

『…………う、うう……。ううう……』

受話器から、ゾンビの呻きのような声が漏れ出す。

「ねね子か？　今から重要なことを言うからよく聞いておけ。さっき、ジェイコブから重要な話があるから落ち合いたいとの誘いを受けた」

『ふえ……』

「これは俺をはめる罠の可能性がある。お前は部屋の鍵を閉め、俺が帰ってくるまで誰が来ても扉を開けるな。現状、誰が信用出来るかはわからないからな」

『ふえぇ……』

「いいか？　誰が来てもだぞ」

『ふ、ふえええぇ……。も、も、元から誰が来ても部屋の扉は開けないつもりだし……。い、池田、それは本当に罠だと思うから行かない方がいいと思う……』

「今は少しでも情報が欲しいんだよ。それにジェイコブは本当に何か重要な情報を持ってそうな様子だった。ねね子、仮に俺が帰ってこなかった場合、ジェイコブが犯人の可能性が高い。その場合、お前はリールを頼れ」

『ふ、不安になること言うなぁ……。本当に止めた方がいいと思う。う、ううう……』

ねね子からくぐもった声が漏れる。

「おい、どうした？　大丈夫か？」

『で、電話使うの久しぶりだから、気持ち悪くなってきた……。は、吐きそう……』

「そいつはまあ、お大事に。じゃあな、行ってくる」

『あ……ま、待って……。置いていかないでくれ。と言ってもボクがついて行くのは嫌だけど。置いて行かれるのも嫌というかなんというか……。そ、そもそもパートナーというのなら相互的で信頼性のある関係を構築し……』

無駄に話が長引きそうだったので、池田は電話を切った。

」　3　「

本館は静まりかえっていた。

時折、外から響く風の音以外、何も聞こえず、招待客の食事と一通りの片付けも終わったためか、使用人の姿も見当たらない。

「さすがにここまで静かだと不気味だな……」

池田はエントランスにたどり着くと本館正面玄関の大扉に身を寄せる。

扉に警報装置の類いがないことを確認した後、その扉をゆっくりと押し出す。

重々しい音と共に冷たい風が吹き込む。

幸い外ではまだ雨は降っておらず、比較的風も弱い。ただ時折、雲間に雷光が走るのが見えた。雷の音は遠いが、直に荒れるかもしれない。

指定の時間は間もなくのはずだが、まだジェイコブの姿はない。

外は屋敷から漏れる明かりの他はなく、ほとんど闇に包まれている。いくら屋敷側を用心するためとはいえ、これほどの暗闇では互いの顔を判別することすら難しいだろう。

本館の所々に明かりがついているが、レイモンド卿の部屋と思われる四階中央部は消えているようだ。

客室棟もいくつか明かりが見える。

この場から見えるのは客室棟左側の部屋だけだが、二階の奥側からリール、トマス、アキラの部屋。下側がアレックス、アウロラの部屋だ。

トマスの部屋の明かりが消えているのは当然として、アキラの部屋の明かりも消えているようだ。ジゼルの部屋にでも行っているのだろう。一階で明かりが見えるのはアレックスの部屋だけで、アウロラの部屋の明かりもついていない。

「……ん？」

不意に、表玄関の扉が開き、屋敷の明かりが漏れ出す。

それを見た池田はその身を低く落とした。

視線の先、何者かが外の様子を窺っている。

ジェイコブかとも思ったが、この暗闇と距離では判別出来ない。

身を隠しつつ様子を窺う中、

「……ッ！」

閃光が煌めき、間を置かず鋭い風切り音が走った。

池田は、咄嗟に地面に伏せ、ホルスターから銃を抜き、スライドを引く。

「クソ……」

応戦するべきか否か。

その考えを巡らす中も、銃弾の連射は止まらない。

次第に銃弾の正確性が増し始める。

「こちらが見えているのか……？」

身体をかすめるように鋭い風切り音が走る。

「やるか……」

反撃すれば池田の居場所は筒抜けになるが、相手の位置は正確に把握出来ている。

牽制の効果はある。

池田は銃を構え、その引き金を引いた。

「……ッ！」

確かに銃弾は放たれた。

そのはずだった。

だが直後、意識の連続性は乱れ、強制的に一瞬前の状態へと引き戻された。

まるで時間が巻き戻ったかのような異常な感覚。

「どういうことだ……」

池田はこの混乱した感覚のまま射撃体勢を維持するべきではないと判断し、その身を伏せる。

脳裏にあの光景がよみがえる。無機質な部屋、刻まれた傷。

思考が乱れる中も、銃撃は止まない。

地面に当たった弾丸が土を跳ね上げ、池田の顔を叩く。

やがて、永遠とも思える弾丸の連射が終わり、人影が消えた。

「奴め……逃げを打ったな」

池田は屋敷の中を進むが辺りには人影はない。

「くそ……どこに行った」

食事会場前までたどり着いた時、不意にその廊下に足音が響いた。

池田は反射的にスーツを跳ね上げ、バックホルスターのグリップに手をかける。

だが、池田はその動きを途中で止めた。

「……ッ、ジェイコブ」

「……ん？　池田か？」

ジェイコブはその両手をポケットの中に押し込み、悠々と歩いている。

とても戦闘を行える体勢ではない。

ジェイコブは池田にジッと不審げな視線を向けた。

「こんなところで何をしている？　お前、あのメモを読まなかったのか？」

その落ち着き払った様子は、先ほど銃を撃った人物とはまったく結びつかない。

池田はジェイコブを試すように問いかける。

「ジェイコブ、この辺りで不審者を見かけなかったか？」

「不審者だと？　さあな、俺は他の客や屋敷の人間は誰一人見かけていない。見かけていれば引き返していただろう」

そう答えつつも、僅かに考え込んだ後、

「……いや、そういえばさっきチラリと人影を見たような気もするが……。まあ、気のせいだろう。ともかくその程度だ」

「それで俺を呼び出した用件はなんだ？　随分、手荒い歓迎をしてくれたもんだな。おかげでこっちは泥だらけだぜ」

ジェイコブは怪訝な表情を浮かべた。

「手荒い歓迎だと？　一体なんの話をしている？　俺はあのメモの通り、ずっと裏口にいたぞ」

「裏口だと？　馬鹿を言うな、メモには確かに屋敷の前と書いてあったはずだ」

池田がメモを手渡すと、それを見たジェイコブは眉を寄せた。

「これがお前の部屋にあったメモだと？　これは俺のメモじゃない。内容も筆跡もまったく違う」

「どういうことだ？　つまり誰かがメモをすり替えたとでも？」

「そういうことになるな……。チッ、どうやらトマスを殺した奴が動き回っているようだ」

ジェイコブはギョロリと辺りを見渡した後、池田にメモを返す。池田はジェイコブからメモを受けとる際、その袖を指先で擦った。

ジェイコブはムッと顔をしかめる。

「おい、何をしている？」

「いや、大したことじゃない」

池田は首を振った後、その指先を鼻先にやった。

指先からはまったく硝煙の匂いがしない。

あれほど派手に銃弾を放てば、袖にはかなりの硝煙の匂いが付着しているはずだ。

その匂いがしないとなると、先ほどの人物はジェイコブではないということになる。

「ジェイコブ、どうやら先ほどの話を誰かにかぎつけられたらしい。先手を打たれたようだ」

「なんだと？　まさか誰かに襲われたのか？　一体、何をされた？」

「いやなに、大したことじゃない。少々鉛玉をばらまかれただけだ」

ジェイコブは再び眉間に皺を寄せ、周囲を見回す。

「クソッ、どうやら奴は本気で俺達を殺しにかかっているようだな。見境無しということなのかもしれん」

「なにか思い当たることがあるようだな」

「ああ、予定は違ったが、この際だ。お前にいくつか伝えることがある。端的に言おう……あのトマスの殺害方法には覚えがある」

池田は目を見開く。

「なんだと？　あの奇妙な殺し方を知っているってことか？」

「ああそうだ。だが、もっともあれは俺が知っているものより格段上の方法であったようだが……。原理の根幹はやはり似ているように思える」

「おいおい、ここまで来て勿体ぶるのは無しだぜ」

「残念だがその手段をお前に教えることは出来ん。こちらにも色々と事情があるもんでな」

そのジェイコブの奇妙な言い回しに池田は眉を寄せた。

「事情だと？」

「ああ、そうだ。池田。お前に忠告しておく。これ以上、余計な領域にまで足を突っ込むな。死ぬことになるぞ。お前の仕事はただ犯人を見つけ出すだけだ、いいな？」

「それだけの情報で犯人を捜せって言うのか？」

「そうだ。お前は犯人を見つけ出し、そいつを殺す。それだけがお前の最良かつ唯一の仕事なんだよ」

池田は肩をすくめる。

「とは言っても、それだけじゃさっぱりだ。少しのヒントくらいはくれてもいいだろ？」

「くどい奴だな……」

と、ジェイコブは威嚇するように池田を睨み付けつつも、

「まあいい、一つだけヒントをやる。トマスを殺したのは透明な殺意だ」

そう答えた。

「……透明な殺意？　随分、抽象的な話だな」

「そいつを抽象的と取るかどうかはお前次第だ。だが恐らくはそれで間違いないだろう。さあ、この話はここまでだ」

ジェイコブの話にはかなりの違和感がある。

何故、ジェイコブは殺害方法を話したがらない？

その方法を知られるとまずい事情でもあるのだろうか？

「だがジェイコブ、その殺害方法に覚えがあるということは、犯人にも心当たりがあるんじゃないか？」

ジェイコブは顎に手をやる。

「そうだな。レイモンド卿のレコードの内容は気にかかるところだが……。あの方法を使ったとすれば……恐らく犯人は客の誰かだろう。それも女……そう、女だ。女に気をつけろ、犯人は女の可能性が高い」

「女だと？　何故、そんなことがわかる？」

「いいから、この忠告は素直に聞いておくことだ。きっと役にたつ」

何故、これほどの曖昧な話をするのか、池田にもその意図が読めない。

「まあいいだろう。なら、ジェイコブ。トマスが殺害された前後の行動を教えてほしい」

「おい、貴様。まさか俺を疑っているのか？」

「おいおい。証言を積み重ねることによって、生じた綻びをたぐり寄せるのが捜査の基本だ。協力することは疑いを晴らすことにも繋がる。さあ教えてくれ、あの当時お前は何をしていた？」

ジェイコブはチッと舌打ちをした後、続ける。

「皆が集まり昼食が始まったのが十二時、俺はその三十分程前の十一時半頃からリールと一緒にラウンジで酒を飲んでいた」

「リールと一緒にね……そのラウンジはどの辺りにあるんだ？」

「ラウンジは会場のすぐ近くだ。俺は用意してもらったワインを飲んでいたが、リールはせいぜい軽く口をつけた程度だったな。その時点では特におかしな点はなかった」

「ラウンジでは、ずっとリールと一緒にいたのか？」

「互いに四、五分程度、席を外すことはあったと思うが、十分以上席を離れるようなことはなかったはずだ」

「ワインは自分でラウンジに？」

「いや、ワインとグラスはあのアビーとかいうメイドに運んでもらった」

池田の脳裏に、ワインを運び、鉄の扉のハンドルを回すアビーの姿が浮かび上がる。

恐らく、あの時間帯には随分と忙しくしていたのだろう。

「なるほど。……では次に、会場での行動を教えてくれ」

「お前も知っての通り、俺は普通に食事をしていただけだ。ああ、確か一回トイレにいったはずだが、席を外したのはそれだけだ。席を離れたのは五分程度といったところだろう。どの時間帯で席を外したかまでは覚えてないな。食事の後、あのレコードを聞いた俺は、会場に残って考え事をしていたんだが、辺りが騒がしくなったので橋に向かった。あとはわかるだろう？　嘘は言っていない」

話を聞く限り、嘘くささはない。

無論、他の招待客の証言と照らし合わせる必要はあるが、今はこれで十分だろう。

「満足か？」

「ああ、参考になった」

池田はそのまま話を終えようとしたが、不意に、あのシロナガス島の悪魔のことを思い出し、ジェイコブに問いかけた。

「ジェイコブ。お前はシロナガス島の悪魔を知っているか？」

「シロナガス島の悪魔だと？　そんなものがどうかしたのか？」

ジェイコブは平然とした様子で答える。

「知っているんだな？」

「ああ、お前も見ただろ？　会場にかけられたあの絵を。あれはなんとかっていう深海のサメらしいが、そのサメと人間を混ぜ合わせた化け物がシロナガス島の悪魔だ。ほら、その壁にかかっている絵を見てみろ」

ジェイコブは顎を上げて、廊下の壁にかけられた絵を指し示す。

それは異様な絵だ。

そこに描かれていたのは、半魚人かあるいは宇宙人のようにも見える奇妙な生物で、大きすぎる黒目、赤い肌、耳や鼻の突起の削がれたフォルム、手には半魚人らしい特徴の水かきがある。見ようによっては焼死体をも連想させる不気味なものだった。

ジェイコブは話を続ける。

「この化け物がシロナガス島の悪魔だって話だ。勿論、これは馬鹿馬鹿しいオカルトの類だ。大戦中にこの島でそういう化け物を目撃したっていう安っぽい噂話があるだけだ」

「なるほど、これがシロナガス島の悪魔か。まあなんとも趣味のいい絵だな……」

「わかっただろう、こいつは単なる与太話だ。なぜそんなことを聞く？」

「いや……ただ少しそう言った話に興味があってね」

池田は苦笑と共にそう答えつつも、同時に疑問が浮かぶ。

単なるオカルトという割には、トマスは酷く取り乱していた。あれは単にオカルトに怯えたという様子ではない。要は秘密を隠そうとする様子に見えた。

あるいはシロナガス島の悪魔という言葉には、ジェイコブも知らない別の意味があるのではないだろうか？

「レイモンド卿もその化け物を好んでいたようだが、俺には理解できんね。こんな化け物何が面白いのやら……。いや待てよ……」

ジェイコブは、そこまで言って言葉を止める。

「なんだ？」

「いや、昔この島でシロナガス島の悪魔を見たという男がいたことを思い出したんだが……。まあ何かと見間違えたんだろう」

「こいつを見た男がいた？　その男はどこでこいつを見たんだ？」

「さあな？　話を聞こうにもそいつはこの島から姿を消したんだよ。馬鹿みたいに怯えていたし、気が触れて自殺でもしたのかもしれん。大方このホテルの不気味さにでも影響されたんだろう。まあ、ただそれだけの話だ」

「シロナガス島の悪魔を見た男が消えた……か」

「もうこれでいいか？　俺が知っているのはこの程度だ」

話を切り上げてその場を去ろうとしたジェイコブだったがそれを池田が呼び止める。

「いや、あと最後に一つだけ聞きたいことがある」

池田はジェイコブと初めて会った時のことを思い返し、問いかける。

「ジェイコブ。お前が船の中で言ったあの言葉『血か、肉か』あれの意味はなんだったんだ？」

ジェイコブは無言のまま池田を一睨みした後、ふんと鼻を鳴らした。

「さてな……。池田、言ったはずだ、あまり深入りはするなと。この島にはお前が知ってはならんことが沢山あるのだ」

怒気が込められた脅すような口調。

そのままジェイコブは口を閉ざすかと思われたが、ふと何かが気になることを思い出し、自らその口を開いた。

「ただ……一つ、妙なことがある」

「妙なこと？」

「この屋敷には元々かなり多くの人間がいたはずなんだが……その姿が見当たらないのが妙だ。奴らはどこに行ったんだろうか？」

「人が姿を消した？」

姿を消したのはレイモンド卿だけではないということか？

不意に、足音が響いた。

池田とジェイコブの二人は、反射的に音の方向へ視線を向ける。

通路の奥から姿を現したのはメイドのアビーだ。

アビーは池田達の姿を見ても驚いた様子も見せず、ただ無表情のまま二人に歩み寄る。

「これは、ラトランド様、池田様。何か本館の方にご用ですか？」

池田は微笑を浮かべ、

「いや……なに。本館の方に旨い酒があると聞いてね。少々、眼福にあやかりたいと思ったのさ」

「あ、ああ……ミスター池田と酒を飲んでいたらその話題で盛り上がってな。それでこっちに来たってわけだ」

ジェイコブもそれに合わせた。

「ああ、そのようなご用件でしたか。主人からも貯蔵室は自由に使ってよいとの言いつけを受けております。どうぞこちらです、ご案内致します」

「こちらが酒類の貯蔵室になります」

貯蔵室の奥の壁一面はワインの貯蔵棚になっており、左側にある棚には様々な種類の酒が溢れんばかりに並んでいた。

池田はそれらを見渡し、思わず感嘆の声を上げた。

「こいつは壮観だな。ここまで酒を揃えているホテルはアメリカ本土でも少ないだろう。本当にここにある酒を自由にもらってもいいのか？」

アビーは薄い笑みを返す。

「勿論です。どうぞご遠慮なくお持ち帰りください」

「ここに来れば大概の酒は手に入る。それこそロマネコンティなんかも揃っている。まあ、あれは俺の好みではないがな」

「物によっては一万ドル以上の値段もつくというあのロマネコンティか……」

池田のその呟きの後、アビーは棚からロマネコンティを取り出し、

「こちらです。どうぞ」

まるで安物のワインであるかのように平然とそれを手渡した。

「ああいや……まあ、俺はワインに詳しくないからな……」

と、池田は口ごもりながら断り、その代わりに棚の中にあったウイスキー瓶に手を伸

ばす。

「じゃあ、俺はこのボウモア年のシードラゴンをもらおう」

「ほう……。良い酒を選んだな。ボウモアはピートのスモーキーフレーバーの他に特にヨード臭が強い酒だが、三十年物はそれらとシェリー樽が調和し、芳醇な香りへと昇華している極上の一品だ」

「ニューヨークで一度飲んだことがあってね。今でもあの時の香りの印象が残っている。では、ありがたくいただくことにしよう。それにしても……」

池田は棚に並ぶ他の酒を見渡す。

棚にはウイスキー、ブランデー、ラム、テキーラ、ウォッカ、各種のリキュールとありとあらゆる酒が並んでいる。

池田はその内の一本になにげなく手を伸ばした。

「ここには本当に色々な種類の酒があるんだな。度数九六度のスピリタスなんかもかなりの量が置いてあるようだが、こんなに強い酒を使うことがあるのか？　こいつはほとんどエタノールなんだぞ」

「スピリタスは申し出がある場合などにはカクテルにも利用致しますが、主には果実酒等を作る際に利用致します。無農薬レモンの皮をスピリタスに漬けて作るリモンチェッロはお勧めです。お気軽にお申し出くださいませ」

「なるほど、果実酒か。それならこれだけの量があっても不思議ではないな」

隣のジェイコブも酒の話をしているうちに気分が乗ってきたらしい。

「会場の一角にはバーカウンターもあって、屋敷の連中に言えばそこでも酒を飲むことが出来る。今からでもどうだ？」

池田は苦笑を浮かべつつ、首を振り。顔の前にウイスキーのボトルを掲げた。

「悪いが今回は遠慮させてもらおう。今日は色々とあったからな。部屋で一人、おとなしくこいつをやることにするよ」


「4」


池田は客室棟の廊下を歩きながら先ほどの銃撃のことを思い返していた。

結局、犯人を取り逃がしてしまったわけだが、収穫はゼロというわけではない。

トマスを殺した何者かは、招待客を狙っているということ。そしてジェイコブの証言。

この島に隠された秘密。

恐らく、その何かがトマス殺人の引き金になったのだろう。

ロイ・ヒギンズ氏の自殺、トマス殺害、レイモンド卿の失踪。

それらはすべて一つに繋がっているはずだ。

「やれやれ、整理する情報が多すぎるな……。酒でも飲みながら少し考えをまとめることにするか……」

だがその直後、

「……ッ」

池田は手に持ったウイスキー瓶を床へと落とす。

その瓶がカーペットの上で鈍い音を立てたのと、池田が銃を構えたのはほぼ同時だった。

「誰だ……」

その場になにかの気配が突発した。

銃口を向けた先には誰の姿もないが、辺りには不気味な気配が充満している。

通路の電気が不安定に点滅しだす。

何かが近づいている。

点滅は次第に不安定となり、やがて照明はその明かりを消した。

僅かに照明の残光だけが廊下を照らす中、目の前に人影が現れる。

池田は反射的に銃口を向けた。

だが、

「池田さん……」

その人影が声を発した瞬間、池田は咄嗟に銃口を上げ、その射線を外す。

「ア、アウロラか……。ビックリさせやがって、次からは普通に出てきてくれないか？

下手をするとお前の端正な顔立ちが、前衛芸術並みになっていたところだぜ」

冷や汗をかきつつ、銃をホルスターに戻すが、まだこの場の嫌な気配は収まっていない。

なにかがおかしい。

アウロラは池田に向かって駆け寄り、その手を強く握りしめた。

「私、あの人が死んだのを見てからずっと考えていたんだけど……。ひょっとすると大変なことに気づいてしまったのかもしれない……」

「……どういうことだ？」

アウロラからは普段の陽気さが嘘のように消えている。

恐怖に身体を震わせ、今にも卒倒しそうな様子だ。

「アウロラ、落ち着け。大丈夫だ。もしかして何か犯人の手がかりに気づいたのか？」

「わ、私もう何もかもがわからなくなっちゃったわ……。池田さん、逃げて。たぶんあなたはこのままだと死んじゃう。いえ、もしかすると池田さんだけじゃなく、大勢の人達が……」

池田はアウロラの震える手の上に自らの手を重ねる。

「アウロラ心配するな。俺が守ってやる。すぐに犯人を見つけ出して、全員を無事に帰してやるさ。だから安心しろ」

「池田さん、ありがとう……。でも、もしも私が考えていることが本当なら、気をつけて。どんな些細なことも見落とさないで。きっとそこにしか真実はないだろうから……」

「そこにしか真実はない？　……いや、わかった。肝に銘じることにしよう」

「い、池田さん、シロナガス島の悪魔は……。あ……う、うう……」

そこまで言いかけた直後、アウロラは苦悶の表情を浮かべ、サッと池田の手を離し、その両手を自分の胸元へと引き寄せる。

「おい、大丈夫か!?　アウロラ、しっかりしろ！」

アウロラは悲しげな表情を浮かべて、その身を引いた。

「管理されてる……。私は無力なのね……」

その僅かな呟きを残し、アウロラは駆けていった。

扉が閉まる音と共に廊下の明かりが戻る。

すべては元の平穏へと戻った。

その静寂の中、池田は困惑の表情で辺りを見渡す。

「なんだ今のは……」

廊下は不気味な程、静かだ。

その中にいると、先ほどの光景が本当に現実であったのかわからなくなってくる。

何故、アウロラはあんなにも怯えていたのか？

混乱していたのか話の内容はかなり支離滅裂だった。

だが、この絶海の孤島の中、身内もいない幼い少女が殺人事件に巻き込まれればあのように取り乱してしまうのは無理もないことだろう。

「……アウロラは何か重要な事実を思い出したんだろうか？」

アウロラのことは特に気にかけた方が良い。彼女は孤独なのだ。

池田はそう考えた後、床に落ちたウイスキー瓶を拾い上げた。


「 5 」


「何か事が起きるとは思っていたが、まさかこれほどとはな……」

池田はソファに腰を下ろし、呟く。

裏切り者の示唆。トマスの殺害。レイモンド卿の失踪。謎の襲撃犯。

何が起きようとしている？

いや、起きている？

強い雷光と共に雷鳴が轟き、部屋の窓を震わせる。

それとほぼ同時、部屋の電話が鳴り響いた。

「また電話か。どうにもこの音は嫌な感じがするな……」

受話器を手に取り、応答する。

「もしもし、誰だ」

受話器から震える声が流れ出した。

『ボ、ボ、ボ、ボボ……ボクに決まっているだろ！　な、なんで電話に出ないんだ！よ、四十八回もかけ直してるのに！』

「なんだ、ねね子か……。アホか。いくら電話をかけられても、今まで部屋にいなかったんだから取りようがないだろ」

『だ、大丈夫だったのか？　怪我とかなかったのか？　だ、誰かに襲われなかったのか？　ボ、ボクは襲われる可能性八十九パーセントと踏んでいたのだが……。内、死亡確率三十一パーセント』

池田は、先ほどの出来事を伝えようと思ったが、そうすれば必要以上にねね子を怯えさせてしまうと思い、黙っておくことにした。

「いや、特に大したことはなかったな。ジェイコブと会っていくつか話をしたが、重要な情報だったかと言われれば微妙なところだ」

『な、なんか、嘘ついた時の声の調子と似ている気がする……。ほ、本当は誰かに襲われたんじゃないのか……』

妙なところで勘がいい。

「そいつは気のせいだろ。なんだ？　一応、心配してくれていたのか？」

『ば、馬鹿をいうな。池田が死ぬことなどまったく全然一向に構わないが、死んだ場合ボクが困る。確実に孤独死してしまう。ボ、ボクのコミュ障のレベルを侮らないでもらいたい。どうせ死ぬのなら、ボクが自宅に戻った後にしてくれ』

池田は眉を寄せる。

言っている内容自体はとんでもなく弱気なもののはずだが、ねね子の口調は何故か偉そうで、誇らしさすら感じているように思われた。

人を心配しているのか、それともおちょくっているのか。

「まあ、ともかくそっちも何も問題がなかったようで良かった。案外、ねね子の方で何か問題が発生するかと……」

『ヒ、ヒイィッ！　ヒギャアアアアアアアッ！　ま、窓に！　窓に！』

突然の絶叫が響き、池田は思わず受話器から耳を遠ざける。

「おい！　なんだ！　ねね子、どうした！　何かあったのか、おい！」

咄嗟にそう呼びかけたものの、電話は既に切れ、ツーツーという不通音だけが響いている。

「くそ……切れたか」

池田は受話器を置き、窓の外へと視線を向ける。

「窓の外に何かいたのか？」

だが、外はこの強風と断崖絶壁だ。何かがいるとはとても思えない。

窓の外に雷光が走り、辺りを白く染める。

一瞬、その窓に何かの人影が見えた気がした。

「今、窓になにかが……。いや、気のせいか？」

部屋の扉を強く連続で叩く音が鳴り響く。

「……どうやらねね子の元に向かう必要はなくなったようだな」

池田が扉を開けるのと同時に、ねね子が部屋の中に飛び込む。

ねね子は涙と鼻水を垂れ流しながら部屋の床を転げ回り、三回転した後、四つん這いになって停止した。

「ハア……ハア……。ま、ま、窓に……。ば、ば、化け物が……。ば、化け物がボクを見ていた！」

「なあ、少し落ち着けよ。本当にそんなものを見たのか？　何かの見間違えじゃないのか？」

ねね子は冷や汗を浮かべつつ、ただ呆然と地面を見つめ呟く。

「ボ、ボクが見間違えなどするものか。た、体長二メートル弱、細身の身体。長い手足の先に鋭い四本指、ぬめった肌。か、壁に張り付いたあの姿はまさしく半魚人だった……」

「確かにねね子の記憶力は折り紙付きだが……。そんな化け物が本当にいるとでも？まさか、そいつがシロナガス島の悪魔？」

ねね子は怯えた視線で池田を見上げた。

「ヒッ……うう……あ、あり得る。あの化け物が悪魔……シロナガス島の悪魔……」

「いやしかしなぁ……」

そんな怪物が実在するなどという話は、あまりにもオカルトじみている。

ねね子はその身を震わせながら不安げにキョロキョロと辺りを見渡していたが、ハッと何かに気づくと、その場から立ち上がった。

「い、池田、怖いか？　こ、こ、怖いよな？　その化け物。ボ、ボ、ボクはそういうのは全然平気なのだが、池田は怖いよな？」

池田は平然とした様子で答える。

「いや、全然？　化け物だろうがなんだろうが、出てきたなら倒せばいいだけだろ」

「あ、ああいう化け物は倒せないって相場が決まってるの！　は、ははは……さ、さ、さては無理をしているな。池田。ふふふ……きょ、恐怖で顔が青ざめているぞ。心が恐怖に捕らわれ、今にも卒倒しそうなんだろう？　だ、大丈夫だ。恐れることはない。懇願次第では、特別に、ボクがこの部屋で一緒に寝てやらんこともない。そうすれば流石にチキンの池田も安心するだろう。ど、どうだ嬉しかろう？　チキン池田」

早口で捲し立てるねね子に対し、池田は食い気味に答えた。

「いや、いらん」

一瞬の硬直の後、ねね子は半泣きになって叫ぶ。

「ほ、本当は怖いんだろぉ！　池田ぁ！　正直に言えぇぇっ！」

口の方は強気だが、身体の方は全身で恐怖を示し、懇願している。

ここまであべこべに動けるのもある種の才能だ。

もしこれが無声映画だったのならばねね子の姿は、泣き叫び救いを求めている様にしか見えないはずだ。

怖くて一人では眠れないのなら、素直にそう言えばいいのに、性格が捻くれきってしまっているから、素直に頼むことが出来ないのだろう。

池田は渋々、頷いた。

「まあ、言われてみればそうかもしれんな。トマスが殺されたりと色々とあったしな……。少しだけ怖いかもしれん」

ねね子はホッと安堵の息を吐いた後、引きつり気味の嘲笑を浮かべた。

「は、初めから素直にそう言えばいいんだ。両手を上に向けやれやれと首を振る。

「まったく、池田は本当に臆病者だな。呆れて物も言えないぞ」チッと唾を吐く真似をする。

「こ、このクソ腰抜けヘボ探偵が」

己の尻を池田に向け、それを叩いて挑発する。

「恥を知れ、クズ」

「…………」

池田は無言のままねね子の襟首を掴み、

「……って、うわ！　な、何をするっ！」

それを廊下に放り出して、扉の鍵を閉めた。

「な、中に入れろぉっ！　この人殺しぃっ！　ゆ、ゆるさんぞ！　泣くぞ！　ふ、ふぇええぇ！　ちょ、ちょ、ちょ、ちょっと待て、ホントにこれはシャレにならないから！　た、助け……助けて！　漏らすぞ！　開けろ！　馬鹿ぁッ！」

少し間を置いて扉を開けると、ねね子は先ほどとまったく同じ動きで部屋の中に飛び込み、停止した。

ねね子は四つん這いのまま、池田を睨み付ける。

「ハアハア！　へ、部屋の外に押し出すなんて……。こ、殺す気かあぁ！」

池田は目を細めて、ジッとねね子を見つめ返した。

「立場をわきまえような？」

その目は笑っていない。

ねね子はぎこちなく首を動かして、その視線を外して言った。

「あ……ううう…………は、はい……」

」6「

夜が更けた。デスクスタンドのオレンジ色の光だけが室内を照らし出す中、ねね子はテーブル備え付けの椅子に座り、池田に向き直った。

「ひ、一つだけ言っておくことがある。寝る場所は……と、当然、ボクがベッドで池田がソファな？」

「ああ、それは別に構わんが……」

ソファに座る池田はそう答えつつ、ねね子の服装を見て眉を寄せる。

普段、夏でも冬服を着るくらいに外部との接触を嫌っている癖に、今の服装は黒のキャミソール一枚という服装だ。それは寝間着姿というより下着姿という方が適切だろう。外にいる時の服装も極端で、中にいる時の服装も極端なその様子は、まるでねね子の内弁慶な性格を体現しているかのようだ。

「き、聞いているのか？　寝る場所はそれでいいな？」

「ああ……寝る場所か？　だから構わんと言っただろう、むしろ歓迎したいくらいだ」

思わぬ回答に、ねね子は怪訝な表情を浮かべる。

「……？　み、妙に聞き分けがいいというか、なんか気になる言い方だなぁ……」

「知らないのか？　侵入者が真っ先に襲うのはベッドの上だ。そこが一番危険性が高い。だから今のような状況の時は、ベッドに寝ているように偽装して、ソファの裏か何かで寝るのがセオリーなんだよ。というわけでお前が襲われた時には思いっきり叫び声を上げろよ？　俺はお前が殺されているうちになんとかして侵入者を倒すから安心してくれ。

まあ、ドアの前を塞ぐ形でスーツケースを置いたし、それで数秒は稼げるだろうから問題ないかもしれんがな。好きな方を選んでくれ。俺はどちらかというとソファの裏がいいな」

「い、池田……お、お前、性格が悪いと言われないか？　うう……この悪魔め……」

「お褒めいただき恐縮だ。さて、褒められたところで、今の状況を整理しておきたい。細かな点もきっと何かのヒントになるはずだ。さあ、ねね子。助手の出番だぞ」

ねね子は顔をしかめる。

「き、気が乗らないなぁ……」

「まずはトマスの殺害状況だ。トマスは間違いなく焼死していたが、辺りには火の気らしい物はなかった。これが奇妙だ。この点で何か気づいた点はあるか？」

「い、嫌なことを思い出させるなぁ……。で、でも、今思い出してみてもあそこに火の気のようなものはなかったようだけど……。あ、そういえば、これは変な話なんだけど。ボクが倒れ込んだあの橋の通路の石畳、なんか妙に温かかった気がする」

「石畳が温かかった？　日差しが射していたからじゃないのか？」

「ひ、日差し程度ではあそこまで温かくならないと思う。と、というより、あの寒さと風だと氷みたいに冷たくないとおかしいし……」

「となると、何かそこにトマス焼死の原因になった火の気があったのかもしれないな。その火にトマスは焼かれた……。例えば誰かに火をぶちまけられたとか……」

「あ、あそこまでの火傷を負うにはかなりの火の勢い……というか、可燃物が必要だと思う。それか、凄く長い時間炙られたとか……。で、でもトマスが姿を消していたのは約二十三分間だし、それはないかな」

「確かに時間をかけて焼死したという可能性は低そうだな。何者かに可燃物を吹きかけられて焼死させられたか、なんらかのトリックを使って燃やされたか……。だとしてもこれは奇妙すぎるな、これじゃまるで人体自然発火現象だ」

池田の脳裏に様々な過去の変死事件が浮かび上がる。

だが、ねね子は首を振った。

「じ、人体自然発火現象は、火種が人の脂肪を燃料とする蠟燭効果によって延々と燃え続けた結果という可能性が示唆されている……。た、例えば、たばこを吸ってた肥満体の女性が何かの理由で急死して、たばこの火を起点にしてゆっくりじっくり脂肪を燃焼させたってパターン。なので、今回の件とはちょっと状況が違うと思うなぁ……」

「確かに、トマスの死因となったのは弱い炎ではなく強烈な炎によるものだ。だが、そうなると謎はますます深まるな。温かくなった石畳と通路で焼死したトマスか……。その二つになにかの繋がりがあるんだろうか？　そういえば、ジェイコブはトマスを殺したのは『透明な殺意』だと語っていた。殺害方法自体にも覚えがあるそうだが、何故かその具体的な方法は喋りたくない様子だった」

ねね子はぽかんと口を半開きにする。

「……？　そ、それならトマスは普通に殺されたってわけじゃないってこと？　ほんとにそんな方法あるのか？　透明な殺意？」

「透明か……」

ジェイコブが話したがらない理由。

あの火傷の状態。

それらがすべて一つに繋がる解答。

思考を巡らせていた池田は、ふと、トマスが死ぬ寸前に言い残したあの奇妙な言葉を思い出す。

「そういえば、トマスが死ぬ間際、奇妙な単語を言い残したことが気にかかっているんだが……。確か『ンゲル……リードマン』そんな言葉だったと思う」

「『ン、ンゲル……リードマン』？」

「ひょっとしてこれは犯人の素性に関わる情報なんだろうか？　だが、リードマンなんて名前の人間はいないよな？　ねね子、何かこの単語で思い当たることはあるか？」

ねね子は「うーん」と考えを巡らせた後、

「そ、それは多分だけど、こう言いたかったんだと思うぞ。『リンゲル液を用意、壊死した組織をデブリードマンしてくれ』って」

池田にとってはまったく聞き覚えのない言葉だ。

「……？　リンゲル液？　デブリードマン？　なんだそりゃ？」

「や、火傷したときには大量の体液が失われるから、それを補うための点滴剤がリンゲル液、壊死した組織を切除する外科的方法がデブリードマン。ど、どちらも大火傷した時に行われる基本的な外科的処理方法。う、うわぁ……変なワード喋ったから気持ち悪い光景思い出した。き、緊急回避緊急回避！」

ねね子は目をつむって、手をワタワタと振り回す奇妙な踊りを始めた。

「なるほど、確かにその話を聞くと、トマスの言葉はそれであった可能性が高そうだな。だが、妙に専門的な用語だな。普通、一般人がそんな言葉を使うか？　いや、待て……」

ふと、池田は会場でトマスと話をした時のことを思い出す。

「会場にいた時、トマスは学会でニューヨークに来たことがあるという話をしていたな。学会か……。ひょっとするとトマスは医者だったのかも……」

ねね子はやっと奇妙な動きを止め、池田の言葉に頷いた。

「そ、その可能性高そう。確かになんか医者っぽい見た目してたし……」

「つまり、トマスは死の最後の瞬間まで医者として行動しようとしていたってわけか」

「で、でもまあ、どのみちこんな島だとそんな処置無理だろうけど……」

「逆に考えるとどうだ？　実はこの島にはそういった外科的処置を出来る施設が備わっている。トマスはそれを知っていた」

ねね子は目をむく。

「こ、この屋敷の中に？」

「まだ俺達が目にしていない二階か三階辺りに医療施設があるのかもしれない。なにせこれほどの絶海の孤島だ。そういった施設があっても不思議ではない」

「な、なるほど……確かに。この屋敷って一流ホテルって言ってる割にはあの変な鉄の扉があるくらいだしなぁ。おかしなものがあっても驚かないかも……」

人を圧死させる程に重く、手間もかかる回転ハンドル式の奇妙な扉。間違いなくあれはこの屋敷の中で最も奇妙な設備だろう。

「これは俺の推測だが、この客室棟はもしかして昔、牢獄のような使われ方をしていたんじゃないだろうか？」

客室棟の周囲は断崖絶壁、他に逃げ場がなく、そして唯一の通路は通り抜けるのに時間がかかる鉄の扉。その構造は、確かに刑務所に酷似している。

ねね子はビクッと身を震わせた。

「ろ、牢獄？」

「ああ、そうだ。そう考えると、あの厳重な扉の説明がつく。思い返せばあの鉄の扉の横には覗き窓があったよな？　あれも牢獄との接続通路を監視するためなのかもしれない」

「そ、そんな馬鹿な、考えすぎ……と、言いたいところだけど。今日の異常な状況を体験した後だとそんな気もしてきた。だ、だとするとここには一体誰を閉じ込めてたんだ？」

「そこがまだわからんところだ。大富豪がわざわざこんなところで犯罪者を閉じ込めるとも思えんし。他に考えられるのは……」

「じ、人体実験とか、人身売買とか？」

ねね子の言葉に池田は苦笑を浮かべそうになったが、それを止めて神妙な様子で頷いた。

「あり得るな……」

「も、もしかして……まだその施設ってこの屋敷のどっかに隠されてるんじゃゃ……」

「ああ、その可能性はある」

池田はロイ・ヒギンズのカードを取り出す。

「あ……た、確かに、隔離区画か……。そのカードで秘密の施設にアクセス出来るってことなのかな？」

「それだけじゃない、実はトマスも同じようなカードを持っていたようだ」

池田はあの赤いカードを取り出し、それをねね子に見せた。

「い、以前見たことのあるカードとは色が違うなぁ……。それにこっちはレベル3か……隔離区画って、どこにあるんだろ？」

「レイモンド卿の部屋にはカードキーの読み取り装置があったが、そこのものではないだろう。他人に自分の部屋の鍵を渡すとも思えないからな……」

ねね子は「うーん」と頭を悩ませる。

「ち、ちなみに、そのレイモンド卿の部屋のカードリーダーって読み取り方式はどんなだった？」

「リーダーの読み取り方式？　ふむ、確か普通の磁気ストライプ方式だったと思うが……」

「じ、磁気ストライプ？　そ、それならもしかすると開けれるかも」

ねね子は、もじもじと身体をよじらせながら陰気な笑みとともに言った。

「なるほど、お前の得意分野の登場ってわけか？」

「ま、まあ、危なくない範囲なら協力してやらんでもない」

「じゃあこの二つのカードは渡しておく。何かわかったら知らせてくれ」

「う、うぃー……。あ……だ、だけど、ボクの『パーソナルわんわんお』部屋に置いてきちゃったからなぁ。まあまた部屋に戻った時にでもやってみる」

「パーソナルわんわん……？　なんだそりゃ？」

「ボ、ボクの相棒PCの名前。ぱ、Personal-11-Oなので、パーソナルわんわんお……」

「なるほど？　まあわかったから、そのカードの解析はそのわんわんでなんとかしてくれ」

ねね子は頷き、そのカードをしまい込もうとしたが、不意にその身体を跳ね上げた。

「だー！　そ、そういえばこれ、焼死体の胸元に入ってたカードだろ！　触りたくない！　や、やっぱり返す！」

池田はそれをはね除ける。

「今更そんなワガママ通るか。我慢しろ」

ねね子は半泣きの様子で呻いた後、間近のティッシュでこれでもかという程にカードを包み、それをしまい込んだ。

「うう……。ま、まあ、磁気ストライプは死んでるとして、チップだけでも生きてれば解析して、暗号突破すればクローン作れるかもだけど……」

「頼むぜ。そのうち必要になる時が来るかもしれないからな」

「う……ぜ、善処する……。善処する、ってのは、行けたら行くわー程度の当てにならない約束だと思ってくれ……」

不意に、窓が風で揺れた。

遙か遠く、雷光によって雲が僅かに明るくなったのが見えたが、遠すぎるためにその雷鳴までは聞こえない。

ねね子はビクリとその身を震わせ、怯えた様子で窓の外を見つめる。

池田はその姿を見て、先ほどの出来事を思い出す。

「ああ、そういえば、お前が窓の外に見たっていう化け物だが……」

ねね子はその身を縮める。

「い、嫌なタイミングで嫌な話をするな！　さっきのは本当のことだからな！　き、きっとこの島、未知のＵＭＡで溢れかえっているんだってば！　怖いぃ……もしかすると、この屋敷の中で飼っているのかも。ト、トマスだってシロナガス島の悪魔に妙に怯えていたでしょ？　だからなにか恐ろしい事実を知ってるんだってば」

「だが、ジェイコブは単なるオカルトと決めつけて、平然としていたぞ」

「あ、あのアル中、とんでもなく口が軽そうだから屋敷側も隠してるんじゃないか？と、とにかくその話はもういいって！　い、嫌がらせか！　泣くぞ！」

「そんなに怖がるなよ。そう言えば、アウロラも気になることを言っていたな。あれは一体どういう意味だったんだろうか？」

ねね子はビクビクとしていた身体の動きを止めて、ポカンと池田を見つめた。

「…………？」

「あれはかなり妙な雰囲気だったな。シロナガス島の悪魔に関しても何かを知っている様子だった」

「みょ、妙なこと言ってるのは池田の方だろ。何、意味のわからないこと言ってるんだ……？　も、もうその話はなし。はい。も、もう終わりー」

ねね子は子供のごっこ遊びのように手を上下に動かして、その話を断ち切った。

池田は小さくあくびをして、頷く。

「そうだな、もう夜も更けた。寝ることにしよう。……で、お前はどっちで寝るんだ？ソファかベッドか？」

ねね子は椅子からバッと立ち上がる。

「ど、どっちで寝るかだと？　そんなもの言うまでもないことだろ！　ば、馬鹿馬鹿しい！　勿論ボクは快適な方で寝させてもらう！」

そう言うと、ねね子はベッドのシーツを剝ぎ取り、いそいそとソファの裏へと運び始めた。

「お前にとってはそっちの方が快適なのか？」

身体をソファの裏に隠したねね子は、そこから半身を出して池田を睨み付けた。

「そ、そうだよ！　ボクは狭いところが落ち着くの！　ああ……か、快適過ぎる！」

池田は目を細める。

「そいつは良かったな……。じゃあ電気を消すぞ」

電気を消すと、部屋の中は深い暗闇に包まれた。

「ううう……な、なんで、こんなところで寝ることに……。ううう……ひっく……」

暗闇の中から、ねね子の泣き言が聞こえてきたが、池田はそれを聞かなかったことにして、その瞼を閉じた。

出来れば明日は平穏な一日になるといいのだが……。

池田はそう思いつつも、決してそうならないであろうことに気づいている。

「7」


僅かな寝息だけが響く中、窓の外、遠くに雷光が走る。

雷光は雲と海面を照らし、深い闇を払う。

再びの闇が訪れた中、一つの影が蠢いた。

窓に張り付いたその影は窓のハンドルに手を伸ばす。

室内にピチャピチャと濡れた足音が響く。

池田は身体を動かさず、ただジッとその光景を見つめていた。

今すぐに動いて、反撃しなければ、そう思いつつもその身体が動かない。

まるで心と身体が分離してしまったかのように、ただ視線だけしか動かすことが出来ない。

怪物は池田を覗き込む。

その顔は、あの絵画に描かれていたのとまったく同じ顔をしていた。

第四話

名もなき子供達

一九六

」1「

「……ッ！」

池田はベッドの上で跳ね起きた。

部屋の中には青白い朝の光が差し込み、窓の外にはアリューシャンの曇天が広がっている。平穏な光景だ。

「今のは、夢か……？」

当然、あの化け物の姿もなく、外部から誰かが侵入したような様子もない。

池田は、曖昧な感覚を振り払うために眉間に指を押し当てる。

やがて、ソファの裏から布のこすれる音が鳴って、ねね子が姿を現した。

「ううー……」

長い髪で顔を覆い、ソファから這うようにして起き上がるその様は、ホラーの一コマのようにしか見えない。

「ねね子、脅かすんじゃない。普通に起きてこい」

「お、おはよう……。べ、別に脅かそうなんてしてない……」

やっと立ち上がったねね子は暖簾をくぐるかのような動作で前髪をかき分け、右目を露出させる。普段よりも憔悴している様子だ。

「なんだ？　もしかして先に起きてたのか？」

ねね子は、ジトッと湿った視線を向けた。

「い、池田が変な話をするからあんまり寝付けなかった。い、一応言っておくが、漏らしたから早起きしたとかじゃないからな」

「別にそんなこと想像もしてなかったが……。そこまで否定されると逆に疑ってしまう……」

「ば、馬鹿！　ボ、ボクのような大人が漏らすとかあり得るわけないだろ！　非常識過ぎる！」

強く語れば語るほど、疑いは濃くなっていく気もするが、池田にとっては、ねね子がどんなふうに、何を、どのくらい、漏らそうがあまり興味のないことだ。

ねね子はあまりにも強く否定したことが気まずかったのか、それを誤魔化すように視線を外した。

「い、いや……と、とりあえず、今はそんなことはどうでもよくて。あ、あ、あの、昨日の夜、電気を消した後、なんか妙なのを見たりしなかったか？」

池田は一瞬、先ほどの光景を思い返すが、あれは夢での出来事だ。

「いや、妙なものとかは見てないが？」

「そ、そうか、ならいいけど……」

ねね子は何か恐ろしいものでも思い出したのか、それともただ肌寒かっただけか、ブルッとその身を震わせて自らを抱きしめた。

「とにかく互いに無事に朝を迎えられたようでよかったな。準備が整ったら、食事会場へ向かうとしよう」

「ま、またどっかで死人とか出てないといいけどな。あ、そうだ、また怖いことあった時に逃げ込めるように、この部屋の鍵はボクが預かっておくからな？」

「ああ、構わんぞ」

そう言って池田は鍵を投げ渡し、ねね子はそれを取り損ねて床に落とした。


二人が会場前にたどり着いた時、廊下が妙に騒がしいことに気づいた。

廊下には、アキラとジゼル、そしてリールの姿があり、互いに緊張した様子で何かを話し合っている。

「妙だな、何か起きたのか？」

「ま、また誰かが死んだとか？」

「いや、どうもそんな感じではなさそうだが……」

アキラが池田達に気づき、声を上げた。

「あら、おはよう。探偵さん」

「ああ、アキラ。何かあったのか？」

アキラは腕組みしたまま、顎を上げて壁の方向を指し示す。

「見てわからない？　異常者がいたずらをしでかしたのよ」

「いたずら？」

リールが答える。

「どうも絵や壁が血で汚されたみたいなの」

その絵に視線を向けた池田は思わず顔をしかめた。

「なるほど……なかなかに刺激的ないたずらだな。こりゃ」

あの不気味な絵画は大量の血で汚され、壁の方には、はっきりとした手形が残されている。

そして、奇妙なことにその手形の指は普通の成人男性のものよりもかなり長く、その数も四本しかないようだった。

アキラが口を開く。

「どう？　探偵さん。何かわかった？」

池田は、こびりついた血の一部を指先で拭い取り、その匂いを嗅いだ。

「ふむ……」

血は既に完全に乾燥していたが、それでも鉄臭い強い匂いを十分に感じることが出来る。

「確かに、匂いからして本物の血らしい。まあ、鳥や豚の血って可能性もあるが……」

「はあ……。この絶海の孤島で、わざわざこんな嫌がらせをするためだけに豚の血を持ってきたっていうの？　大丈夫？　頭」

アキラはもう外面を取り繕う必要もないと思ったのか、以前の大人しい様子は完全に消え失せてしまっている。

池田は顔をしかめた。

「まあ、確かにおっしゃるとおり。この屋敷で食用の鳥を生きたまま飼ってるとも思えない。野鳥の血という可能性はあるが、この血の量からして人間の血だと考えるのが自然だろう」

アキラはイッと目を見開いた。

「人間の血っていうとまさか昨日の？」

「ああ、トマスの遺体は外の倉庫に安置してあるだけだから接触するのは可能だろう。だが、あの焼死体から血液を抜き出すってのはなかなか手間そうだ。医学的見地から考えるとどうだ？　リール」

リールは突然話を振られたことに驚きつつも答える。

「え、ええ……そうね。確かに死体からは血圧が消失するから、通常の採血法だと十分に血を抜き出せないと思うわ。長い注射針で直接心室内の血液を抜き出せればなんとかなるかもしれないけど……」

「なるほど。だが、こんな悪趣味ないたずらのためだけにそんなリスクを負うかね？現場を見られでもしたら一発でアウトだし、手間がかかりすぎる。血液を抜き出すためには専用の道具も必要なようだしな」

アキラはそこまでの話を聞いたところで「ふうん」と考え込み、リールに冷たい視線を向けた。

「専門の道具ね……」

「待って、もしかして私を疑っているの？　私はこんな悪趣味なことなんてしないわよ？」

「でも、その専門の道具とやらを持ってそうなのはあなたしかいないようですし。疑いが向けられるのも当然じゃなくて？」

通信が絶たれた絶海の孤島。

見知らぬ招待客達。

そして正体不明の殺人犯。

様々な不安要素が重なり、招待客同士の不信感はかなり高まっている。

池田は慌てて二人に割って入る。

「おいおい、待て。仮にそうだとして、リールになんのメリットがある？　当然、今のように疑いを向けられる。リスクに見合わない」

「まあ、確かにそれはそうだけど……。じゃあ誰がなんのためにこんなことをしたっていうわけ？　本当に異常者が気まぐれでやったってこと？」

「さあな、そいつはまだわからん」

「なによそれ……。まあいいわ。で、この血どうするつもり？　まさかこのままほったたらかしって訳じゃないでしょうね？」

「この手形には指紋も掌紋も残っている。残念ながら警察が来るまでは現状維持だ」

アキラは顔をしかめた。

「うげ……最悪だわ。私は汚い物を見ると、綺麗にしないと気が済まないタチなのに」

「そいつはお気の毒だな。だが何故、犯人はこんな証拠になるようなものを残したんだ？　それにこの奇妙な四本指……この手形は犯人のものなんだろうか？　ねね子はどう思う？」

五メートル以上離れてその場に置いてある観葉植物のように気配を殺していたねね子は、急に話を振られたことに驚き、奇妙な格好で硬直した。

「ヒ、ヒッ！　だ、だ、だ、だからボクに急に話を振るな」

皆の視線が一斉にねね子に集中したので、ねね子はその視線から逃れるように身体の正面をぴったりと壁につけて動きを止める。

当人はあれでも隠れた気になっているらしい。

池田は、ダチョウは頭を地面に埋めて隠れた気になるという俗説を思い出した。

「ああ、そういや皆に聞きたいことがあるんだが、この絵は『シロナガス島の悪魔』というものをモデルにしているらしい。それに関して何か知らないか？」

アキラは絵に冷めた視線を向ける。

「悪魔？　ああ、どうりでこの絵はこんなに趣味が悪いのね。悪魔ね……記憶にはないわね」

　アキラの後ろに控えていたジゼルが口を開く。

「残念ながら私も存じません」

　リールも過去の記憶をたどっている様子だったが、思い当たることがなかったらしく、肩をすくめて見せた。

「確かこの島に現れる怪物って話をどこかで耳にしたことがあるけど、私が知っているのはその程度だわ。むしろ、私の方が知りたいくらいね」

「なるほど、参考になった。ああ、そうだ。アキラ、ジゼル。昨日の事件に関して少し話を聞きたい。食事の後、時間をもらってもかまわないか？」

　アキラは池田に向かってジトッと湿った視線を向けた。

「尋問ってわけね。どうぞご勝手に。私にはやましいことなんて一つもないし。でも、やるのなら手短にしてちょうだい」

「まあなるべく早く済むように心がける。じゃあまた、食事の後で」

　食事会場に入ったが、いつの間にかねね子の姿が見当たらなくなっていることに気づく。

　池田は会場を見渡すと、ねね子は会場隅にある本棚の前に立っていた。

「ねね子、こんなところでなにやってんだ？」

池田がねね子に呼びかけると、ねね子は怯えた様子で視線を向けて、一冊の本を手渡す。

「い、池田……。ボ、ボクは、この本棚の本が一冊増えていることに気づいて……。え、絵本みたいなんだけど、その本が奇妙というか、気持ち悪いというか……」

「本が増えた？」

それはページ数が少ない、薄い絵本だ。

表紙には『悪魔と子供達』という題名が書かれている以外飾り気もなく、装丁も一般書籍程に丁重な感じではない。自己製本したかのような造りだ。

池田はページをめくる。

悪魔は叫ぶ、血か肉か
その血を飲み干し
内臓をばらまき
数々の欲望を満たせ

死体を吊せ
子供の死体を吊せ
悪魔のために死体を捧げるのだ

死体は新たな死体を作り出すために
新たな死体はまた新たな死体のために

呼び起こされた悪魔は男を地獄の炎で焼き殺す
惨劇は始まった
さあ狂った大人達を殺せ
焼き殺し、切り刻め、眼球をえぐり、心臓を取り出すのだ
悪魔は死を欲する
欲するのはもがき苦しむ極上の死
子供達は悪魔を呼び起こした
すべてを殺すまでもう止まらない
さあ、殺そう、そして死のう
欲するのは死だけ

死を、凄惨な死を
永遠の死を
そう、名もなき子供達は今、帰ってきた

絵本のタッチはまるで子供が描いたように荒いものだが、その内容は凄惨を極めている。

皮を剝ぎ取られ、吊された数々の死体。黒く大き過ぎる瞳を見開く少女のようなキャラクター。そしてあのシロナガス島の悪魔のような生き物。

単純な筆致であるが故に、より純度の高い狂気を感じる。

それにこの本には奇妙に思える点がある。

「男を地獄の業火で焼き殺すか……。今の状況といくつか符合する点があるな。こいつはまるで犯行声明のようにも読める。ねね子の能力のおかげでこいつを見つけ出したわけだが、もしかするとこれは今の時点で発見されることを想定していなかった物なのかもしれない……」

ねね子は祈るように手を組み、池田に不安げな視線を向けた。

「そ、想定していなかったって、じゃあ本当はいつこれが見つけられる予定だったんだ？」

「恐らくはすべてのことが済んだ後、俺達を皆殺しにし、現場を処理しに来た誰かに発見される予定だったように思う」

「み、皆殺し？　そ、その後に見つけられるって、なんのために？」

「この殺人の意味を知らしめるためだろう。これが単なる事故や、快楽殺人でないことを示すためにだ。犯人にはきっとなんらかの強い動機がある。『名も無き子供達が帰ってきた』か……。このフレーズには重要な意味がありそうだな」

　直後、

「あら？　こんなところで何をしているの？」

　その場にアキラ達が現れ、池田は咄嗟にその本を本棚へと戻す。

　そうした後、池田は平静を装い、肩をすくめてみせた。

「なに……時間を潰せるいい本でもないかと思ってな」

「時間を潰す？　あなたにはそんな暇ないと思うけど、探偵さん」

　アキラのその尖った態度は池田に対して特別というより、誰に対しても攻撃的なのだろう。

　池田は小さく息を吐き出した後、頷く。

「そうだな。本を読むのは事件を解決してからにしよう」


「2」


　食事が終わった後、池田は皆が廊下に出たのを見計らい、ジゼルに声をかけた。

「じゃあ、ジゼル。さっき話した通り、二三、話を聞かせてもらおうか」

「勿論構いません。話はどこで行いますか？」

「そうだな……」

池田は、辺りを見渡し、聞き取りに適当な場所を探る。

本来なら池田の部屋で話を聞きたいところではあるが、そこだと皆が警戒して口が重くなるだろう。かといって、会場内や廊下では人目に付きすぎる。そんな場所で聞き取り調査をすれば、アキラに盗み聞きされて口裏を合わせられる恐れがある。

池田は廊下の奥にある通信室に視線を向けた。

「そこの通信室がいいだろう。防音が効いているから、話の内容が漏れることもない」

通信室は普段、客が出入りする場所ではないため、屋敷側が盗聴器を仕掛けている可能性も低いはずだ。

「承知致しました。では、そちらで」

通信室へと向かうジゼルの後を追って、しれっとアキラがついていこうとするが、池田はそれを手で止めた。

「アキラはしばらくの間、外で待っていてくれ」

「はいはい」

アキラは不満げに目を細めた後、不承不承といった様子で答え、威圧するように腕組みをして壁に背をつけた。

「ねね子、お前は中だ。記録係なんだからしっかりしろ」

「あ、ああう……。ボクはボイスレコーダーではないのだが……わ、わかった」

一瞬、躊躇したねね子だが、素直に通信室へと向かう。

ねね子にとってはこの場でアキラと二人きりになる方が遙かに気まずかった。

皆が通信室の中へと消えた後、アキラはキョロキョロと廊下を見渡し、周囲に誰もいないことを確認する。

「………」

そうした後、音を立てず扉に近づいた。

耳をぴったりと扉につけ、意識を集中させる。

「じゃあ話を聞かせてもらおうか。なに、そんなに長い時間はかからないはずだ……」

池田はそう言った後、ふと、通信室の扉に視線を向ける。

ねね子もそれにつられて視線を向けるが、そこには何もおかしいことはない。

「………」

池田は僅かに間を置いて、その扉をバシンと叩く。

直後、扉の外で何かが崩れ落ちるような音が聞こえた。

池田は首を振った。

「……蚊がいただけだ。それじゃあ、始めるとしよう」

ジゼルは頷く。

「はい。なんなりとお聞きください」

「まずはトマスが焼死した前後の行動について教えてもらおうか。どんな些細なことも省かず、詳細に説明してくれ」

「はい。私は昼食が始まる十二時前にお嬢様と一緒に食事会場の方へと参りました。それまでの間に特に変わったことはなかったと記憶しています」

「ふむ、じゃあ会場についた後のことに関してだが……」

池田がそう話を続けようとした時、ねね子が池田の腕を小突き、小声で耳打ちした。

「あ、あのことを聞かないと……。ジゼルは何かを取りに戻ってたとかで、アキラより遅れて会場に入ったんだから」

「ああ、確かにそいつを忘れていたな。ボイスレコーダーの割にはやるじゃないか」

ねね子がムスッとする中、池田はジゼルに向き直り、言葉を続ける。

「そういえばジゼルは何かを取りに戻ったとかでアキラより遅れて会場についたよな？一体、何を取りに戻ったんだ？」

「申し訳ございません、そのことを伝えそびれていました。お嬢様と共に会場にたどり着く直前、私は会場で何か重要な話があるかもしれないと考え直し、手帳を取りに戻ったのです。お嬢様はそのまま先に会場へと入られたので、私の方が十分程度遅れて到着することになりました」

「手帳ね……」

少々怪しい話だが、ジゼルには動揺した様子は見られない。

「それで確か会場に到着した順はトマス、俺とねね子、アキラ、そしてその後がジゼルという順だったはずだ。よく思い出してほしいんだが、再び会場へと向かった時、通路や橋に何か異変はなかったか？」

ジゼルは過去の記憶を思い返すようにその視線を僅かに落とす。

「そうですね……。いえ、今思い返してみても、特に通路や橋には異変はなかったように思います」

「では、会場に向かう時、あの鉄の扉は開いていたか？　それとも閉まっていたか？」

「初め、お嬢様と一緒に通った時は開いていたように記憶しています。私が部屋から戻った際にも両側とも、鉄の扉は開いていました」

「なるほど。引き返した後も扉は開いていたか……」

池田達が会場に向かった際、何者かによってロックが解除され扉は閉まっていた。

その後、アビーによって扉は開けられ、ロックがかけられたはずだ。

つまりここまではジゼルの証言とも整合性が取れている。

「通路を抜けた後はそのまま会場に？」

「はい、そのまま会場に参りました。その後は中座することもなく最後まで会場に居たと記憶しています」

池田がねね子にチラリと視線を向けると、ねね子は小さく頷いた。

この証言に嘘はないということだ。

「なるほど、よくわかった。じゃあ次はトマスを発見した時の状況を教えてもらおうか」

「はい。先に会場を後にした私達は、そのまま回廊を抜け、橋までたどり着きました。その時点では、本館側、客室棟側の鉄の扉は閉まっていたと記憶しています」

「なるほど……鉄の扉は閉まっていたか……」

つまり、この証言が正しいとすれば、ジゼルが会場に着いた後、再び誰かがロックを解除し、あの鉄の扉を閉めたことになる。扉を閉めるというこの行為にはなんらかの強い意図を感じる。二度も扉のロックが解除されたのが、ただの偶然とは考えづらい。

「では、客室棟側の鉄の扉を開け、最初にトマスの遺体を発見したのはどっちだ？」

「先に異変を感じ、ハリントン様を発見したのはお嬢様です。私は鉄の扉のハンドルを回すことに集中していたため、通路内の異変に気づくのが遅れてしまいました」

「なるほど。ジゼルがハンドルを回し、アキラが死体の第一発見者……。一応、その時のアキラの様子も教えてくれないか？」

「はい。お嬢様は初め、通路から溢れてきた悪臭と黒煙から、火災が起きているのかと思われたようでしたが、その直後、通路内に倒れているハリントン様の姿を見つけて、酷く取り乱された様子でした。通路内の異変に気づいた私は、すぐに状況を理解し、お嬢様を抱えて扉から遠ざけました。お嬢様は顔が青ざめ、今にも卒倒してしまいそうな様子でしたので」

「ふむ……」

池田は、橋の上でうずくまるアキラの姿を思い返す。

「確かにあの時、アキラは酷く動揺していた様子だったな。いくら気が強い女でも、流石にあれは堪えるだろう。ジゼルはあれを見て動揺しなかったのか？」

「お嬢様を助けることに集中していましたので、そこまでの動揺はなかったように思います。それに、お嬢様を助ける立場上、いかなる状況でも冷静に対処することが求められていますので、なるべく動揺は抑えるように心がけています」

ジゼルは相変わらずの無表情で感情の起伏は読み取れないが、その瞳の奥には強い信念があるように思えた。

アキラとはベクトルが違うが、ジゼルもかなりきつい性格のようだ。まさに鉄の女と言ったところだろう。

「ありがとう、参考になった」

ジゼルの証言には怪しいところはない。

だが、同時に気をつけなければならない。人間の記憶は不確かなものであるということ。そしてもう一つ、必ず誰かが嘘をつくということ。

「次に、シロナガス島に関しての話を聞きたいんだが。どんな些細な噂程度の話でもいい、何か知っていることがあったら教えてくれないか？」

「残念ながら私の記憶の中には、シロナガス島に関する情報はほとんどございません。一流の施設と特定の層の方のみが訪れることの出来る島、という程度の認識だけです」

池田は苦笑を浮かべる。

「いや、そいつはどうかな？　アキラは初対面の俺に対して何か含みのあることを言っていたくらいだし、ジゼルもこの島の後ろ暗いネタの一つや二つ、聞いたことがあるんじゃないか？」

「…………」

ジゼルは無言のまま押し黙る。

明らかに何かを知っていて、それを隠している様子だ。

数秒の間を置いた後、

「正直に申し上げますと、お嬢様からいくつか島に関する話を聞いたことがあります。ですが、それを私の口からお伝えすることは出来ません。私にも守秘義務というものがございます」

「一応これは殺人事件の重要な取り調べってことになってるんだがね？　それでも話してもらえないってことかな？」

強い視線を向け池田はそう言ったが、ジゼルは少しも動揺することなく答える。

「内容をお知りになりたいのなら、直接、お嬢様の口からお聞きになった方がよろしいかと思います。もっとも、お嬢様がお話しになるかどうかはわかりかねますが」

どこまでも無感情で、機械的な反応。

従者としては優秀だが、聞き取り調査をするには都合の悪いタイプだろう。

「守秘義務に当たらない範囲の話もないのか？」

そう食い下がってみたものの、ジゼルは視線を床に落とすだけで、無言を貫く。

これ以上、ジゼルから島のことを聞き出すのは難しいだろう。

「なら別の話をしよう。参考として聞いておきたいんだが、ジゼルはエッジワース家の使用人。その認識で合っているな？　出来れば、その経緯も教えてもらえるとありがたい」

「ええ、間違いございません。正確には、私はアキラ・エッジワース様付きの使用人に当たります。お嬢様はご気性が激しい方ですので、専属の使用人が長続きしなかったようです。私は元々エッジワースのお屋敷で雑務を行う使用人でしたが、幸いにもお嬢様に気に入られ、専属の使用人として雇っていただけることになりました」

「ふむ……」

確かに、あの激しい気性では従者も長続きしないだろう。ジゼルと馬が合うというのも奇妙な話だが、こういった無感情で淡々と実務をこなす人間の方がアキラと相性がいいのかもしれない。

「あと、もう一つ。気に障るようならば申し訳ない。褐色の肌色をしているようだが、出身地はどこなのか教えてくれないか？」

「どうぞお気遣いなく。私の出身地はイギリスですが、祖母がインド人であったため、四分の一程、インドの血が流れています。肌が褐色なのはそのためです」

「ありがとう、参考になった。これで聞くことは全部だ。戻ってもらって構わない」

池田は微笑と共にそう言って、ジゼルに退出するように促す。

だが、その途中、不意を突くように、

「ああ、そうだ。実は『ジゼルが鉄の扉のロックを外したのを見た』と証言した人物がいるんだが、その話に心当たりはないか？」

そう問いかけた。

通信室から出ようとしていたジゼルはその歩を止め、池田を振り返る。

「私が扉のロックを？　それは何かの見間違いでしょう。私は扉に触れてもいません」

池田は無言のまま、ジッとジゼルの瞳を見つめる。

勿論、これは今でっち上げた偽の話だ。

気が緩んだ瞬間に不意打ちされれば、大抵の人間は動揺する。

池田はそれを狙ったのだ。

だが、そのジゼルの顔に動揺がまったく生じないことを確認すると、池田は苦笑を浮かべて、首を振った。

「ああ悪かった。これは証言してくれた当人も記憶が定かでないという話だから、気にしないでくれ。確かに記憶違いかもしれないな。ありがとう」

池田はそう言って、通信室の扉を開ける。

直後、扉からゴツンという鈍い音が響いた。

「痛ぁっ！」

外にいたアキラはよろめきながら扉から離れ、側頭部を手で押さえて涙ぐむ。

「うう……な、なんで二度も……」

池田は呆れたように鼻を鳴らす。

「扉の前にいると危ないぞ……」

「うるさいわね……」

アキラは池田をキッと睨み付けた後、ジゼルに向かって口を開いた。

「ねぇ、ジゼル。中ではどんな話をしていたの？　教えてちょうだい」

池田はそれに割って入る。

「アキラ、カンニングは無しだ。中に入ってくれ、早速始めたい」

アキラは冷めた視線を向けた。

「ケチくさいのね……。なんだか嫌な感じだわ」

ジゼルは僅かに申し訳なさそうな表情を浮かべ、視線を外した後、アキラに向かって頭を下げた。

「ではお嬢様、私は外で待っていますので、何かありましたらお声がけください」

「ええ、襲われそうになったら大きな叫び声を上げるわ」

「襲わねぇから……早く中に入ってくれ」

3

「私は椅子に座らせてもらうけど。いいわね?」

アキラは椅子に腰掛け、挑発するかのように大きな動作で足を組んだ。

「ああ、勿論構わん」

「なんかこの椅子、妙にぐらぐらしてるわね……」

そう言った後、手で払うような仕草をして、言葉を続ける。

「まあいいわ、始めて」

「いいだろう。それで、トマスが殺害された前後の行動に関してだが……」

「ジゼルから大体の話は聞いたんでしょ? ジゼルの言っていた話がすべてよ。以上、終わり」

池田は顔をしかめる。

「……と言うわけにはいかん。ちゃんと証言してくれ。アキラとジゼルは共に客室棟を出た。その後、少しの時間ジゼルと別行動を取ることになったはずだ。その状況に関して教えてほしい」

「随分と偉そうなのね。……まあいいわ」

アキラは「フン」と短く鼻を鳴らした後、過去の出来事を思い返すように視線を宙に向けた。

「私達は部屋の前で待ち合わせて、その後一緒に会場へと向かったんだけど、会場に入る直前でジゼルが手帳を忘れたって言い出したのよ。それで私は先に一人で会場に入った。それだけ」

「鉄の扉だが、両方とも閉まっていたか？」

「えーと……いえ、普通に開いていたわよ。回廊に風が流れ込んで酷く寒かったのを覚えてるし。どうにかしてロックがかけられていたんじゃない？」

「なるほど、開いていたか……」

やはり池田達が回廊を抜けた後は、アビーが扉を開けたようだ。

「他に橋の上や通路には何か異変は感じなかったか？　ほんの僅かな異変でも構わないんだが……」

「特に何も。ああ……。いえ、そういえば橋の上が雨で濡れていたわね。ちょっと滑りそうになったわ。もう少し水はけをどうにかすればいいのにね」

池田はあの時のことを思い返す。確かに事件前、橋の石畳の間にはかなりの水たまりが出来ていた。排水溝でも詰まっていたのかもしれない。

「次に、食事の後、トマスを発見した時の状況について聞きたい」

「ほんと嫌なことを思い出させるわね……」

アキラは視線を逸らし、苛立ちを誤魔化すように組んだ足を上下に揺らす。

しばらく昨日の出来事の記憶をたどった後、口を開いた。

「真っ先に会場を出た私達は鉄の扉を開けて橋の上にまで移動したんだけど、その時には何もおかしなことは感じなかったわ。でも、ジゼルが客室棟の扉を開けた時、そこから黒煙と悪臭が溢れ出してきたのよ。初めは火事か何かかと思ったけど、よく目を凝らしたらそこに死体があることがわかったってわけ。本当に最悪な気分だわ。よりにもよってあんなものを見てしまうなんてね」

「う、うえ……」

部屋の隅にいるねね子から嘔吐き声が漏れた。

アキラは構わず続ける。

「私は扉の前で呆然としてたんだけど、ジゼルが私を死体から引き離してくれたわ。そして、あなた達が現れた。まあ、そんなところかしら？　別におかしな点はないでしょ？」

確かに、アキラの証言は先ほどのジゼルの話とも一致する。

事件現場での二人の証言には矛盾もなく、おかしな点はない。

口裏を合わせている可能性は残るが、それは他の招待客の話を聞けば判断出来るだろう。

「アキラは昼食の時、少しでも席を外したりしたか？」

「いいえ、私は一度も席を外してないわ」

アキラが嘲笑と共にそう答えた直後、ねね子が池田の背中を小突いた。

「う、嘘ついてる……。ア、アキラは食事が始まってから十八分後に席を立ってる」

「なんだと？　じゃあ、何か隠しているってことか？」

アキラはその二人の様子に気づき、覗き込んだ。

「あなた達、何をこそこそ喋ってるの？」

「いや、こいつの言うことには、アキラは一度席を立っているって話なんだが……。アキラは一度、会場から出たんだろ？」

「いいえ、会場からは出てないわ」

再び、ねね子が池田の背中を小突く。

「ぜ、絶対に嘘ついてる……。ア、アキラが帰ってきた時、ベストのポケットからハンカチがはみ出てたから、たぶんトイレに行ってるはず。し、しかも席を立った時間は七分……。高確率でウンコだ」

「そこまでは言わんでよろしい……」

顔をしかめてそう言った後、池田はアキラに向き直った。

「なあ、アキラ、ちゃんと本当のことを話してもらわないと、余計な疑いを招くことにもなりかねないんだぜ？　本当のことを話せよ。会場を出たんだろ？　もっと具体的に言えば、トイレに行ったんだろ?」

アキラはムスッと顔を歪めてねね子を覗き込む。

「何をぶつくさ喋ってるかと思えば……その子が告げ口しているの? だから行ってないって言ってるでしょ。その子の記憶違いよ」

池田は苦笑する。

「残念ながら、それはあり得ない。なあ、トイレ行くことくらい別に恥ずかしいことじゃないだろ? 小だろうが大だろうが……」

と、そこまで言ったところで、流石に口を滑らせ過ぎたと思った。

池田にもねね子の軽口が感染《うつ》ってしまったのかもしれない。

案の定、アキラはその顔を真っ赤に染めて、怒りの視線を向けている。

ただ、その視線の対象はねね子だったが。

「ねね子。あなた、あることないこと言って私を貶めようとしているの? そんな嫌がらせをしてどういうつもり? あなた、そんなに馬鹿みたいに長い髪をして、少しはちゃんと顔を出したらどう? 自分の顔にそんなに自信がないの? ねぇ、なんとか言いなさいよ。言いたいことがあるのなら私の目を見てはっきりと言いなさい」

ねね子はアキラのその強い言葉に気圧され、何も言い返せないままビクビクと池田の陰へ逃れる。

アキラはそのねね子の姿を見て、呆れた表情を浮かべた。

「また、そうやって逃げるのね。もし匿ってくれる人がいなくなったらどうするつもりなのかしら」

「まあ悪かった。そう怒らないでくれ。ねね子にも悪気はないはずだ……多分」

「まあ、あらぬ疑いをかけられるのは本意じゃないから本当のことを言うけど、確かに一度席を立ったわ。お化粧直しに行ったのよ」

ねね子は池田の陰に隠れたまま、視界の外にいるアキラを睨み付けた。

「け、化粧なんてしてないだろ……。ウンコの癖に……」

陰口にしては声が大きい。

池田は、肘でねね子のみぞおちを突く。

「ヴッ……!」

くぐもった呻き声が漏れた後、池田はアキラに向き直り、頷いた。

「ああ、そうだな。確かに化粧直しは大事だ。それで、廊下に出た時、何かおかしいことはなかったか?」

「特に何もおかしなことは無かったように思うけど……。外では誰も見かけていないわ」

「なるほど」

アキラは嘘が上手いタイプではないようだし、証言には一定の信頼性があるとみていい。

それに、ジゼルの証言と整合性が取れた点に関しては今後の役に立つだろう。

「……では、次にこの島、シロナガス島のことに関して話してもらおうか？」

「シロナガス島に関して？　さあ？　別に変わったことなんて一つも知らないけど？」

「そいつは嘘だな、船の中で俺に向かって忠告しただろ？　島のことを知らないのなら深入りするな。命を縮めることになる……ってな。アキラ、お前はこの島のことを何か知っているんだろ？」

「それは何かの聞き間違えでしょう？　たとえ何かを知っていたとしてもあなたのような人に教えると思って？」

「人一人殺されている。そしてその犯人は今も野放しのままだ。もしかするとまた他の犠牲者が出るかもしれない。それでもいいっていうのか？」

「この島に来るような人間は皆、クズばかりなんだから死ねばいいのよ。むしろ死んでくれた方がせいせいするくらいだわ」

「クズが死ぬだけで済めばいいが、お前やジゼルが殺されることになるのかもしれないんだぜ？」

「これは一応、あなたのためでもあるのよ？　部外者がこの島の秘密を知ればただでは済まないでしょうから。しかも、悪徳探偵となれば尚更ね」

そう言った後、ジッと池田の方を見て、言った。

「殺されるわよ、あなた。いえ、あなただけじゃなく、そこのお嬢さんもね」

「ヒッ……」

薄い笑みを向けられたねね子は短く声を上げて、再び引っ込む。

池田は小さく鼻を鳴らす。

「どのみち乗りかかった船だ。もう後戻りは出来ん。それに殺人者を放っておくってのはどうにも性に合わなくてね。逃げ勝ちされるのは我慢できない」

「本当に馬鹿ね……。それでも私は喋るつもりはないから。あんな汚らわしいこと……私の口からはとても言いたくはないわ。どんなに脅されようが私は喋らない。残念ね」

アキラは拒絶を表すかのように両腕を固く組む。

「なら話を変えよう。アキラの経歴とこの島に来た経緯を教えてくれ。それくらいなら構わないだろう？」

「まあ、それくらいならね」

アキラはフンと鼻を鳴らし、続ける。

「私はアキラ・エッジワース。スコットランド系の貴族、エッジワース家の長女。エッジワース家は代々続く貴族だけど、生き残りのためにありとあらゆる手段に手を染めたからそれだけに敵も多い。言ってみれば嫌われ者の貴族といったところかしら」

「以前、アキラは父親の代わりにこの島に来ることになったと言っていたな？　その父親のことを聞かせてくれないか？」

初めて会った時と同じように、アキラの顔にあからさまな嫌悪の表情が浮かぶ。

「あの男のことを？　口にするのも汚らわしい……。けど、まあいいわ、どうでもいいことですものね」

そう言った後、言葉を続ける。

「私の父、ジョージ・エッジワースは最低最悪の男。権力にしがみつき、すべての人間を敵に回して、そしていつも孤独だったわ。大病を患ってもうじき死にそうみたいだけど、まあそれも自業自得ね。本来、招待状はその父に送られた物だったけど、私がそれを横取りしてこの島に来たってわけ、ただそれだけよ」

「随分と父親を嫌っているみたいだな？　そう肉親を邪険にするもんじゃないぜ。血の繋がった父親だろ？」

「何も知らない癖に……知ったような口を聞かないで。あの男と血が繋がっているなんて考えるだけで寒気がするわ。あの男はそれだけ恨まれることをしてきたのよ」

「だが、そうだとしても何故アキラはこの島に来る気になったんだ？　こんな絶海の孤島だぜ？　わざわざこんな場所にまで来ようとしたのには何かわけがあってのことなんだろう？　今の話を聞く限りでは父親から代理を頼まれたって感じじゃなさそうだし、まさか大嫌いな父親のためってわけじゃあるまい。何故、アキラはこの島に来る気になったんだ？」

アキラは口ごもる。

「それは……。少し確かめたいことがあって……」

どうやらそれも先ほどの内容と関係することらしい。

「なあ、アキラ。ここでの話は誰にも漏らさないと約束する。お前が喋ってくれればきっと捜査の助けになるはずなんだ」

「でも……。いえ、それでも私は……」

アキラが再び言葉を止めたその時、不意に通信室の扉が開く音が聞こえた。

ジゼルが扉を開けたのかと思ったが、違う。

一瞬、開けられたと思った扉はすぐに閉められ、鍵がかけられたからだ。

「……ッ!」

その一瞬の間に、通信室の中に細長い物体が投げ入れられた。

直後、それが激しく蠢くのを見て、三人は思わずその身を震わせた。

「な、何これ……。へ、蛇っ!?」

それは褐色の大きな蛇だ。

蛇は乱暴に投げ入れられたせいで相当に気が立っているらしい。

身体を折り曲げ鎌首を上げ、今にも飛びつこうとする攻撃態勢を取っている。

池田は静かに身体を動かし壁際に身を寄せる。同時に、二人に落ち着くようにと手で合図する。

「静かに。二人とも音を立てるな。ゆっくりと椅子と机の上に上がるんだ」

二人はビクビクと身体を震わせながら、動き始める。

扉が開いた時、誰かがこの蛇を投げ入れたのは間違いない。

「外にはジゼルがいたはずだが……」

ともかく、招待客の誰かがわざわざこの蛇を持ってきた可能性は低いだろう。

となると、これは屋敷側の警告、あるいは証言をさせない妨害か。

だが、池田はその思考を途中で止めた。今はこの蛇を処理する方が先決だ。

「おい、ねね子。こいつは危険な奴なのか？　それとも害のない安全な奴か？　どっちだ？」

「……ウ、ウヒャ……ア、アブブブ……。フーフー……！」

ねね子は腰が抜けたような格好でなんとか机に這い上がろうとするので精一杯でとても池田の質問に答える余裕はないらしい。

アキラも、不安定な椅子の上に中腰になりながら、柄にもなく弱気な叫び声を上げた。

「わ、私、蛇は駄目なの。というより爬虫類全般が、無理ぃっ！」

「静かにしろ。大声を出すな。蛇が興奮する」

池田はアキラをなだめつつ、通信室のノブに手を伸ばす。

やはり、扉は何者かによって鍵がかけられている。

通信室の鍵は客室の物と同じで、内側からも鍵が必要な旧式のウォード錠だ。

簡単には開けることは出来ない。

「先にこの蛇をどうにかする必要がありそうだな……。」

池田は一瞬、背中の銃に手を伸ばそうとしたが、それを止めた。

銃で蛇を狙うことは難しいだろうし、そもそも、この狭い室内で銃を放つこと自体自殺行為だ。

五十口径の銃弾はその威力を保ったまま跳弾し、池田達へと到達するだろう。

まさしく自らに銃口を向けるに等しい。

今は銃以外の解決策を探る必要がある。

「一か八か捕まえてみるか」

池田は慎重に間を詰め、蛇を手づかみしようと構える。

だがその直後、蛇は通常ではあり得ない程の速度で動き、池田に向き直って攻撃姿勢を取った。

まるで動きを早回ししたかのような異様な速度。

池田は伸ばそうとしたその手を止めた。

「こいつは……普通の蛇の動きじゃないぞ」

摑み取るにしても、嚙まれる覚悟が必要になるだろう。

蛇は再び動き出す。

椅子の上に載っていたアキラは、自分の方に蛇が向かっていることに気づくと泣きそうな声を上げた。

「へ、蛇がこっちに向かってきたわ！　この椅子グラグラして倒れちゃいそう！」

「アキラ！　そこは危険だ。思い切って机の上に飛び載れ！」

「ううう……わ、わかったわ。思い切って、飛んでみる」

アキラは青い顔でそう答えた後、椅子を勢いよく蹴った。

だが、足が震えていたことと椅子がぐらついていたことが災いした。アキラは飛んだ瞬間にバランスを崩し、そのまま顔面から壁に激突してしまう。

「むぐあッ！」

激突の衝撃で無様な大の字の格好になりつつも、アキラはなんとか机の上に踏みとどまる。そのまま這うように壁際を移動し、蛇の射程から逃れた後、キッと池田を睨み付けた。

「痛たた……。あんたが変なこと言ったから顔打ったじゃないの！　このクズ！」

「俺のせいなのか……？」

ともかく二人を机の上に逃がすことは出来たが、この程度の高さなら簡単に上ってしまうだろう。どうにかしてこの蛇を始末する必要がある。

アキラは中腰のまま通信機材を踏み越え、先に机の上に避難していたねね子と合流する。

二人は自然と、蛇から最も遠い部屋の隅に固まり、互いに抱き合う形となった。

あれほどいがみ合っていた二人だが、今はそんなことを気にかける余裕もないらしい。

池田はねね子が正気を取り戻したことを確認し、声をかけた。

「おい、ねね子。こいつはなんなのかわかるか?」

「へ、へ、へ、蛇……」

いや、まだ正気には戻りきってないらしい。

「それは見ればわかる……。この蛇は安全なのか危険なのか、そいつを知りたい」

「こ、こ、この蛇は学名、Dendroaspis polylepis。どど、動物学者のアルベルト・ギュンターによって1864年に名付けられた。お、主にアフリカ大陸南東部に生息」

アキラはねね子を摑む手に力を込め、今にも嚙みつかんばかりの表情で声を荒げた。

「ねね子! あんたおちょくってんの? そんなクソ豆知識いらないわよ! この蛇が毒持ってるかどうかを聞いてるのっ!」

ねね子は目を潤ませる。

「ボ、ボ、ボクも怖くて、気絶しそうなんだ。そんなに怒鳴らないでぇ……」

「ねね子。深呼吸して落ち着けと言いたいところだが、そんな暇が無い。この蛇は毒蛇なのかどうか、さっさと教えてくれ」

ねね子はガチガチと歯を震わせて答える。

「う、うう……。こ、この蛇はブラックマンバ……。神経系の猛毒を持つ、世界で一番恐ろしい毒蛇。み、未治療の場合、致死率ほぼ百パーセント」

池田とアキラの二人は思わず息を飲む。

「実に有り難い情報が聞けたな……。もしやと思ったが、ブラックマンバか。そういや以前、俺もアフリカでこいつに噛まれたことがあるぞ。ただ、俺を噛んだ奴はもっと青っぽい蛇だったように思うが……」

「ブ、ブラックマンバには褐色のと青っぽいのがいる……。こ、これは褐色の方。というか、噛まれたことあるのか……」

「ああ、その時は幸運にもなんとか助かったがな……。しかしそんな毒蛇と共に隔離されるとは、こいつは実にヘビーな状況なようだな」

「そ、そんな親父ギャグ言ってる場合か！　早くどうにかしてぇ！」

「どうするのよ！　どうにかして助かる方法とかないの！？　こいつに弱点とかないの！」

ねね子は引きつった笑みを浮かべる。

「け、血清があれば助かる。フハハ……この島にあればの話だけど。じゃ、弱点は知らないけど、ブラックマンバは、足が凄く速くて、木登りが得意。あ……そ、そんなこと言ってるうちに登ってきた……」

蛇は机の脚に沿い、まるで滑るかのような動きでスルスルと上っていく。

蛇の頭が机の下に現れたのを見て二人は身体を跳ね上げ、凄まじい叫び声を上げる。

「ギャアアーッ！」

「……ッ」

池田は咄嗟に脱いだ上着を使って蛇をはたき落とす。

その衝撃によって蛇は再び床へと落ちたが、そのせいで更に怒らせてしまったらしい。

蛇は完全な臨戦態勢へ入り、池田かねね子達のどちらを襲うか品定めするかのようにぐるぐると回り始める。

狙いが決まれば、すぐにでも襲いかかるだろう。

不意に、外から通信室の扉を叩く音が聞こえた。

「お嬢様！　今の悲鳴はなんですか！　何かありましたか！」

その場に響いたそのジゼルの声を聞いてアキラは泣きそうな視線を向ける。

「あ……ジ、ジゼル。どこ行ってたのよ！　こっちは今大変なことになってんのよ！」

「すいません、ヴィンセントさんに呼ばれたために、少しの間この場を離れてしまいました。何か中で問題が起きているんですか？」

池田が声を張り上げる。

「ああ！　大問題だ！　誰かが部屋の中に毒蛇を投げ込んだんだよ！　どうにかして外に出たいところだが、鍵がかけられている！　蹴破ろうにも蛇が扉の近くにいて、うかつに近づけない！　ジゼル！　どうにかしてこの扉をこじ開けてくれないか！」

「鍵が？　それならヴィンセントさんに……」

「そいつは注意した方がいい！　恐らく、この部屋に蛇を投げ込んだのは屋敷側の仕業だ！　ジゼルを扉の前から遠ざけたのも、そのためだろう！」

「わかりました。それでは私が斧か何かを探して、扉を破ってみます」

「頼んだぞ！　ジゼル！」

ヴィンセントが通信室の前からジゼルを離れさせたことから考えると、やはりこの蛇を投げ入れたのは屋敷側の仕業なのだろう。

警告か、それとも口封じか。狙いは池田か、それともアキラか。

ともかく、ジゼルがこの扉をこじ開けるまで、どうにかしのぎきる必要がある。

「と、扉を破るって……そんな時間まで、もつかなぁ……」

ねね子は全身をブルブルと震わせながら弱気な声を上げた。

アキラはねね子の身体をギュッと抱きしめる。

「なに泣き言吐いてんのよ！　へ、下手なことをしなければ大丈夫よ！　きっと……」

池田は、再び机に上がろうとした蛇に気づき、それを慌ててはたき落とす。

「おっと！」

どうやら蛇は完全にねね子達をターゲットに定めたらしい。

池田はなんとかそれを直前で阻止し続けているが、僅かにでもタイミングがずれれば、二人に到達してしまいそうだ。

「クソ……こうなったら、この蛇には悪いが、どうにかしてこいつを殺す方法を考えるしかないようだな」

アキラは信じられないものを見たかのような怯えた視線を池田に向けた。

「蛇に悪い？　悪くないから！　全然、悪くないから!!　殺さなきゃ私達が死んじゃうでしょ！　馬鹿ぁ！」

「わかったわかった……。ともかく蛇を殺すにしてもなにか道具が必要だ。鋭いナイフのようなものか、あるいは長い棒のようなものがあるといいんだが」

「うう……。そ、そんなものどこにも見当たらないけど……」

ねね子は辺りを見渡すが、通信室は物自体が少なく、そんな都合の良さそうな物は見当たらない。

アキラは机の上でしゃがみ込み、恐る恐る引き出しに手を伸ばす。

「でももしかしたら、机の中に……」

蛇がアキラの手に到達してしまうかと思われた直前、アキラはなんとか引き出しの中を探り、カッターナイフを取り出し、

「ほら！　私が死ぬ思いをして取ってあげたんだから！　これでなんとかしなさい！」

それを池田に向かって投げ渡す。

「ああ、ありがたく使わせてもらう」

池田は受け取ったカッターの刃を伸ばし、脱いだ上着で蛇を挑発しつつ、距離を詰める。

「タイミング勝負だな……」

「い、池田。やるなら早くしてくれぇ。あ、足がガクガクでもう倒れそうなんだ。あ……あっ、あっ、ヒッヒッヒッ……も、もう耐えきれないぃ」

直後、ねね子の足がカクンと力を失った。

机がガタリと揺れ、抱きついていたアキラもその巻き添えを食らう。

「ちょ、ちょっと！　ねね子！　揺らさないで！　落ちちゃうでしょ！　わあっ！」

「……ひゃっ！」

二人の身体が大きくバランスを崩し、倒れた瞬間、蛇は宙に跳んだ。

「……ッ！」

池田は空中の蛇めがけて、カッターを振り上げる。

鋭い一閃が走り、鮮血が散る。

その光景を見たアキラは思わず叫んだ。

「や、やったわ！　完全に真っ二つ！」

蛇はその胴体を完全に切断され、床へと落ちた。

ギリギリ体勢を保っていたアキラは、その両断された蛇の姿を見て、ホッと安堵の息を吐き出し、ねね子も完全に腰が抜けた様子で机の上に尻餅をつく。

アキラは震える手で髪をかき上げ、大きく息を吐き出した。

「ああ、ほんと、一時はどうなるかと思ったけど、なんとか助かったようね。やれやれだわ……」

そう言って、アキラは机へ腰を下ろし、その片足を床へと向ける。

ねね子はビクンと身体を跳ね上げ、叫んだ。

「わ、わあっ！　まだ下りちゃ駄目ぇっ！」

その直後、

「……えっ？」

首だけになった蛇が、アキラの足めがけて飛びついた。

池田は、咄嗟にそれを摑み取ろうとするが、遅い。

蛇の毒牙は深々とアキラの足首に突き刺さる。

「……え」

一瞬、時が止まったかのような不気味な静寂が広がり、皆は硬直する。

少しの間を置いて、アキラはぎこちなく顔を動かす。

「か……」

呻きのような声が吐き出されて、アキラの顔はみるみるうちに真っ青になっていく。

僅かに間を置いて、

「嚙まれた……。あの、嚙まれちゃったんだけど……」

アキラは、やっとそれだけの言葉を吐き出した。

第五話　終了する世界

池田はアキラの足首に噛みついた蛇を摑み、引き剝がす。そのまま部屋の隅に放り投げると蛇はやっとその動きを止めた。

アキラはそうしてる間も呆然と視線を宙に向けただガタガタと足を震わせ続けている。

「あの……か、噛まれたんだけど？　噛まれたら死ぬっていう蛇……噛まれて……」

「おい、落ち着け。なるべく興奮せず、まずは椅子に座れ」

「か……か……か……」

アキラは油が切れたロボットのように、ぎこちなく顔を動かす。

そして、

「噛まれたぁ！　噛まれたわああっ！　噛まれちゃったわあああっっ！　頭だけで動くなんて聞いてないわよぉっ！」

アキラは絶叫しバタバタと暴れだす。

池田はそれを慌てて押さえつけた。

「アキラ、大丈夫だ。とにかく動かずに噛まれた足を心臓より下の位置にやるんだ」

「この蛇に噛まれたら死んじゃうんでしょ!?　そんなことしたってなんの意味もないじゃない！　もう駄目よ！　私、死ぬんだわ！」

アキラは再び叫んで、そのまま地面へと倒れ込む。

「1「

」

「おい、そのまま横になるのは良くないぞ」

「どうせ死ぬんだから、私の好きにさせてよ……」

「馬鹿、あきらめるな。まだきっと手はあるはずだ。屋敷側が毒蛇を飼っていたのなら、どこかに血清があるはずだ」

「そんなものどこにあるっていうの……あったとしても見つけられるわけないでしょ」

とりあえず池田は、アキラの身体を動かし、回復体位の体勢をとらせる。

池田がアキラの手足を動かす中も、アキラはまったく抵抗や反応する様子もなく、まるで意識のないマネキンを動かしているかのようだ。酷い放心状態になっているらしい。

「ねね子。毒蛇に噛まれた際の対処方はなにがあったかな？」

呆然としていたねね子は池田の言葉でハッと我に返る。

「え……えぇと……。し、締め付ける恐れがある物を取り外す。指輪とか時計とか靴とか、腫れて取れなくなっちゃうから……」

「ああ、そうだったな」

池田はアキラの靴を外して、ストッキングを破る。

アキラの足首に牙が深く刺さっていない可能性に期待したが、そこにはくっきりと牙の痕が残っている。致死量分の毒が注入されたとみてまず間違いない。

「クソ、こいつは厄介なことになったな……」

直後、

「斧を見つけてきました！　どいてください！　扉を開けます！」

外からジゼルの声が響いた。

間を置かず、斧によってドアの金具が壊され、通信室の中にジゼルと、そしてリールが姿を現す。

ジゼルは床に寝かされているアキラを見て、思わず駆け寄り、声を上げた。

「お嬢様！　一体、どうされたのですか⁉」

アキラは虚ろな視線をジゼルに向ける。

もう外面すらもどうでもよくなっているのか、涎も垂れ落ちるままだ。

アキラは自虐的な笑みを浮かべた。

「ああ……ジゼルいいところに来たわね。私の墓に刻む文章を考えてくれないかしら？最後の最後でドジを踏んだ間抜けここに眠るとかね……。ふふふ……」

ジゼルはその様子を見て大まかな状況を把握したらしく、池田と目配せを交わす。

「ジゼル、ご覧の通りの状況だ。こいつは賭けだが、屋敷側の人間を探して抗毒血清のありかを問い詰めた方がいいだろう。危険かもしれないが、その仕事をやってくれるか？」

「わかりました。元はと言えば私が扉の前を離れたことが原因です。屋敷の人間から必ず血清のありかを聞き出してきます」

ジゼルはそう言った後、アキラの肩に手を添えて慰めの言葉をかける。

「お嬢様お気を確かに、きっと大丈夫です」

アキラはその言葉に対しても大した反応を見せずに、ただ気怠げに右手を上げて答える。

ジゼルがその場から去った後、入れ替わる形でリールが身を寄せた。

リールはアキラの状態を確認した後、池田に視線を向けた。

「さっき大体の話はジゼルさんから聞いたんだけど……。本当にその毒蛇に噛まれたの？」

「リール、いいところに来たな。前回から間がなくて悪いが、今回も力を貸してくれ」

リールは、池田からこれまでの経緯を聞きつつ、アキラの足を確認する。

そして、アキラの足首に残る傷跡に気づくと、

「あっ……」

と、小さく声を出した。

「なに？　なんで今「あっ」ていったの？　何か問題でもあったの？　ねぇ！」

「あ……いや……ごめんなさい。別に今のは深い意味はなくて……」

ねね子がジトッと湿った視線を向けて呟く。

「し、仕事中に『あっ』と言ってはいけない職業ワースト3……。パイロット、理髪師、そして医者……」

「いや、だから今のため息には深い意味なんてなくて……。えーと……」

リールは口ごもった後、その気まずさを誤魔化すように状況の整理を始める。

「と、ともかく、かなり危険な状況なのは確かだわ。どうにかして血清を手に入れないと。ブラックマンバは確か神経系の毒だったわね」

「さて……どうだったかな？　ねね子、知ってるか？」

「ブ、ブラックマンバの毒素は、主にデンドロトキシン、ファシキュリン……。デ、デンドロトキシンはカリウムチャンネル、ファシキュリンはアセチルコリンエステラーゼの働きを阻害して、ダブルで筋収縮が起こってヤバい……」

「……だそうだ」

リールは思わず目を見開く。

「ねね子ちゃん、随分と詳しいのね。私よりも詳しいんじゃない？」

「リール。タイムリミットはどのくらいだと思う？」

「ブラックマンバだと、相当に強烈な神経毒だから注入された毒の量にもよるけど大体二十分前後が勝負といったところね。既に噛まれてから数分経ってるし、血清の注射の準備と作用時間を考慮に入れると……恐らくタイムリミットは十分……」

「十分か、それまでに、あるかどうかもわからない血清を探し出さなきゃならないってわけか……。正直言ってかなりキツいな」

池田達が深刻そうな様子で言葉を交わす中、アキラは皆に向かって潤んだ瞳を向けた。

「あの……あんた達、随分と楽しそうに話しているところ悪いんだけど。私は結構耳がいいの。そういう絶望的な話は、なるべく聞こえないようにやってもらえないかしらぁ……」

「あ……ごめんなさい。い、今のは違うのよ。そう、別の話をしていたの」

「大丈夫だアキラ、心配するな。なに、すぐに血清は見つかるさ。楽勝だ」

「まったく希望を見いだせないわ。どうせ私はこのまま死ぬことになるのよ……」

池田は腕時計に視線を向ける。

「ともかく、グズグズしている暇はないな。どうにかして血清を探し出す。あるいは別の治療法を探し出す。その必要がありそうだ。リール、このブラックマンバの治療法でなにか名案があるか?」

「既に蛇に嚙まれてしまったのなら血清治療が第一選択だと思うわ。せめて私がスネークバイトキットでも持っていれば良かったんだけど……」

ねね子はチラリとリールを覗き込み呟く。

「あ、あまりいい手じゃないけど……い、一応、血を吸い出すという手もある」

「医者の立場からだとそれはあまり推奨出来ないわね。吸い出した人間が毒に汚染される可能性がある上に、マニュアル的にも血を吸い出す行為は否定されているし……」

「た、蛋白凝固作用があるタンニン酸を使えば、一応、毒の中和が可能……」

池田は考え込む。

「タンニン酸か……。タンニン酸が多く含まれている物といえば……例えば渋柿とかか？」

　ねね子は渋い顔を浮かべた。

「し、渋柿ぃ？　確かに渋柿にはタンニン酸が含まれてるけど、こんな屋敷に渋柿なんてあるわけないじゃん」

「……確かにな。日本から取り寄せてみるか」

「と、取り寄せるぅ？　その流れだと、まず一番先にアキラが死ぬでしょ？　船が到着して遺体を運んで、葬儀して、埋葬する頃にやっと届くだろうから一緒に墓に入れることになると思う」

　リールが慌てて遮る。

「もう！　冗談言ってる場合じゃないのよ!?」

　ただ呆然と寝そべっているアキラは「ふふ……」と、薄い笑みを浮かべて呟く。

「こんな人でなしの連中に囲まれて死ぬなんて……不幸だわぁ」

　池田とねね子の二人は流石に己の軽口を反省し、気まずそうに身を縮めた。

「しかし、そうなると他には、紅茶とかか？　だが、いちいちお湯を沸かして作るとなると時間的に厳しいよな。いや、待てよ……」

　ふと池田は、手近に大量に貯蔵されているタンニン豊富な飲み物のことを思い出し、口を開く。

「ワインはどうだ？」

「た、確かに赤ワインならタンニンが含まれてるし、すぐ手に入るなぁ」

リールは思わず手を打った。

「ああ！　確かに近くに貯蔵庫があったわね。ワインならそこにいくらでもあるはずだわ」

「よし！　そこにいってタンニンが多く含まれてそうなワインを選んで持って来てくれ！　ワインに関してはねね子が詳しいはずだ！」

「わかったわ！」

「うう……し、仕方ない……行ってくる」

貯蔵室へと向かう二人を見送った後、池田はアキラに寄り添い、声をかける。

「アキラ、状況は好転に向かっているようだぞ。気をしっかりと持てよ」

「本当に好転に向かっているのかしら？　同じところをグルグル回って、全然前に向かっていない気がするわ……」

「心配するな、必ず助けてやる。こう見えても俺はラッキーマンなんでね。信用してもらっていいぜ」

アキラは少し無言で考え込んだ後、ポツリと呟く。

「ラッキーマンの割には、つい最近、身近で丸焦げになってた人がいたような気がするけど……」

池田は思わず言葉を詰まらせる。

「……まあ、稀にそういうこともある」

「随分と当てにならないラッキーマンね……」

アキラが力なくそう呟いた後、その場にリール達二人が戻ってきた。

「お待たせ！　ワインを持ってきたわ！」

「そのワインは……」

池田はリールの手にあるそのワインを見て、言葉を詰まらせる。

ねね子は手をわたわたとさせながら答えた。

「は、初めはタンニン多めな品種のカベルネ・ソーヴィニヨン使ってるワイン探したけど見当たらなかったんで、手近にあったこのロマネコンティにした。ちょ、長期熟成に耐えるワインだからタンニンは多めなはず……」

池田の脳裏に『1万ドル以上』という金額が浮かび上がる。だが、池田はすぐにその迷いを振り払い、それを手に取った。

「いや、今は悩んでる場合じゃないな！」

「あ……し、しまった。ワ、ワインオープナー忘れた……」

「問題無い。後学のために覚えておけ。これが池田戦流だ！」

池田はフッと気合いを入れ、ワインの首元に向かって裏拳を当てる。

ガチッと鋭い音が響き、ワインの首元が吹き飛んだ。

「う、うわあぁ……。じ、自分で持ってきてなんだけど、貴重なロマネがぁ……」

「上手く割れたな、これでワインを口に含める」

池田は手早くアキラの足首から血を吸い出した後、ワインで口をゆすぎ、吐き捨てる。

「痛たた……。うう……なんか嫌味を言いたいところだけど……あ、ありがとう……」

アキラはその痛みに顔をしかめつつも感謝の言葉を伝えた。

リールは短く息を吐く。

「それで……次は血清ね」

「そうだ、血清だ。早いことそいつをどうにかして探さなきゃならない。だが、血清のありそうな場所となると、難問だぞ……」

ねね子が口を開く。

「て、適当に探しても時間の無駄だと思う。どこかに見込みをつけないと……。で、でも血清がありそうな場所なんて早々思いつかないなぁ……」

「この島であんな毒蛇を飼っていたのなら、恐らくその飼育場所の近くに血清が置いてあるはずだ。……となるとレイモンド卿の部屋か？　だが、そこには厳重なロックがある」

「で、でも早くしないとアキラ死んじゃうし。とりあえず向かってみないと……」

「ああ、確かに行動するしかあるまい」

会場前のエレベーターはまるで電源が落とされたかのように無反応で、開く様子がなかった。

「クソ……反応しないな」

　別の階にエレベーターが止まっているというわけでもなく、階数表示のパネルには一階《ロビー》の明かりが点灯している。

「エ、エレベーターは一階にあるっぽいのに……まさか、これも屋敷側の妨害工作？」

「可能性あるかもな……。とはいえ、どこかに階段があるはずだ。それに、これが妨害だとすると、やはりレイモンド卿の部屋に血清があるってことなんじゃないか？」

　ねね子は首を傾ける。

「ど、どうかなぁ？　もし本当に使わせないつもりなら、もうどっかもっと分かりづらい場所に隠しちゃってると思うけど。そ、それか誰かがずっと持ち歩いてるとか……」

「確かに……。考えてみれば、蛇を投げ入れること自体、相当に危険な行為だ。案外、投げ入れた奴が血清を持っているのかも……。だが、そうなると蛇を投げ入れたのは誰だ？」

「なにやってるんですか？」

　その声がした方向に二人がハッと視線を向けると、そこにアレックスが立っていた。

　アレックスは二人に不審な視線を向けた。

「随分とバタバタしてるようですけど……。まさか、またよからぬ事を考えてるんじゃないんでしょうね？」

「おいおい、俺がいつよからぬことをしたっていうんだ。敵視するのは構わんが、今はそれどころじゃない。アキラが毒蛇に噛まれた。早く血清を見つけ出さないと助からない」

アレックスは苦笑を浮かべる。

「はい？　毒蛇？　冗談でしょ？　この孤島で蛇なんて……」

「冗談だと言いたいところだが、全部事実だ。こいつは無理な質問かもしれないが、アレックスは血清のありかを知ってないか？」

二人のその真剣な様子を見たアレックスは顔から苦笑を消し、動揺した様子を浮べる。

「血清？　いや、そんな物なんて知らないですが……。ちょっと待ってください、それは本当なんですか？」

「嘘だと思うなら通信室の中を見てみるといい。今は皆、てんてこ舞いになっているぜ」

「い、いえ……本当ならいいです。でも、血清ですか？　そんな物、一体どこにあるんでしょうか？」

「さあな、正直言って俺にも見当がつかんよ。一応、レイモンド卿の部屋が怪しいと思って、探しに向かおうとしてたところなんだが……。エレベーターが止められているみたいでな」

「エレベーターが？　そういえば非常口にも鍵がかかっていたんで、妙だとは思っていたんですが……」

と、そこまで言ったところで、アレックスは急に視線を伏せ、

「あ……いえ。ともかく僕も血清を探してみます」

小走りに駆け出していった。

池田はそのアレックスの背中を見送りつつ、釈然としない様子で呟く。

「何故、アレックスは非常口に鍵がかかっていることを知っていたんだ？」

「た、確かにちょっと怪しいかも……。で、でも今はそれどころじゃないし。早く血清を探さないと……」

「ああ、そうだな。レイモンド卿の部屋が駄目だとすると、ジェイコブに聞いてみるのはどうだ？　奴ならこの島のことには詳しいはずだ」

ねね子はあからさまに嫌そうな表情を浮かべた。

「えー……あ、あのアル中に？　気が乗らないなぁ……」


「やはりここにいたか、ジェイコブ」

食事会場のバーカウンターにいたジェイコブは池田達に気づくとその顔を上げた。

「どうした？　そんなに血相を変えて？　何かあったのか？」

「ああ、アキラが毒蛇に嚙まれた。血清を探し出さないと助からない。ジェイコブ、血清のありかを知らないか？」

「毒蛇だと？　馬鹿を言うな。この島に毒蛇なんぞいるわけないだろ。なんだ？　お前も酔っているのか？」

そう答えたジェイコブから、強い酒の匂いが漂う。いつにも増して飲んでいるらしい。

「残念だが事実でね。どうやら屋敷側の人間が脅しのつもりで毒蛇を投げ入れたらしい」

「屋敷側の人間が？　ふん……お前が余計なことにまで顔を突っ込むからだ。大方、連中も屋敷の秘密が露呈することを恐れたんだろうよ。だから言っただろう、無駄な詮索はするなと」

「とりあえず説教はまた今度にしてくれないか。今は蛇のことについて知りたい。毒蛇の名はブラックマンバ。この名前に心当たりはないか？」

「おいおい、俺がそんな毒蛇のことなんぞ知るわけないだろ。いや、待てよ……そういえば以前、レイモンド卿が蛇の話をしていたような気もするな。なんでもそれは一噛みで人間を死に至らしめる毒蛇だって話だ」

「悪いがそんな話はとうの昔に知っている。現に一人、現在進行形で死にかけてるからな。俺が知りたいのはその血清がどこにあるかって話だ」

ジェイコブは苦笑を向けた。

「池田。残念だが、アキラのことは諦めろ。屋敷の連中が毒蛇を投げ込んだのなら、血清は既に闇の中だ。仮に屋敷の人間を問い詰めたところで、シラを切られるに決まっている。血清ならこちらにあります……なんて連中が言うと思うか？」

「そんなことは分かっている。だが、それでも探さなければならんだろう！　一人の命がかかっているんだ！」

「古くからの知り合いというわけでもあるまい。お前にとっては赤の他人だ。そうムキになる理由がわからんな。正義漢を演じているつもりか？」

池田の眼光がサッと鋭さを増した。

「ジェイコブ……貴様……」

「おいおい、怒るなよ。仮に今回の件で原因があったとすればそいつはお前のせいだ。お前がアキラを死に追いやったんだよ」

「まだ、死んではいない。望みはある」

「そいつはどうかね？　まあ、頑張ることだ。俺はもう少しこの場所にいる。無駄話でもしたくなったら来るといいさ」

ジェイコブはそう興味なさげに答えて、再びグラスを手に取った。

二人が廊下に戻った時、

「あ、池田さん」

丁度アレックスと鉢合わせになった。

「僕の方でも色々と探してみたんですが、それらしいものは見当たらないですね。本当にそんなものあるんですか?」

「今はそれがあると信じて行動するしかない。ところで、誰か使用人の姿を見かけたか?」

「ああ、いえ……。そういえば、誰も見かけませんね」

「こいつは俺の推測だが、今回の件は屋敷側の犯行の可能性が高い。恐らく。脅しのつもりだったんだろう」

「なるほど……。しかしだとすると、屋敷側の協力は得られないってことですよね……」

「そうなるな。俺達が自力で血清を探し出すしかない」

「そもそも、本当に血清でしか助ける方法はないんですか? なにか別の方法とか……」

「専門家の意見では助かる方法は血清治療しかないって話だ」

「そうですか……。困りましたね。僕らの誰かが血清を持っていれば良かったんですが……。まあ、これは無茶な話ですね」

「俺達の誰かが?」

「どうかしましたか?」

「ああいや……」

池田はその何気ない言葉が妙に気にかかった。

何か根本的な要素を見落としているのではないか？

あるいは、本当に誰かが血清を……。

「ともかくやれるだけのことはやってみます。ジッとしているのは性に合わないので」

アレックスの声を聞いて、池田はハッと我に返る。

「ああ、頼む」

アレックスがその場から去った後も、なおも池田は動きを止め、思考を巡らせ続ける。

「ど、どうかしたのか？」

ねね子がたまらず問いかけると、

「血清のありかか……。いや、ひょっとすると答えに近づいているのかも……」

池田はそんな独り言を呟き、通信室へと向かって歩を進めた。


「あ……。血清は……」

通信室へと戻ってきた二人に気づきアキラは期待のこもった眼差しを向けたが、その暗い表情を見てそれ以上の言葉を止めた。

プイッと再び宙に視線を向け、身体をだらりと床に預ける。

「ちょっと身体が痺れてきた気がするわ……。相変わらず足も痛いし。もう助からないのね……。まあ、初めからあまり期待してなかったけどね……」

ブツブツと呟いた後、目にじわりと涙を浮かべて、

「うう……ママァ……今、会いに行くわ……」

震える声を吐き出した。

刻刻とタイムリミットが迫るがなすすべがない。リールとねね子の二人に焦りがつのるが、その状況にあっても池田はどこかに向かう素振りすら見せず、ただジッと考えを巡らせ続けていた。

ねね子はワタワタと慌てだす。

「あ、あの……池田、早くなんとかしないと……」

「ねね子、毒蛇には本当に血清治療しか方法はないのか？」

「え？　あ……えっと……。ど、毒蛇の症状や毒の種類によっては、それに応じた治療や薬剤投与で症状を緩和することも可能だけど。ブラックマンバの毒だと血清治療しかないと思う」

「血清の作り方を教えてくれないか？」

「つ、作り方？　け、血清は致死量以下の毒を馬とかに注射した後、その血液から抗体を分離させるのが通常のやり方だけど……」

「例えば……それが馬じゃなくて、人でも可能なのか？」

ねね子は眉を寄せる。

「ひ、人ぉ？　そりゃまあ死ななければ抗体は作られるし、人由来の血清を作るのは可能っちゃ可能だけど……。でも、そんなの人体実験みたいなこと現実的じゃないと思うなぁ。あ……でも、ビル・ハーストって人が自らの身体で実践したミトリダート法ってのはある。こ、抗体が出来た血液を輸血することによって、毒蛇に嚙まれた患者を助ける方法……」

リールは頭を悩ませる。

「でも今、そんな手段は使えないわよね。ビル・ハーストさんはここにはいないし……」

「いや……池田戦さんならここにいるぞ」

池田はジャケットを脱ぎ捨て、自らのシャツを腕まくりしてそう言った。

その場にいた皆は呆気にとられ、リールとねね子の二人は意味がわからずフリーズする。アキラはすべての希望が失われたと思ったのか、不気味な笑い声を上げげた。

「うひ……うひひひひ……」

ねね子は冷や汗を滲ませ、池田に引きつった笑みを向けた。

「え、えっと……池田。ナニイッテンデスカ？　大丈夫？」

「ねね子、思い出すんだ、以前の会話を。『俺は過去にこのブラックマンバに嚙まれたことがある』ってことをな」

「え……。あ……そ、そうか！　池田、確かにそんなこと言っていたもんな！　でも一度だとちゃんと血清が出来てるかは微妙なところかもだけど……」

「三度だ」

ねね子は見開く。

「……ん、ん？」

「俺はアフリカのジャングル地帯で三度ブラックマンバに噛まれた。しかも俺は血清治療を行っていない」

「え？　い、いや……よく生きてたなそれで……。血清云々の前にそっちの方が気になるけど。化け物か……」

リールが声を上げる。

「ああ！　確かにそれなら池田さんの身体にはブラックマンバの抗体が出来ているかもしれないわね！」

「い、池田の人外さは置いておくとして……。確かにそれならなんとかなるかも……」

「輸血の処置なら大丈夫よ。すぐに用意するわね！　待っててアキラちゃん」

リールはすぐにアキラと池田の血液型を確認する。

手早く駆血帯を池田の腕に巻き付け採血を開始した。

「血液型も問題なし……。大丈夫、きっと助かるわ」

「よかったな。アキラ、どうやら間一髪のところで助かったみたいだぞ」

池田はアキラにニヤリと笑みを向ける。

アキラはまだ半信半疑の様子でビクビクと視線を向けていたが、

「ほ、ほんと？　ほんとに助かるの？」

どうやら本当に助かることがわかると安堵の涙と共に震える声を吐き出した。

「ふえぇん……あ、ありがとう……」

」2「

「どう、アキラちゃん。気分は問題無い？」

既に輸血完了から十分近くの時間が経過した。

アキラはまだ青い顔をしていたが、幾分落ち着いた様子で答える。

「相変わらず足は痛いけど、痺れは収まってきたみたい」

リールは笑みを浮かべた。

「池田さんの血がちゃんと効いてるみたいね。もう大丈夫よ。本当によかった……」

「私の身体の中に汚れた血が……なんて嫌味を言いたいところだけど、池田、今回は本当にありがとう」

「それはもうほとんど嫌味言ってるようなもんだがな……。まあ、そのくらいの余裕が出来たのなら、もう大丈夫だろう」

その場が安堵の空気に包まれた頃、

「お嬢様！　ご無事でしたか！」

ジゼルが姿を現わした。

池田はジゼルに向かって頷く。

「ああ、もう大丈夫だ。屋敷に他の人間はいなかったのか？」

「すいません。屋敷中のどこを探しても使用人の姿はありませんでした」

「そうか……妙だな。だが、まあいい。とりあえずこの問題は解決したようだからな」

だが、この件で招待客と屋敷側との関係は完全に破綻したと言っていい。この後、元の関係に戻ることはあり得ないだろう。これは宣戦布告に等しい。彼らは既に敵となったのだ。

「痛たた……」

アキラは足の痛みに顔をしかめながらその身を起こす。

リールが慌ててそれを支えた。

「もう少し横になっていた方がいいと思うけど……」

「もう大丈夫よ。ご心配なく」

アキラはリールの手をやんわりと退けた後、皆を見渡し、言葉を続ける。

「ところで……ちょっと皆、この場所から席を外してもらえるかしら？　この場所には、池田とねね子だけが残って」

「お嬢様、しかしそれは……」

ジゼルはそれを止めようとしたが、アキラは微笑を向け、言った。

「大丈夫よ、ジゼル。リールと一緒に外にいてちょうだい」

「……かしこまりました」


ジゼルとリールの二人が通信室から出た後、アキラは大きな息を吐き、その身体を壁へもたれ掛けさせる。

「まだちょっと身体がだるいから、悪いけど壁にもたれかけさせてもらうわ。いいわね？」

「ああ、勿論」

アキラはジッと池田の瞳を見つめる。

「あなた、この島のこと色々と知りたがっていたわよね？　いいわ……私の知ってることを全部話してあげる」

「いいのか？　また屋敷側の人間に命を狙われるかもしれないんだぜ？」

「私は人に脅されて黙るような真似は大嫌いなの。それにあなたには命を助けてもらった恩もあることだしね。ねぇ、人の好意は素直に受け取りなさいよ。私の気が変わらないうちにね」

「いいだろう。その好意は素直に受け取らせてもらうことにしよう。それで、この島に隠されている秘密……そいつは一体なんなんだ？」

「端的に言うと、このシロナガス島で行われていたのは『違法な売春行為』よ」

「売春？　こんな絶海の孤島でわざわざ売春とは、随分と変わった趣向だな……。違法ってことは、未成年売春か何かか？」

「ええ、確かに子供の売春行為も行われていたようだけど。それよりも正確には、人身売買と言った方がいいかもしれないわね。ここでは相当酷い行為が行われていたって聞いているわ」

「酷い行為？」

　アキラは胸元のリボンを指さす。

「ここの女の子はそのランクに応じて色付きのリボンを与えられ、それによって扱いが決まっていたらしいの。赤色、黄色、青色の三色リボン。特に『赤いリボンの子は殺してもいい』許可が与えられていたそうよ。実際、サディスティックな奴に殺された子が何人もいたらしいわ」

「なるほど、そいつは酷いな……」

　池田はそう呟きつつ、アキラのリボンを見つめる。

　それを知っているのに、アキラはどういう心境で赤色のリボンをつけているのだろうか。

「だが、だとすると気になることがいくつかあるな。ここでその違法な売春が行われていたとして。その娘達はどこに消えたんだ？」

「さあ？　誰かが秘密を漏らしたみたいだし、店仕舞いしたんじゃないの？　どこかに連れ出したか、それともどこかに隠しているのか」

「その程度ならいいんだが、どうにも嫌な予感がするな。そうか……ジェイコブが言っていた『屋敷の人間が見当たらない』という話はこのことだったのか。だが、だとしたら、彼女たちは今どこに？」

「この島の中だと隠れられる場所もなさそうよね。まあ、どっかに秘密の洞窟でもあるんじゃない？」

「秘密の洞窟か……」

　あり得ない話ではない。この屋敷は未だに得体がしれない。そういった秘密の施設があってもなんら不思議ではないだろう。

「だが、アキラは一体誰からその情報を聞いたんだ？　そう簡単に漏れるような情報とも思えないし。ひょっとしてそれはお前の父親から……」

　アキラはあからさまにムスッと嫌悪の表情を浮かべ、手を払う。

「あの男のことを持ち出すのは止めて。この話はあの男のご友人とやらが私に話してくれたのよ。酔ってたせいか、随分と饒舌で楽しげだったわね。まるで私の反応を楽しむかのように、えげつない行為を延々と喋り続けていたわ」

「まあ、中にはそういう連中もいる。確かに、そいつはアキラの反応を見て、楽しんでいたのかもな」

「私もその男の意図が分かっていたから、なるべく無反応を装ったけど、本心では吐き出したい気分だったわ。その男が語ってたのは、誰かが行ったっていう酷い拷問の話だったけど、もしかするとその男自身の話だったのかもしれないわね。妙に細かい部分まで詳しく語っていたから」

「男の素性について教えてくれないか？」

「いいけどあまり意味はないと思うわよ？　そいつは、古くからの名門の家の次男とかで、どこかの会社のCEOに収まっているっていう成金趣味のどぎつい奴だったわ。でも、おしゃべり過ぎなのが玉にきずだったのでしょうね。その男はこの島で姿を消してしまったそうよ」

池田は片眉を上げた。

「この島で姿を消した？」

「詳細は知らないけど、この島で突然発狂して姿をくらましたとか……。まあ、大方、体のいい形で殺されたんでしょ。屋敷側にとっては、そいつは絶対に許されない裏切り者だったんでしょうし」

池田は以前、ジェイコブから聞いた『消えた男』のことを思い出した。

それほどの口の軽さならば、消されたというのもあながち間違いではないかもしれない。

「だが、名門出の人間でも関係無しに消すとしたら随分と大胆なことをやるものだな。売春、拷問……この島に隠されているのは本当にそれだけなんだろうか？」

「まだ何かあるっていうの？　でも、私が聞いたのはそのくらいよ？」

「この絶海の孤島ならそれらの秘密を守り通すのは比較的容易だろう。だが、それだけのことをやるためにここまでの施設を造り上げたのは不可解だ」

「そうかしら？　それだけでも十分な理由になると思うけど？」

「商売でもなんでも、物事には見返りが生じるもんだ。売春や人身売買の行為がどれ程の金を生んでいたのかはしらんが、それにしてもリスクの方がでかすぎる。露呈すれば一発で後ろに手が回る話だ。レイモンド卿も金に困ってたわけでもないだろうし、どうにもすっきりとしない。絶対にこの話には裏がある」

　ふと池田はあることを思い出す。

「そうだ、ねね子。アキラにあのチップ付きのカードを見せてやってくれないか？」

　それまで完全に空気と化していたねね子がビクリと反応した。

「あ……ふぇぇい……」

　奇妙な声と共にねね子はヒギンズ氏のカードを取り出し、それを手渡す。

　アキラはそのカードを、冷めた目で眺めた。

「カード？　ふうん『隔離区画』ね……随分と物騒な感じのカードね。確かに似たような物は見たことがあるような気がするけど、私が見たのは色が違っていたように思うわ。確か、赤色のカードだったと思うけど」

「赤色のカードか……。ねね子、出してくれ」

「えぇぇ……。そ、それわざわざ見せる必要あるかなぁ。うぅぅ……」

ねね子は渋々、ティッシュで何重にもくるんだ中からもう一枚のカードを取り出す。

「なによ、持ってるんじゃない。そのカードよ、私が見たのは。あの男が持っていたのを一度見たことがあるの。ねぇそのカード、随分と煤けてるみたいだけどもしかして……」

「ああ、こいつはトマスが持っていたカードだ。これの使い道に関して、心当たりはないか？」

「さあね？　私の方が知りたいくらいだけど……。でもその隔離区画とやらを開けるのに使うんでしょう？　どこにあるのかはしらないけどね」

池田は「ふむ」と小さく頷き、ねね子はふてくされた様子で再びそのカードを包み直した。限られた人間だけが手に出来るカード、その隔離された中には一体何があるのだろうか？

「最後にもう一つだけ聞きたい。アキラはなぜこの島に来たんだ？　アキラはこの島のことを毛嫌いしていたはずだ。それでもこの島に来たのはなにか深い理由があるんだろう？」

アキラは壁にもたれかかったままジッと池田の目を見つめる。しばらく無言のままでいたが、

「……まあ、いいわ。なら、話してあげる」

そう言って、言葉を続けた。

「端的に言えば確かめたかったのよ。あの男……私の父は、ロボットのような血も涙もない冷血で無慈悲な男だったけど、正直いって売春を利用するような柄じゃなかったわ。まあ、人には隠された二面性があるともいうし、実際にそういった面があったのかもしれないけど。ともかく私はそれを自分の目で確かめたかった。そして、もしも、何か別の事実があったのなら……」

「父親を許す。そう考えたのか？」

アキラは歯を噛みしめる。

「許すつもりなんてないわよ。あの男が私のママにした仕打ちはとても許されることじゃないもの。ママが死にそうだっていう時も、あの男は常に自分の家のことしか考えていなかった。仕事や付き合いを優先して、病院に姿を現すことすら稀だった……。もしかすると、私はあの男を本当に恨む、その確信を得たかったのかもしれないわ。ここでその真実を摑めれば、私はなんの気兼ねもなくあの男を地獄に送り出せる。私は嫌だったのよ。何かを隠されたままなのがね。ただそれだけよ」

そう冷たく言い放った後、アキラは間近の椅子に手をかけてその身を起こす。

「これで私が知っていることは全部よ。ただ私も伝聞で島の話を聞いただけだし、実態はよく分からないわ」

「ああ、それでも十分だ。助かった」

シロナガス島で行われた違法行為。そしてトマスの殺害。

あれはただ単に屋敷側の人間が、裏切り者のトマスを殺害しただけなのだろうか？

そして、その黒幕はレイモンド卿？

だがどうにもそれは腑に落ちない。

「さあ、私に出来ることはこれくらいよ。あなたはさっさとこの問題を解決して、ちゃんと私達を守りなさい」

「確約は出来ないが、善処しよう」

「頼りないわね。まあいいわ……」

アキラはムスッとした様子でそう言った後、通信室の端で壁と同化しているねね子に近づき、声をかけた。

「ところでねね子」

「ひ、ひゃいっ！」

アキラはねね子の長い前髪を手で払いのけ、吐息がかかる程に顔を近づける。そうして露わになったねね子の顔をジッと見つめた。

「さっき倒れていた時、よくよくあなたの顔を見たのだけど、案外、可愛い顔をしているのね。そんな長い髪で顔を隠しているのだからどんな醜い顔をしているのかと思ってたわ」

「あ、あわわ……」

「ただしあなたちょっと臭いわよ。ちゃんとお風呂入ってるの？　綺麗な顔や髪をしていてもそれじゃ台無しだわ。後で私の部屋に来なさい。レディの身だしなみというものを教えてあげるわ」

「え、えん……え、えん……。え、えん……ええ、えん……」

恐らく、『遠慮します』と言いたいのだろうが、ねね子は極度のコミュ障ぶりを発揮して言葉の続きが出ない。

確かにねね子は少し臭いし、女としての自覚も欠如しているから、この際アキラに色々と綺麗にしてもらった方が本人のためだろう。

池田はそんなことを思いつつ、紆余曲折のあった通信室を後にした。


「待たせたわね。ジゼル」

「お嬢様。この度の一件、大変申し訳ありませんでした。私が扉の前を離れなければ、このような事態になることもなかったはずです」

外で控えていたジゼルは神妙な面持ちでそう言ったが、アキラは別段気にする様子もなくヒラヒラと手を払う。

「はぁ……別にいいわよ。一応こうやって生きてるんだから……でも次からは気をつけなさい。きっとまだどこかに殺人犯は潜んでいるんでしょうしね。痛たた……」

そのまま客室棟に向かおうとしたアキラは足首の痛みに顔をしかめる。

「大丈夫ですか、お嬢様？　痛いようでしたら、肩を貸しますが」

「無用よ、ジゼル。これくらいの痛みなら歩けるわ」

アキラはそう言った後、池田とねね子に笑みを向け、

「それじゃあね、探偵さん。ねね子はまた後でね」

そのまま意地を張って、ヒョコヒョコと妙な足取りで客室棟へと去って行った。

その場に再びの静寂が取り戻された時、

「う、うわあああああああああああああああぁぁっ!!」

まったくの不意にねね子の絶叫が響いた。

「おい！　なんだ！　脅かすな！　なにいきなり叫んでんだ！」

ねね子はその身をよじり、左手で自らの身体を抱き、右手を股の辺りに伸ばす。

「て、て、貞操の危機だ。こ、このままではアキラに凌辱される……」

「お前はアキラをなんだと思ってるんだよ……。まあ、心配するな。どうせ香水でも振りかけられて、キャッキャャッウフフする程度だろ」

「そ、それだけで十分死ねる。ボクの精神はリア充程強固ではないのだ……」

「はあ、そうか。まあ頑張ってくれ」

「た、助けろ！　池田ぁ！　お、お前、ボクのパートナーだろうぅっ！　た、助けてぇ……このままだと死んでしまう……」

池田はやれやれと顔を歪めた後、すがりつくねね子を引きずりながら客室棟へと向

かって歩き始めた。

」3「

「……ん?」

橋にたどり着いた時、池田はそこにたたずんでいるアウロラに気づいた。

アウロラは石橋の欄干に手をやり、ぼうっと遠くの海に視線を向けている。

「アウロラ、こんなところでなにしてるんだ? 風邪を引くぞ」

「あ……池田さん……」

アウロラは涙ぐんだ視線を返した後、震える声を吐き出す。

「ごめんなさい、私、嘘ついてた……。ほんとは凄く怖かったの。でも、私が怖がると、みんなはもっと不安になっちゃうから。だから私は……」

「ああ……トマスの件か? 気にするな。誰だってあんな光景を見たら怖くなって当然だ。誰もお前のことを笑ったりなんてしないさ」

アウロラは池田に笑みを返そうとするが、それが出来ない。

いつもの能天気な明るさが消え、酷く憔悴しきっている。

「なあ、アウロラ。前にも言っただろ? 泣きたい時は泣けばいいし、無理をして気丈

に振る舞う必要なんてないんだぜ？　そういうめんどくさいことは、俺みたいな大人に任せておけ。だから無理するな」

「ありがとう……池田さん。うん、大丈夫、もう平気だから……」

アウロラは震える手を自らの胸元に引き寄せる。

「池田さん、気をつけてね。私が出来ることは少ないけど……それでも池田さんならきっと……」

「ああ、任せておけ。さっさとケリをつけてやるさ」

池田は明るい調子で答え、アウロラはぎこちない笑みを返した。

「うん……」

そうした後、アウロラは再びその視線を海の彼方へと向け、

「私、最後まで上手くやれたのかしら……」

ぽつりと呟く。

「……ん？」

池田がその呟きの意味を問うのよりも早く、アウロラは首を振った。

「ううん……なんでもないの」

アウロラは橋の上でさっと身体を反転させ、池田を覗き込むようにして笑みを向けた。

「池田さん、頑張ってね。じゃあ…………またね」

「ああ、またな」

池田は遠ざかる背中を見送りながら、アウロラのことを考える。

思えば、アウロラは随分と不思議な少女だ。

何の悩みもなさそうな無邪気で明るい少女かと思えば、時折、とてつもなく儚い一面を覗かせる時がある。その表情を見た時、ドキリと強い不安を覚える。

本当の彼女は一体、どこにあるのだろうか？

「ブツブツブツ……」

ふと池田は、自分の身体にしがみついているねね子の存在に気づいた。

ねね子はなにかよくわからない言葉を延々と繰り返している。

いつものことなので池田はそれを気にせず、再びねね子を引きずり始めた。

」 4 「

客室棟廊下に、リールとアレックスの姿があった。

二人は何か話をしている様子だったが、池田の姿に気づいて向き直り、リールが声を上げた。

「あらどうも、池田さん。さっきはお手柄だったわね。……？　ねね子ちゃん、どうしたの？　顔真っ青よ？」

ねね子はまるで初心者が操作する3Dゲームのように、ぎこちなく動いて何度も壁にぶつかる動作を繰り返している。

「あ、あうあ……あ、あ、ああうぅ……」

池田はそんなねね子の様子をスルーしつつ、二人に視線を向けた。

「二人揃ってこんなところで何をしてるんだ？」

アレックスはチラリと客室扉の方に視線を向ける。

「それが、どうもこの空き部屋から妙な匂いがするような気がして……」

「妙な匂い？」

その部屋は客室棟一階、一番手前の右側にある105号室だ。本来、そこは空き室のはずである。

池田は扉に身を寄せ、匂いを嗅いだ。

旧式な扉のように見えても、それなりの気密性があるのか、扉の近くからはそこまでの匂いを感じ取ることは出来ない。ただ、その唯一の気密の出口である鍵穴に鼻を寄せると、強烈な臭気を感じた。

「嫌な匂いだな。血の匂いと生き物が腐ったような匂いだ」

リールは不安げな表情を浮かべる。

「どうする？　屋敷の人に言って開けさせてみる？」

「さて、そいつはどうかね……。屋敷側はもう信用出来そうにないし、そもそも連中自体も見当たらないって話だ」

池田はそう答えた後、ポケットの中からおもむろにピッキングツールを取り出した。

「大丈夫だ、この程度の鍵ならすぐに開けられる」

部屋のウォード錠はさほどに複雑な構造ではない。内部にある障害物のウォードを回避するようにして鍵を回転させれば鍵は開く。

実際、池田は解錠に取りかかってから三十秒もかからないうちにそれを開けてみせた。

その場にカチャンと鍵が開く音が響き、リールは思わず目を見開いた。

「あら？　もしかして、もう開いたの？　凄いわ。その技術があれば泥棒に入り放題ね」

アレックスは、ジッと冷たい視線を向ける。

「確かに……。この技術を使って悪いこととかしてるんじゃないでしょうね」

「なんで要望に応えただけなのに、そんなに叩かれないといけないんだ……」

顔をしかめつつ扉を開けると、部屋の中から強い血の匂いと腐敗臭が漏れ出した。

その匂いは死臭というより糞便臭の方が近いかもしれない。

リールは思わず手で鼻を覆った。

「う……。酷い匂いね……」

部屋の中は薄暗く状況が掴めきれない。

部屋は廊下から漏れる光と、窓から差し込む弱々しい光だけで照らされている。

池田は部屋の電気をつけようとするが、スイッチは無反応だ。

「どうやら、部屋の電球自体が取り外されているようだな……。僅かにでも光が漏れる可能性を排除したかったのか、それとも別の理由からか……」

池田はまずこの場の安全を確保すべく、浴室へと繋がる扉を開け、不審者がいないことを確認する。

「……クリア」

次にベッドの上の物体に視線を向けた。

ベッドの上には何かが横たわり、その上に血まみれのシーツが掛けられている。

それに手を伸ばそうとした池田だったが、不意に、壁に何かが張り付いていることに気づき、その手を止めた。

壁に貼り付けられたそれは絵画の類いではない。人の顔を模したマスクのような物体だ。

「これは……」

池田はそれをジッと睨み付け、アレックスも遠目から恐る恐る覗き込む。

「あ、あの、これってもしかして……」

リールは顔をしかめつつ、頷いた。

「ええ、どうやら人の皮膚のようね……。それも顔面の皮膚のようだわ」

「あ……う、うう……。ちょ、ちょっと失礼します」

真っ青な顔をしたアレックスはそのまま口を押さえて部屋から飛び出していく。

リールは、遠ざかるそのアレックスの背中に恨めしそうな視線を向けた。

「あー……私も飛び出していきたい気分だわ。ねえ？　帰っていい？」

「おいおい、堪えてくれよ。今この場で医者として頼れるのはリールしかいないんだからな」

「前回も言ったと思うけど、私の専門は内科なんだけど……」

「内科医でも解剖実習くらいはしたことあるだろ？」

リールは目を閉じ、眉間に皺を寄せる。顔を斜めにして頬に人差し指を当てる。

「解剖実習はあっても、惨殺死体の検視カリキュラムはなかった気がするわ。あー……あったかしら？　なかったわよねぇ……。なかったわ。ええ、うん」

「まあ、そんくらいの軽口が叩けるなら大丈夫だ」

池田は苦笑と共にそう言った後、ねね子の方を向いた。

「おい、ねね子」

「い、10009……10037……10039……10061……10067……」

ねね子は現実逃避のためか、あるいは二人の会話を聞かないためか、ブツブツと独り言を繰り返している。

なんの数字なのかは池田にもわからないが、恐らくは素数か何かだろう。

「まあ、数字を数えるのは構わんが、一応ちゃんと部屋の状況見とけよ？」

リールは眉を寄せる。

「池田さん、結構えぐいこと言うわね。そもそも、なんでねね子ちゃんが見る必要あるの？」

「ああ……まあ、こいつは色々と物覚えがよくてね。細かいことでも正確に覚えられるんだよ」

「へぇ……道理で色々と詳しかったのね。でも医者としては、この状況を女の子に見せるのはあまり推奨出来ないんだけど。トラウマになっちゃうかも……」

「まあ、状況が状況だからな。少々のトラウマは我慢してもらうしかあるまい」

「えぐいわね。でも、確かにこの状況なら仕方ないのかも。あー、なんというか、かけるべき言葉もないって感じだけど……。頑張ってね、ねね子ちゃん」

「い、12323……12329……12343……」

ねね子の念仏のような言葉が繰り返される中、池田は貼り付けられた皮膚の切り口を確認する。

歪んだ形状はなく、鋭くなめらかだ。

「ナイフだな。切り口から見て間違いない」

「やっぱりこれをやったのも、トマスさんを殺したのと同じ犯人なのかしら？」

「それはまだわからんな。だが、今一番問題なのはこれが誰の皮膚なのか？ってことだ」

「確かに……。でも、朝食の時は皆一緒に居たし、誰かが姿を消したなんてことないわよね。だとすると、これは一体……」

「いや、姿を消している人物は一人いるぞ」

リールは組んでいた腕をサッと外し、思わず目を見開く。

「え、それってまさか……」

「恐らくそれはこのシーツを剝ぎ取れば分かるだろう。いいかリール、シーツを剝ぐぞ」

池田はシーツの端を握りしめる。

遠くにいたねね子は素数を数えることもストップし、ただ目を見開き、両手を頰に当てて絶叫するような表情で硬直する。

リールはごくりと唾を飲んだ。

「わ、わかったわ。私はもう大丈夫……。平気よ。やってちょうだい」

直後、そのシーツは剝ぎ取られた。

それと共に、凄まじい惨状が露わとなる。

「こいつは酷いな……。おい、ねね子」

ねね子は呼びかけられたのと同時に後ずさり、壁に張り付き、涙ながらに震える声を上げた。

「ヒッヒイイイッ！　ま、まさかボクにそれを見ろって言うんじゃないだろうなぁッ!!

ゃ、止めッ！　止めてぇぇぇえッ!!　た……た、たしゅけてッ！　ゆ、許してぇえッ!!」

池田はササッと手を払い、あっちに行くように合図した。

「今回は特別に勘弁してやる。部屋に戻っておとなしくしてろ」

「あ、う、ううう……。あ……あ、あ、ありがどうごじゃいますッ！」

ねね子は泣きじゃくりながら、脱兎のごとく部屋を飛び出していく。

リールは池田の方を見て、頷く。

「それが賢明だと思うわ。この状態の死体をねね子ちゃんが見たらトラウマじゃ済まないと思うもの……」

「俺にも一応の慈悲はあるってことさ」

「私にはその慈悲はないの？　……って質問は意地悪になるかしら？」

「まあ、何かで穴埋めをしてやるよ」

「期待してるわ、池田さん」

リールは皮肉げに笑った後、

「では、検視を開始します」

薄手のゴム手袋をつけ、死体の状況を調べ始める。

二人の眼下には人の原形を留めていない死体が横たわっていた。

目に見える範囲の肉体のパーツはほとんどが切り取られ、赤黒い皮下組織を露出させている。それは、死体というよりまるでそこに赤い荒野があるかのようだった。

「顔面皮膚欠損、両眼球欠損、鋭利な刃物によると思われる眼輪筋の欠損が両目に見られる。鼻軟骨、耳介も同様に欠損、鼻骨の一部が露出。口輪筋欠損、歯肉及び歯、硬口蓋、舌に刃物によると見られる刺創が多数」

リールは死体の口をこじ開けその内部をライトで照らし出す。

池田はその中にある傷口を覗き込んだ。

「この口の傷跡は見たことがあるな。一部の非正規軍やマフィアが行う拷問の傷跡に似ている。歯を掘り起こすようにしてナイフを刺し入れるんだ」

「あまり考えたくないことだけど、その情報は当たりかもしれないわ。出血や傷口の状況から見て、これらの傷は生きてる状態でつけられた可能性が高そうよ」

「生きてる状態で生皮剝がされて、眼球を取り出される拷問を受けたってことか。想像を絶する状況だな……。犯人には相当な恨みがあったとしか思えないな」

「舌の刺創が比較的浅いのが余計にえげつなく思えるわ。これは多分、失血死や出血による窒息を回避するために、注意して傷つけないようにしてたみたい」

「生かしたままなるべく苦しみを味わわせたかったと……」

数々の死体を見てきた池田にとっても、この凄惨さは飛び抜けているように思われた。

ありとあらゆる方法で人体を破壊し、最大級の苦痛を味わわせる。これは、その一点にのみ意識が向けられてる。皮肉なことだが、これは殺害方法を示すものではなく、結果として死んでしまったという表現が適当なのだろう。犯人は、出来ることならこの苦痛を永遠に味わわせたかったのだ。

死体の検視を続けていたリールは頭を動かさないまま、上目遣いに池田を覗き込んだ。

「それでどう？　この遺体の身元、わかりそう？」

「正直言って、ここまで原形を留めていないとわからんな……。判断のためには他の部位を見た方がよさそうだ」

「……だと思った。じゃあ胸部の検視に移るわね」

シーツを更にめくると遺体の胸部と腹部が露わになる。胸部には胸の中心を裂くように一筋の深い切創があり、それはそのまま腹部へと到達し、開腹するような格好になっている。開腹された腹部からは腸と思われる内臓の一部が露出しており、そこから強い腐敗臭が漂った。

部屋に充満していた臭いの大半はこの腹部によるものだろう。

遺体の服装は血で濡れ尽くしている上に損傷が酷いが、黒のタキシードと白シャツのように見える。

リールは傷口を手で押し広げた。

「胸部から腹部にかけて深い切創。特に胸部の傷が深い。胸骨正中切開術のような状態。胸骨と肋軟骨の一部切断痕が見られる……」

ふと、リールの手が止まる。

「どうした？」

リールは胸部に手を突っ込み、慎重に内部を探る。

そうしてそこにはぽっかりと空洞が出来てしまっていることに気づいた。

「心臓が欠損。全部摘出されているようだわ……」

「心臓が？　リール。こいつは医学的な見解として聞きたいんだが、心臓を摘出するのはそんなに容易なことなのか？」

「正直言ってかなり手間よ。摘出するためには胸骨と肋骨の切断か、肋骨の固定を行った後、心臓に繋がる血管を全部切断して摘出する必要があるわ」

そう答えた後、リールは池田にジッと視線を向け、薄い笑みを向けた。

「知ってる？　心臓はとても重要な臓器なのよ。そう簡単には傷つけられないようになってるの」

「そいつは初耳だな。盲腸の親戚くらいに思ってたぜ。今度、心臓を見かけた際にはちゃんと拝むことにしよう」

池田は苦笑交じりにそう答えた後、言葉を続ける。

「……だが、そんな手間をかけてまで心臓を摘出するとは、単なる怨恨だけとは考えづらいな。そもそも欠損した部位はどこにやったのかも謎だ。目に付く限り、部屋にあるのは剝ぎ取られた顔面の皮膚だけだ。他の部位は一体どこに……」

「窓から投げ捨てたのかしら？　それとも全部ただの気まぐれなのかも。異常者の考えることなんてわからないわよ。……ん？」

リールはその指先に何か硬い物が触れたのを感じた。

リールは開かれた胸部の奥に手を差し入れる。

「胸腔内に何かが……。うう……」

僅かに間を置いて、リールは胸腔内から血まみれになった一枚のカードを取り出し、それを池田の前に差し出す。

「心臓があるべき場所に何かカードのようなものが入ってたみたいなんだけど……」

池田はそれをビニール袋で受け取り、確認する。

カードは血で濡れ尽くしているために判別しづらかったが、ビニール越しにその血を拭うと、そこに『ダン・レイモンド』の文字が浮かび上がった。

「どうやら推測通り、この遺体はレイモンド卿のようだ。確かに言われてみればエントランスに飾られていた肖像画と似た体付きのように思える。確信ほどじゃないがその確率は高そうだ。このカードを身体の内部に残したのは、犯人の犯行メッセージか、それとも罠か……」

名前の上にはプライベートキーの文字が刻まれている。

池田は以前見たレイモンド卿の部屋の扉のことを思い出す。

これはその扉の部屋の鍵なのかもしれない。

「まさかレイモンド卿も殺されていたなんて……。そうなるとやっぱり犯人は屋敷側の人間じゃないってことなのかしら？」

「そいつはまだわからないな。死亡推定時刻はわかるか？」

「あ……ええ、ちょっと待って、もうすぐ直腸温の数字が出るから」

リールは体温計を取り出し、表示された数値を確認した。

「直腸温は基本的にシグモイド曲線を描いて、最終的に室温と同じになるってのが基本なんだけど、今測定した数字だと殺されたのは恐らく十二時間前後といったところだと思うわ。開腹されてる影響が気になるけど、多分この時間が近いはず」

「十二時間前か、今が午後二時だから、深夜二時頃に殺されたってわけか」

「その時間帯に呼び出されたってことなのかしら？」

「あるいはそれより以前に呼び出されたか……」

池田は以前、自室で耳にしたあの呻き声のことを思い出す。

もしかすると、あれはレイモンド卿の声だったのではないだろうか？

「恐らく、レイモンド卿は俺達が食事会場に集まったのよりも早く拘束されていたように思う。それなら食事会場にレイモンド卿が姿を現さなかったことも理屈が通る」

「でも、だとすると殺害時までレイモンド卿をこの部屋に放置していたってこと？　随分大胆な行動ね」

「いや、大胆ではなく、そうするしか方法がなかったということなのかもしれない。犯人にはレイモンド卿を拘束するだけの時間しかなく、拷問を行う時間的な余裕がなかった。だが、そもそもレイモンド卿は裏切り者に対してかなりの警戒をしていたはずだ。そんな人物をこう易々と殺せるものだろうか？」

一通りの検視を終えたリールは、小さく息を吐き出し、池田の方を向いた。

「とりあえず死体に関してわかるのはこの程度だと思うけど。もういいかしら……？」

「ああ、ありがとう。十分だ」

「だが、これでますます状況は悪化したようだ。この件は皆にも伝えておいた方がいいだろう。後は屋敷側への対処をどうするかだが……」

その時、不意に部屋の扉が開けられ、二人は反射的に視線を向ける。

「……ッ！　ヴィンセント」

その場に現れたヴィンセントは、まるで池田達の存在が見えていないかのように部屋の中を進み、無言のままベッドに近づき、その死体を一瞥する。

ヴィンセントの片眉が僅かにピクリと動いたのが見えた。

「ヴィンセント、今までどこに……」

池田が呼びかけるが、

「…………」

ヴィンセントは無言のまま一瞬、冷めた視線を向けただけで、すぐにその場から踵を返した。

僅かな後、その場は再びの静寂へと戻る。

リールは呆気にとられた様子で言葉を失う。自身が血まみれの手袋をしていることも忘れ、思わず自らの胸に手を当ててしまいそうになった。

「び、びっくりしたわ。ヴィンセントさんが突然現れたことも驚いたけど、それ以上に雰囲気が異様だったわよね？　この状況を見ても一言も喋らないなんて……」

「確かに妙だったな。レイモンド卿の遺体を見てもさほど驚いていない様子だった。どうにも嫌な感じがするな」

「……同感ね。まあでも、とりあえずここから出ない？　このままだと身体に死体の匂いが染みついちゃいそうだわ。もう限界」

池田も身体にまとわりつく死臭を感じつつ頷く。

「ああ、そうしよう」


部屋を出た二人は、廊下で大きく息を吸い込んだ。

身体にまとわりついた死臭は当分消えないだろう。

「一応、この部屋は施錠しておく。ヴィンセントの動きが気になるところだが、とりあえず今は部屋の中でおとなしくしておいた方がよさそうだ。悪いが、リール。他の皆にこのことを伝えておいてくれないか？」

「あ……ええ、それは勿論構わないけど……」

「あと、連絡は内線にしといた方がいい。現状、これをやったのが誰なのかわからない。

他の客が犯人の可能性もあるからな」

リールは顔をしかめる。

「嫌なこと言うわね……。まあ、一応ちゃんと用心しとくわ。一通り連絡を付けたら池田さんに電話をかけるから宜しく」

「ああ、わかった」

「じゃあまた後でね」


「　5　」


「……ん？」

池田は開けようとした自室の扉に鍵がかかっていることに気づく。

ねね子が先に帰っているのならなんらかの反応があってもよさそうなものだが、呼び出しブザーを鳴らしてみてもなんの反応も返ってこない。

「……ねね子はいないのか？　アキラの部屋にでも行ったんだろうか？」

そう呟きながら池田はポケットの中を探ろうとするが、部屋の鍵はねね子に預けていることを思い出し、それを止めた。

「……まあいい、さっきと同じことをすればいいだけだ」

ピッキングで鍵を開け、部屋の中へと入る。中に人の気配はないが、明かりがついている上、何かの水音が響き、床にはいくつか見慣れない足跡がある。

明らかになにかがおかしい。

レイモンド卿はなんらかの方法で不意を突かれて殺された。

今も同じようにこの部屋に忍び込んだ何者かがいるのではないか？

池田は銃を取り出し、そのスライドを引いた。

バスルームの前室に侵入すると、湯気の熱気と共に水音が一段大きくなったのを感じた。

バスルームでシャワーが出ているのは間違いないようだが、それ以外の音はまったく聞こえず、ガラス扉はすりガラスであるため、中の様子も窺えない。

池田はねね子が勝手にシャワーを使っているという可能性も考えたが、ねね子は病的な程の風呂嫌いだ。それに惨殺死体を見た直後に一人で風呂に入る可能性は低いだろう。

ならば、何が起こっている？

池田はその身を低くして、扉へと身を寄せ、静かに扉の取っ手を握る。

扉はかなり重いガラス扉だ。相当に慎重に扉を開けなければ音が立つ。

池田は身をかがめながら静かにその取っ手を押した。

「…………」

目に飛び込んできたのは、シャワーを浴びているねね子とアキラの姿だった。

ねね子は緊張した様子でビクビクと身を震わせ、アキラがそのねね子の身体を洗っている。

何故こんな状況になったのかはわからないが、ねね子の方には喋るだけの余裕がないらしく、無言でされるがままになっている。妙に静かなのはそのためだったようだ。

池田はこの状況に安堵の息を吐き出した後、銃に安全装置《セーフティー》をかける。

それと共に池田は、何故自分の部屋でねね子とアキラがシャワーを浴び、それを用心する羽目になるのかと思い、顔をしかめた。

ともかく、ややこしいことになった。

二人に気づかれないままこの場を去らないと、とんでもないことになる。

池田は、そのまま静かにガラス扉を引いて元に戻そうとするが、何故かそれが動かない。扉は何かに突っかかったかのように強く固定されてしまっている。

その時になって、池田は間違えて押戸を逆方向に動かしてしまったことに気づいた。

力を込めれば動かせそうだが、大きな音が立ってしまうだろう。

池田は扉の取っ手に手を伸ばしたまま次にどう行動すべきかを考えた。

アキラはシャワーをかけながら、ねね子を覗き込んだ。

「ねえ、ねね子。あんたさっきからずっと無言のままなんだけど……なんか喋ったらどう?」

ねね子はプルプルと震えながら、その身を縮めた。

「そ、そんな簡単に……しゃ、喋れ……しゃべ……しゃ、喋れない……」

「少しはリラックスしたら？　別に私はあんたを取って食おうとしてるわけじゃないんだし。それにしてもよくそんなに身体を震わせることができるわね。発電できそうな勢いだわ」

アキラは泡立てたボディソープを手に載せ、それをねね子の背中に這わせる。

「ひ、ひ、ひぃぃ……」

「でもなんだか新鮮な感じだわ。ジゼルは私と一緒にお風呂に入るのをいっつも遠慮するしね。たまにはこういうのもいいわね。実は恥ずかしい話なんだけど……私、こういうのに憧れてたのよ。子供の頃から勉強するのでも家庭教師とかだったから、あなたみたいな同世代の娘と交わる機会が全然なかったの」

ねね子の身体がビクリと跳ねる。

「ま、ま、交わる!?」

「あなた、黒髪も綺麗だし、肌もスベスベね。ちゃんと綺麗にしたらきっと可愛くなるわ。私が大人の女にしてあげるわね」

雷に打たれたかのようにビクリと跳ねる。

「お、お、大人の女にする!?」

アキラは怪訝な表情を浮かべた後、その手を動かす。

「さっきから、なに妙な反応してるのよ。別に変なことなんてしないわよ。ちょっと、あまり動かないで、洗いづらいわ」

「ちょ、ちょ、ちょっと。そ、そ、そこはまずい。う、うひゃあー……そ、そこ駄目ぇ……」


二人がじゃれつく中も、池田はなんとか扉を閉めようと奮闘していた。

だが扉は思いの外、強く固定されている。音を出さないまま動かすことは難しいだろう。

池田は扉を閉めることを諦め、扉を開けたまま後ずさる。

あと少しで二人の視界から逃れられるというまさにその時、

「……ッ！」

部屋の方で電話が鳴り響いた。

恐らくその電話の主はリールからだろう。

池田はよりにもよってこのタイミングで電話をかけてきたリールを恨めしく思った。

「あら？　電話？」

アキラが電話の音につられて視線を動かし、

「…………ん？」

唖然と動きを止める。

ねね子も同じように視線を向け、

「あ……」

同じように静止した。

三人の目が合い、互いに見合ったまま硬直する。

池田はその緊張の中、スッと息を吸い込み、酷く真剣な表情で言った。

「クリア……敵の姿無し」

アキラとねね子の二人は未だに目を見開き、硬直していたが、池田はそれらがまったく見えていないかのような調子で、続ける。

「クソ、奴はどこに隠れやがったんだ……。ああ、なんだ、お前らいたのか？　邪魔したな。それじゃ」

それまで唖然としていたアキラはハッと我に返る。

「待てこら。そんなアホみたいな芝居で誤魔化せると思ってんの？」

ねね子はワンテンポ遅れて悲鳴を上げた。

「ひ、ひぎゃあああああッ！」

アキラは顔を真っ赤にして叫ぶ。

「あんた！　息潜めて覗きするなんて何考えてんの！　変態ッ！」

「誤解だ！　いや、確かに息を潜めて覗いたことは認めるが……俺は本当にここに敵が潜んでいると思ったんだよ！　そもそも、ここは俺の部屋なんだぞ！　お前達がいる方がおかしいだろ！」

アキラは今にも噛みつかんばかりに歯をむき出しにした。

「ひ、開き直ったわ、このド変態がッ！　だいたい鍵かけてたはずなのに、なんで入って来てんのよッ！　覗く気満々じゃないッ！　このクズッ！」

「ぜ、前門の虎、後門の狼……。う、うう……み、見るなぁ……」

ねね子はその身を縮め、潤んだ視線を向ける。

「いや待て！　俺に弁明の機会を与えろ！」

アキラは手近にあった洗面器で勢いよく浴槽のお湯をすくい上げると、それをそのまま池田に向かってぶちまけた。

「問答無用ッ！　出てけーーーーーッ!!」

」６「

「クソ……えらい目にあった」

ベッドルームへと戻った池田は、頭からしたたる水を拭いつつ、そう毒づいた。

思い返してもどうにも理不尽な話だ。

そもそも、ここは池田の部屋であるし、惨殺死体を見た直後にあの状況で用心するなという方が無理がある。

池田はしばらくの間、この理不尽な状況についてあれこれと思いを巡らせたが、結局のところ、リールが電話をかけてこなければこんな羽目にならなかったと逆恨みをつのらせた。

丁度その時、再び電話が鳴り響く。

「やれやれ……どうやら無事に連絡し終えたようだな」

池田は受話器を取った。

「もしもし、リールか？」

『時間がない。話は手短に済ませたい』

電話口から漏れてきたその声は、男女の判別が出来ない程に極端な変換がなされていた。

それまで緩んでいた池田の表情がサッと緊張した面持ちへと変わる。

「……誰だ？」

電話先の声は淡々とした調子で答える。

『そんなことはどうでもいい。レイモンド卿が死んだそうだな？　注意しろ。レイモンド卿はこの施設の管理者ではあったが、同時に奴らの足枷の一つでもあった。奴が居なくなれば、屋敷の人間の中で良からぬことを考える者も出てくるだろう』

「管理者だと？　お前は誰だ？　招待された客の誰かなのか？　それとも屋敷側の人間

か?」

『ある組織の命により、内密にこの島の実態を捜査していた人間……とだけ答えておこう。現在、お前達と同様にこの私にも危険が迫っている。出来るだけ情報を共有し、この危機を共に脱することを望みたい。そのために君とコンタクトを取った』

「なるほど、大方どこかの組織のエージェントといったところか。それにしたって名前がないのは不便だぜ。適当でいい。名前を教えてくれよ」

僅かな間を置いた後、電話口の声が答える。

『今は仮に、ウィザーズと名乗っておこう』

「ウィザーズね……。了解した」

池田はそう答えつつ、声から相手の素性を探ろうとしたが、音声の変換と共に口調も変えているようで、その正体は摑めない。招待客か? それとも屋敷の人間か?

「では、ウィザーズ。お前に聞きたいことがある。トマスとレイモンド卿を殺した犯人についてだが、なにか心当たりはあるか?」

『恐らくその二人を殺したのは同一人物だろう。それと、殺人者は屋敷の人間ではなく招待客の誰かである可能性が高い』

「……? ジェイコブも似たようなことを言っていたな。なぜそんなことがわかる?」

『この島の人間は、それぞれを相互監視するため、別々の機関から人物を選定し、配備されている。誰かが不審な動きをすればその行動は直ちに察知されたはずだ。相互監視の網の目をかいくぐり行動をするのは容易ではない。実行犯は客の誰かだと考える方が自然だ』

「なるほど……。だが、レイモンド卿は裏切り者をあぶり出すためにわざわざ招待状を送ったくらいだ。危害を加えられることには相当に用心していたはずだ。そんな人物を易々と殺せるとはどうにも考えづらい。屋敷側の誰かが協力している可能性があるんじゃないか?」

『あり得る話だ。レイモンド卿は施設の出資者かつ、計画の立案を担った一人であり、この島の監視者でもあった。この島の研究を私欲のために利用しようとする者にとって、彼は邪魔者でしかなかったはずだ。利害の一致により、殺人者と裏で協力した可能性はある』

「だとすると、屋敷側は殺人者が誰なのかを知っていると?」

『その可能性は未知数だ。だがレイモンド卿殺害が判明した今、既にその殺人者の利用価値は消滅したはずだ。屋敷側の人間が裏で糸を引いていたのなら、躊躇なくそれを殺害するだろう。ただ無論、殺人者が何らかの交渉カードを持っているのなら話は別だが……』

「用心深いレイモンド卿を殺した程の奴だ。恐らく連中と交渉するカードくらいは持っていると思うぜ。それがなんなのかは知らんがね」

『皮肉な話だが……その殺人者の持つカードが我々の生命線かもしれないな』

「確かにもう屋敷の人間は敵だ。俺達は綱渡りのようなバランスでこの窮地を脱さなければならないだろう」

僅かにでもそのバランスが崩れれば、招待客の皆は虐殺されるだろう。

今の状況は極度な緊張状態にあると言っていい。

「トマスとレイモンド卿の殺害状況から考えると、殺人犯は相当連中に恨みがあるらしい。それに関して心当たりはあるか?」

『この島では、売春行為だけではなく臓器売買も行われていた。その大半は人間をパーツとして使い捨てるような非人道的な行為だ。被害者に生き残りはいないだろうが、怨恨となるとそれらと繋がりがある人間が犯人である可能性は高い。だがあるいは……可能性は薄いが、買い手側が贖罪の念に駆られ、狂気に走ったという可能性は考えられる』

「売春だけではなく、臓器売買か……」

『ともかく、私が推測できるのはこの程度だ。だが、臓器売買などの行為は確かに非人道的ではあるが、それはこの島の実状の一端でしかない。この島の本来の目的は別にある』

池田は片眉を上げた。

「本来の目的?」

『シロナガス島で行われていた数々の違法行為は単なる副産物に過ぎない。この島で行われている真の目的は生物兵器の開発にある。詳細は不明だが、多くの被験者を必要とする実験であることは確かだ。カスタマイズされたウイルス開発……あるいはその人体自体に作用するなんらかの遺伝子操作……。そしてそれらには政府の一部機関が関わっているとの情報もある』

「生物兵器？　こんな絶海の孤島で？」

『成熟した先進国は一様にして人道的配慮が台頭し、やがてそれらは数々の制約を生み出す。だが、時として国家には法を越えたイリーガルな手段が必要となるのだ。今や、第三国は人道を無視した方法によって数々の侵略、開発を行い、我が国の優位性は損なわれつつある。その対抗手段の一つとして造られたのがこの島、シロナガス島だ。ここは組織によって造られた新たなブラックサイトなのだ』

池田はその身体を深くソファにもたれかけながら、大きく息を吐いた。

「まるで前時代に逆行したような話だな」

『それは違う。今だからこそこの島は必要なのだ。少なくとも連中はそう考えている』

「……それで、お前は俺に何をやれと？」

『君には、その兵器の正体を暴き、利己的な人物の手に落ちることを阻止してもらいたい』

「わざわざ火中の栗を拾いに行けってことか。無茶言いやがるぜ」

『その兵器を先に我々が手にしたのなら連中も手出しは出来なくなるはずだ。保険を手に入れるようなものだと考えてもらえればいい』

不意に、電話先から途切れ途切れのノイズ音が混じった。

それと共に、ウィザーズは言葉を止めた。

『どうやらここまでのようだな……。また連絡する』

「おい待て！」

池田が呼び止めるよりも早く、電話は切られた。

「クソ……」

池田は受話器を叩きつけるようにして戻す。

ウィザーズの言っていることをすべて鵜呑みにしたわけではないが、これまでの情報から推測して、このまま行動しなければ窮地に陥るのは確かかもしれない。

臓器売買。

生物兵器。

そして正体不明の殺人者。

様々な思惑が入り交じり、事態は複雑化している。明らかに何かの危機が迫っていることは確かだが、池田はまだその実態の一部しか把握出来ていない。深い闇の中で手探りしているようなものだ。

「…………ッ！」

思考を巡らせる中、再び電話が鳴り響いた。

池田は緊張した面持ちで受話器を取る。

「もしもし……」

『ああ、やっと繋がったわ。どうしたの？　大丈夫？　ずっと話し中だったから何かあったんじゃないかと心配になってたんだけど……』

池田は電話の相手がリールであることに気づくと安堵の息を吐き出した。

「なんだ、リールか。いや、大丈夫だ。問題無い。他の客には連絡をし終えたのか？」

『ああ、いえ……。それが、ねね子ちゃんとアキラちゃんにだけ連絡がつかないのよ。どこにいるのか知らない？』

「ああ、それなら大丈夫だ。さっきお湯をかけ……いや、ともかくその二人なら俺の部屋にいる」

『ああ、それなら安心したわ』

池田はこの電話でリールと情報を共有しようと思ったが、それを止めた。あのノイズ音とウィザーズの反応から考えて、この通話は盗聴されている可能性が高い。

「ともかく注意することだ。なるべく皆一カ所に集まって用心しておいた方がいい。それともう屋敷側の人間を信用するのは止めた方がいいだろう」

『どうもそうみたいね。でもここじゃ逃げ場もないわよね……』

「少々分が悪い話だが仕方あるまい。手持ちのカードでなんとかやるさ」

『じゃあ私の方でも準備が終わったらまた連絡するわ。くれぐれも注意してね』

「ああ、互いにな」

池田は電話を切った後、ポケットの中から血にまみれたレイモンド卿のカードを取り出す。

これを遺体の中に隠したのは、ここへ向かえという犯人からの挑戦なのだろうか？

罠の可能性は高い。だが、このまま手をこまねいていても、やがて追い詰められるだけだ。

「いいだろう。この挑発に乗ってやろうじゃないか……」

バスルームへと繋がる扉が開きアキラとねね子の二人が姿を現す。

「あ、まだいたわ、この変態」

「な、なんだその血まみれのカード。なんでそんなもん持ってるんだ、気持ち悪い……」

池田は二人に向き直る。

「ねね子、アキラ、よく聞け。レイモンド卿が殺された。いや、正確には殺されていたな……。午前二時頃には既に殺害されていたようだ」

アキラは目を見開いた。

「レイモンド卿が殺された？　あ、あんたまさか、さっきのことをごまかすために嘘ついてるんじゃないでしょうね？」

「こいつは冗談なんかじゃない。一階の空き部屋、１０５号室にレイモンド卿の死体があった。どうもトマスを殺したのと同じ犯人の仕業らしい」

ねね子はぶるっと身体を震わせる。

「や、やっぱりあれ死体だったのか……。み、見なくて良かった……」

「それと、どうやら屋敷側にも怪しい動きがあるようだ」

先ほどウィザーズから聞いた話を二人に伝えると、アキラは考えが追いつかない様子で動揺を浮べた。

「生物兵器の開発？　まさかそんなことまでやってただなんて……」

池田は二人の前にカードを掲げる。

「実はレイモンド卿の死体の中にこのカードが隠されていた。これは恐らく、レイモンド卿のプライベートスペースを開ける鍵だと思う。俺はこれを使ってそこに忍び込むつもりだ」

「そ、そんなことする必要あるのか？　それに、罠っぽい気がするけど……」

「このまま受け身のままだと俺達は確実に窮地に陥る。多少の危険があったとしても今はそれに飛び込むしかない。ねね子、アキラ。お前達は皆と一緒になって出来るだけ一カ所にまとまって用心しておけ。出来れば食料もかき集めておいた方がいい」

「なんだかとんでもないことになってきたみたいね……」

「じゃあな、行ってくる。くれぐれも気をつけろ」

池田が外に向かおうとすると、

「あ、ちょ、ちょっと待って……」

ねね子は慌ててそれを呼び止め、携帯電話のような端末を取り出した。

「こ、これはこの島でも使えるように改造した無線端末……。多分、窓際からならこのパーソナルわんわんおでも通話やメッセージを受信出来ると思う。い、一切ログが残らない仕様で一定時間経過すると内容消去される端末だから。どんな危ない秘密の内容でもこれを使えば安全に送信できるはず……」

「……悪いな、ありがたく使わせてもらうぜ」

池田はそれを受け取ろうとするが、ねね子はその端末を掴んだまま放そうとしない。

「うう……ト、トマスのカードの解析にはまだ時間がかかると思う。い、池田……あ、うう……あの……うう……」

口ごもった後、

「ボ、ボクはパートナーだから……つ、ついていく」

弱気な視線を浮べてそう言った。

池田はねね子から意外な言葉が出てきたことに驚きの表情を浮かべるが、それをすぐに苦笑で隠す。

「そいつはありがたいが、遠慮しておこう。お前の強みは肉体ではなくその頭脳だ。それを最大限生かして皆を助けてやってくれ」

池田は端末を受け取り、ねね子の頭をポンポンと叩く。

ねね子は半泣きの様子でムスッと頬を膨らませた。

「そ、そんな死亡フラグみたいなこと言うなぁ……」

「アキラ、ねね子を頼むぞ」

アキラはそれまで動揺していた様子を見せていたものの、その池田の言葉を聞いて、サッといつもの表情に戻す。

「あ……ええ、言われなくても大丈夫よ。あの……さっきの覗きの件は水に流してあげるわ。くれぐれも気をつけてね」

「ああ、じゃあ行ってくる」


「7」


池田は人気のない会場前廊下を進む。

エレベーターのボタンを押すと、動かなかったはずの扉が作動し、開いた。

「まるで罠に誘い込んでいるかのようだな……」

構わず乗り込み、四階のボタンを押すと、エレベーターはゆっくりと上昇を開始する。

池田は攻撃に即応出来るように、引き抜いた銃を下に向け、レディポジションの体勢を取る。

視線の先、扉の窓の外に各階の風景が流れていく、そしてそれが三階を通り過ぎようとした時、

「……ッ！」

何者かが窓を叩いた。

池田は咄嗟に銃を向けるが、既にその光景は階下へと過ぎ去っている。

「今のは……？　シロナガス島の悪魔？」

思わず冷や汗が滲む。

一瞬であったが、それは目に焼き付いている。窓の外にいたのは確かに人とは思えぬ化け物だった。あの絵画そっくりの何かが、こちらに襲いかかるように窓を叩いたのだ。

やがて、到着を知らせる短いベルの音が鳴り、池田はハッと我に返った。

今は目の前に意識を集中しなければならない。

池田は扉に身を寄せる。

「問題は、こいつが通るかだが……」

血まみれのカードをリーダーに通すと、僅かな間を置いて、ガチャリと鍵が開く音が響いた。

「当たりだ……」

扉を開けた先は、次の部屋へと繋がる前室だ。

客室と同じ縦長の窓があり、待合のためのソファが備え付けられている。

人の気配はなく、異常もない。

「…………？」

だが、池田はその場に妙な違和感を覚えた。

「いや……今は悠長にしている暇はない。早くしなければ……」

池田はそう思い直し、次の部屋へと続く扉のノブを握る。


「そんな馬鹿な……」

池田は、目の前に広がった光景に思わず目を見開き、絶句した。

そこは書斎だ。

本棚が連なり、天井からは太いケーブルで照明が吊され、そしてその中央に死んだ赤子を抱く骸骨とダルマザメの絵画が飾られている。

なんの変哲もない書斎だが、ある一点の事実だけが強烈な違和感をもたらしている。

「この部屋は間違いなくロイ・ヒギンズの書斎じゃないか。それがなぜこの屋敷の中に？　俺は夢でも見ているのか……？」

池田は混乱したまま、部屋の中を進む。

照明のスイッチは反応せず、ただ薄暗い日の光だけが部屋の中に差し込んでいる。

窓に近づき、外を眺めると、そこには当然ながらファイブタウンズの森ではなく、アリューシャンの空と海が広がっていた。

「悪い夢だ……」

壁にかけられた写真類もロイ・ヒギンズ邸で見た物とまったく同じであり、あの斜めの椅子すらも同じように置かれている。

「この書斎がロイ・ヒギンズ氏の書斎を模したものだとしても、椅子のずれ方まで同じなのはどういうことだ？」

立ちくらみのような感覚を覚え思わず真近の机に手をつくと、その上に何かのメモが置かれていることに気づいた。

『Card lost　OOL3C』

そのメモに記載されているのは伝言などではない。恐らくは暗号の類いだろう。

「……ッ！」

部屋のどこからか物音が聞こえ、池田は咄嗟に銃を構える。

だが、人の気配はない。

ふと、池田の視線の先にあの絵画が映る。

それはロイ・ヒギンズ邸と同じ絵画ではあったが何故か逆さまに飾られている。

「何故だ。これになんの意味がある？」

部屋の中にある僅かな違いは窓の外の光景、逆さまに飾られた絵画、そして謎のメモ用紙だけで、あとは不気味なほどに一致している。

だが、そんなことがあり得るのだろうか？

「嫌な予感がする……。いや……まずはねね子にあの暗号を伝えた方がいい」

池田は端末を取り出し、あの暗号を打ち込もうとするが、その手が止まった。

「あの暗号は……なんだったか？　クソ、どうにもこの部屋に入ってから頭が回らない気がする……。いや……もう一度見ればいいだけの話だ」

再び手元にあるメモに視線を向ける。

『Gard Post　OOP3G』

その文面を見た池田は言葉を失う。

これは見間違えではない。考えられぬことだが、この一瞬でメモの内容が変わったのだ。

「さっき見た文字は……確か、『Card lost　OOL3C』……だったはず」

池田は先ほどの文面をなんとか記憶の中からたどり、それを打ち込もうとするが、

「いや、待て……直感だが、今見たままの暗号を打ち込んだ方がいい」

直前でそう思い直し、端末から『Gard Post　OOP3G』の情報を送信する。

これで本当に問題ないのか？

正しい選択をしたのか？

この部屋に入ってから、いやその前室から頭に靄がかかったかのように思考が定まらない。

やがて、低い振動音と共にねね子からの返信が入る。

だが、

『日十9sO//)=／」フメ内隹レ0／」＝フ＼十＝＝！』


そこに書かれていたのは、完全に文字化けした意味不明な文字列だ。

「なんだこの文字化けメールは……。回線の問題なのか？　それともねね子が妙な悪戯を……いや違う！」

池田は咄嗟に文字入力を起動する。そこに表示された文字列は意味不明なまでに狂いきっている。

「クソッ！　なんてこった！」

それは池田自身が文字の識別が出来ていないことを示していた。

文字識別力の低下は左脳の機能が抑制されている証拠だ。

この部屋には幻覚剤が流れ込んでいる。いや、それは既に前室の時点から池田の身体を蝕んでいたのだ。

「早くここから出ないと！」

だが、踏み出そうとしたその一歩が動かない。

先ほどから感じていためまいが急激に強まり、身体の自由が奪われる。

「クソ……」

池田はあがくように数歩踏み出したが、それが限界だった。

「ねね子…………」

身体は力なく床へと倒れ、やがてその意識は闇の中へと消えた。


「　8　」


『第二フェーズを終了。引き続き第三フェーズへと移行。薬液投与、NIRS再スキャン開始、スティモシーバー作動。記憶領域へアクセス、スキャン開始。七月二十四日午前十時より再生』

低い唸りのようなノイズが響く中、無機質な音声が再生される。

『警告、C5装置内に電圧異常を検知。第三フェーズ進行を中断。被験体への接続を解除。セーフモードへ移行。システム再起動。システムチェック開始、完了まで5分28秒』

「…………」

池田は深い眠りから目を覚ます。

全身に鉛を流し込まれたかのように身体が重い。視線すらまともに定まらず、目の前に何があるのかすらわからない。

ここはどこなのか？

あれから一体、どれだけの時間が経ったのか？

やがて視線が定まると、目の前に六つの明かりが見えた。

それは手術台の無影灯だ。

なんとか身体を動かそうとするが、その時、手足が鋼鉄製の金具で拘束されていることに気づく。

不意に、

「あ、あ……ああ…………。や、やっと目を覚ましたぁ……。い、池田ぁ…………」

間近で聞こえたその声に、池田は視線を向けた。

その先にいたねね子は、その手を血に染め、池田をジッと潤んだ瞳で見つめていた。

「ね、ねね子か……。ここは一体どこなんだ？　今は……どういう状況になっている？」

「あ、あいつにみんな殺されちゃったんだよ。死んじゃったんだ……みんな。ボ、ボクだけがどうにかしてここにたどり着けたんだ。い、池田……なんとかシステムに割り込んでプログラムを一時停止させたけど、また時間が経つと動き出しちゃうと思う。ど、どうにかして拘束具を外そうとしたけど、ボクの力じゃ無理だった。キ、キツいと思うけど、自力でなんとかして……」

「殺された？　あいつとは一体誰なんだ？」

「ボ、ボクにもよくわからない。もしかするとあれがシロナガス島の悪魔なのかもしれない……」

池田はもう一度力を込めるが、それでもなお、その手枷はビクともしない。

「シロナガス島の悪魔……。あの化け物か。あれは、この島で開発されていた生物兵器なんだろうか。クソ……身体が動かん……」

「い、池田……屋敷の奴らは池田の記憶の中から何かを抜き出そうとしているみたい。過去の記憶、七月二十四日からの記憶が現実みたいに再生されるけど、それは全部造られた偽物だから、騙されないで……。に、偽物であることに気づけたら、もしかするとまた目覚めることが出来るのかも……」

「偽物……俺が今まで見ていたのは再生された記憶だったのか……。七月二十四日……一体、奴らは何を探している」

不意に遠くから鋭い雄叫びが響き、ねね子はその身体をビクリと震わせる。

「あ、あいつが来たんだ。ど、どうしよう……このままだとここに入ってくる……」

ねね子は全身を震わせながら、しばらく思考を巡らせていたが、やがてして池田に苦い笑みを向けた。

「い、池田……。ボ、ボクの人生は特に素晴らしいものでもなかったし、どちらかというと楽しいことよりも嫌なことが多かったろくでもない人生だったように思うけど。そ、それでも……池田と一緒にいた時間はとても楽しかったよ……」

池田はねね子にジッと視線を向け、叫ぶ。

「待て、ねね子！　何を考えている！　何をするつもりだ！」

「ド、ドアロックシステムに接続してるのは外側からだけなんだ。外側からでしかこの部屋のロックはかけられない……」

そう呟いた後、ねね子は池田の手をしっかりと握りしめた。

「い、池田……もう多分これが最後だから言うね……」

僅かに間を置いて、

「だ、大好きだよ」

そう言って、硬い笑みを向けた。

「待て！　ねね子行くな！　行くんじゃない！」

ねね子は池田が止めるのも聞かず、フラフラと立ち上がり、扉の外へと歩を進める。

扉が閉まった直後、ロックがかかる音が響いた。

池田はもう一度、その手枷を外すべく力を込める。

「クソッ！　何故、この程度の拘束具を外すことが出来ない！　ねね子待ってろ！　今、行く！」

扉の外から再び、化け物の絶叫が響く。

直後、グチャリと鈍い、何かが潰されるような音が聞こえた。

「…………ッ!!　……ねね子ッ!!」

『システムチェック完了。電圧異常なし……。第三フェーズ再試行開始。薬液投与、NIRS再スキャン開始、スティモシーバー作動。記憶領域へアクセス、スキャン開始。七月二十四日午前十時より再生』

池田は苦悶の表情を浮かべ、歯を噛みしめる。

「馬鹿野郎ッ！　人一倍臆病で、人一倍勇気のないお前が……。こんな時に、こんな俺のために命を張る必要なんてねぇんだよ……。ねね子……なあ、嘘だと言ってくれ……」

静脈に刺された針から薬液が注入され、冷たい感覚が腕に広がる。

「クソ……意識が…………。また、あの日から繰り返されるのか……。これも……この世界も……本当に現実なのか……？」

池田の意識は再び泥のように深く暗い中へと沈んでいく。


数々の光景が過ぎ去っていく。

やがて視覚は二段目のベッドの裏側の光景を映し出す。

そこに鋭い傷跡が縦に四つ刻まれている。

「…………」

何気なく手を伸ばし、その線を指でなぞる。

何かを示す数字……4。

光景は再び闇に飲み込まれ、再び漆黒の中へと追いやられる。

深い暗闇の中、誰かの声が聞こえる。

だが、それはあまりにも遠く、弱すぎる。

それでも池田はその声に向かって手を伸ばす。


池田は水中から逃れたかのように強く息を吸い込んだ。

ハッと目を見開くと、強い光が飛び込んでくる。

ニューヨーク。ジョン・F・ケネディ空港は、いつもと変わらず人混みで溢れていた。

皆、せわしなく歩を進め、辺りには飛行機の到着を知らせるアナウンスが響いている。

「眠っていたのか……？」

辺りの状況を確認しつつ、同時に池田は自分が何故ここにいるのかを思い出す。

『ここには、飛行機で到着したあいつを迎えに来た』

それを頭の中で反芻し、眉間を指で強く押さえつける。

ふと見上げた先、空港の電光掲示板の表示が目に入る。

『この世界は現実ではない《THIS WORLD IS NOT REAL》』

池田はその文字をジッと睨み付けた。

「俺は……何かとても重要なことを忘れてしまっているような気がする。ひょっとして、この世界は本当に現実ではないのではないか？」

そう思いつつも首を振る。

「いや、何を馬鹿なことを……。とにかく今はあいつを探さないと……」

そしてその視線を辺りへと向ける。

だが、池田はその自身の言葉に疑問を覚えた。

ぽっかりと何かが欠落してしまっている。

「あいつ……？　ここで俺は一体誰と会うことになっていたんだ？　あいつとは一体誰だ？」

なんのためにここにいるのか？

この世界はなんであるのか？

目の前の光景にノイズが走り、すべてが歪み始める。

ザッという鋭いノイズ音が連続し、すべての音も光景もノイズが飲み込んでいく。

池田の意識はその中へと落ち、やがて自らのこともわからぬ虚無の中へと消失した。


「9」

低い唸りのようなノイズが響く中、

「チッ……」

と鋭い舌打ちの音が響く。

その女は、ジッとモニターに表示された文字を見て、呟く。

「いくつかの記憶に問題があるな。お前の記憶には嘘がある」

その女は池田の傍らに立ち、池田の顔を覗き込んだ。

「このまま死んでもらっては困る。なあ……池田戦」

その女、アビゲイル・エリスンはそう呟きニヤリと笑みを浮かべた。

第六話

孤独な侵入者

」1「

　ねね子は部屋の中を言ったり来たりしながら、不安げに口を開く。

「お、遅い……。い、いくらなんでも遅すぎる。も、もしかして池田の身に何かあったのでは……？」

　アキラは呆れた表情を浮かべた。

「はぁあああ？　池田はつい一、二分前に出て行ったばっかりじゃないの。あんたどんだけ池田に恋い焦がれてんのよ？」

「あ……ううう……。べ、別に恋い焦がれてなんかいない……」

（い、今のはボクの独り言でアキラに向かって言ったわけではないのだが……。そ、そもそもアキラはずっとこの部屋に居座るつもりなんだろうか？）

　そう心の中で呟き、緊張したねね子は思わずオエッと喉を鳴らす。

　アキラは冷めた視線を向けた。

「まあとりあえず、しばらくの間はジッと待っとくしかないでしょ。私達が外に出るわけにもいかないしね」

　不意に、部屋の呼び出しブザーが鳴った。

「ヒッ……。だ、誰……？」

「そんなにビクビクしてると私の方まで驚くわ。少しはその怪しい挙動を抑えてくれないかしら？　まあ、どうせジゼルでしょ」

アキラはドアスコープを覗き込む。

「大丈夫。やっぱり、ジゼルよ」

扉を開け、ジゼルを中へと招き入れる。流石のジゼルにも緊張した様子が浮んでいた。

「お嬢様、大丈夫でしたか？　先ほどベクスター様から連絡を受けて、急いでこちらに来たのですが……。レイモンド卿が殺されたというのは本当なんでしょうか？」

「私も実際に目にしたわけじゃないけど、どうやら本当のようね。これから先はなるべく別行動は避けた方が良さそうだわ。どこに犯人が潜んでいるのかわかったもんじゃないし」

「あ、あううう……」

遠目から二人を見ていたねね子は、おどおどと視線を泳がせた。

（ちょ、ちょちょちょ……ちょっと待て！　まさかこのまま三人一緒で過ごす羽目になるんじゃないだろうなぁ！　殺人鬼に襲われる方がマシだ……）

アキラがジロリと視線を向ける。

「ねね子、何あんたそんなにビクビクしてんのよ。まさかあんた、殺人犯に襲われた方がマシだーとか思ってるんじゃないでしょうね？」

ねね子は気まずそうに目を逸らす。

「そ、そそ……そんなこと思ってない……」

（ク、クソ……妙に勘の鋭い奴め……）

ねね子が心の中で毒づいた時、その場に小さな電子音が鳴った。

その僅かな音を聞いたアキラはキョロキョロと辺りを見渡す。

「……？　なんの音？」

「こ、この音は……池田からのメールだ」

ねね子は慌てて腰掛けバッグの中からモバイル端末を取り出し、それを開いた。

差出人：Personal-11-M
宛先：（自分）Personal-11-O
（件名なし）
本文：メモja見、かdkたのm
　『Card lost OOL3C』

確かにそれは池田からのメールだったが、文字が極度に乱れている妙なものだ。

アキラは端末を覗き込み、

「もしかして池田から連絡があったの？」

ねね子と同じように眉を寄せた。

「なにこれ、変なメールね」

「た、確かになんか様子がおかしい。うう……まさか池田の奴、ボクをビビらせようとしてわざとこんなメール送ってきたんじゃないだろうなぁ……」

「そうじゃないとすれば、もしかしてまともに文章が打てない状態だとか？」

「で、でも、改行してるし文字を括弧で囲んでるし、時間的余裕がないって感じじゃない。と、となると……考えられる可能性は二つ。い、池田が文字打ちすらまともに出来ないアホだったか、あるいは、まともに文字を打てていないことを池田自身が認識出来ていないか。ど、どっちにしてもマズい気がする。文字認識能力の低下、麻酔薬か幻覚剤か、ハロタン、亜酸化窒素、シロシビン、メスカリン、リゼルグ酸ジエチルアミド。い、いや、そんなこと言ってる場合じゃなくて、早く逃げるように伝えないと……」

ねね子は手早く文章をタイプし、送信する。

『早くその場から離れろガスだ！』

仮に池田の認識能力が下がっているとすれば、この程度の分量が適切だろう。

「と、とりあえずこれで反応してくれるといいけど……」

「でも、その括弧の中の妙な文章はなんなのかしら？　暗号かなにか？　ええと……『Card lost OOL3C』？」

「も、もしかするとそうなのかも……。でも他の文字はメチャクチャなのに、これだけ妙にまともな文字になってる気がする。ひょっとして、池田は目の前にある文字を見たまんま打ち込んだのかも。も、文字認識能力が乱れていたとしても、それならたぶん正しい文字を送ることが出来るだろうから」

「……？　どういうこと？」

「うう……た、例えば、目の前に『アキラ、アホ』と書かれた紙があるとして。だけど自分は幻覚剤の影響でそれが『アキラ、天才』に間違って見えているとする。て、手元には『アキラ、アホ』『アキラ、天才』と書かれた二つのボタンが見える。そ、その場合どちらのボタンを押せば実際に『アキラ、アホ』と出力出来るのか？　こ、答えは『アキラ、天才』と書かれた方のボタンを押さないといけない。理由は当然、ボタンの文字も同じように誤認識してるから……。な、なのでその状況下では見たままの文字を打たないと間違った情報を送付してしまうことになる……」

「…………」

アキラの表情が険しくなった。

ねね子は一呼吸した後、

「アキラはアホなのに……」

無駄な追撃をして、更に話を続ける。

「い、池田も恐らく見たまんまの文字をそのまま打ち込んだんだと思う。下手に頭を使って文字を打ってたら、本来書かれていたのと違うメッセージを送ってしまっていたと思う」

「…………」

ねね子の頭にアキラの手が伸びる。

「……ふぇ？」

ねね子がぽかんとした表情を浮べる中、アキラはその頭をアイアンクローした手に力を込めた。

「い、痛っ！？　いだだだだだだだっ！」

ねね子はたまらずタップする。

（……ッ？？？　な、何故ボクは今、アキラにアイアンクローされたんだ？？　せっかく説明してやったというのに、何故、理不尽な暴力を振るわれる？　お、恐ろしい奴……情緒不安定か！）

心の中でそんな抗議をしつつ、目を潤ませた。

アキラはため息をついた。

「まあいいわ……。でもそれが実際に何かの暗号だとしても今の状況じゃ動きようがないでしょ。しばらくはここでおとなしくしているべきよ」

「うう……で、でも、これは助けにいかないとマズい気がするんだけど……」

「気持ちはわかるけど今は我慢なさい。池田はきっと大丈夫よ。あと三十分しても戻ってこないようなら他の手を考えましょう」

「うう……わ、わかった……」

「…………」

あれからかなりの時間が経過したが、未だに池田からの連絡はない。

気まずい沈黙が支配する中、アキラが口を開く。

「……遅いわね。ジゼル、さっきからどのくらいの時間が経った？」

ジゼルは腕時計を確認して、答える。

「今丁度、三十分になったところです、お嬢様」

ねね子は顔を真っ青にして、嘔吐いた。

「ふ、ふえぇ……ふえぇぇ……。や、やっぱり池田に何かあったんだ……。オエ……オエエェ……」

「あー、はいはい、吐きそうならトイレに行きなさい。それにしても確かに遅すぎるわね。レイモンド卿の部屋に忍び込むだけでこんなに時間がかかるとも思えないし……」

「お嬢様、私が本館の方に様子を見に行ってきましょうか？」

アキラは首を振った。

「それはちょっと危なそうだし、どうせ行くなら皆で行きましょ。少しでも危なそうならすぐにこの部屋に戻ること、いいわね？」

ねね子はコクリと頷く。

「わ、わかった……。じゃあ、ボクはここで皆の無事を祈ってる」

「…………」

「いだだだだだだだっ！」

　皆は会場前まで移動してみたものの、辺りには池田の姿どころか屋敷のスタッフの気配すらない。不気味すぎる静寂が辺りを包み込んでいる。

　アキラはキョロキョロと辺りを見渡し、眉を寄せた。

「ほんと誰の姿も見当たらないわね。かなり不気味な感じだわ」

「ううう……い、池田の奴ホントどこに行ったんだ……」

「エレベーターに乗ってレイモンド卿の部屋に向かったのは確かだと思うけど……。とりあえず、レイモンド卿の部屋の前まで行ってみる？」

　ねね子はブンブンと首を振る。

「そ、それはやめた方がいいような気が……。ミイラ取りがミイラになる未来が見える……」

　だが、アキラはねね子の言い分を無視し、エレベーターに乗り込む。ジゼルもその後に続いたため、ねね子も渋々それに従った。

　だが、アキラが四階のボタンを押してもエレベーターはなんの反応も示さない。

　扉が開いた後は、閉める《CLOSE》のボタンすらまったくの無反応だ。

「変ね。ボタンを押しても動かないみたいだけど……」

「こ、このエレベーターよく止まるなぁ。け、欠陥品か……」

アキラはカチカチとボタンを連打しながら、口を開く。

「うーん。じゃあ、池田がレイモンド卿の部屋に行った後にこのエレベーターが止まったってことなのかしら？　案外、そのせいで帰ってこれないだけだったりして」

「そ、その程度ならいいけど。ただ、池田がレイモンド卿の部屋に行った後にエレベーターが止まったとすると、エレベーターは四階で止まってないとおかしいと思う……」

「言われてみれば確かにそうね。まあでも、動かないならしょうがないわ。それじゃ、階段で上に向かってみましょうか？」

「た、確か階段は鍵がかかってるはず……」

「そうなの？　ならとりあえず今は辺りの様子を調べてみるしかないわね」

ねね子は僅かに安堵の息を吐き出す。

「そ、それがいいと思う……」

レイモンド卿の部屋に向かうのはかなり嫌な予感がしていた。そこにはなにかとんでもない危険があるように感じる。かといって他の場所が全くの安全であるかといえばそうでもないがそれでもそこよりは幾分マシだろう。

アキラはねね子をジロリと睨んだ。

「……今、ホッとしたわね。ねね子」

「べ、べ、べ、別にホッとなんてしてないから」

「本当かしら……。それじゃ、手分けして辺りを調べることにしましょ。互いの居場所が把握できる範囲でね」

「かしこまりました」

そのアキラの言葉にジゼルが頷き、

「うう……わ、わかった」

ねね子も渋々、同意する。

ただ、ねね子は皆が探索のために動き出した後もぐずぐずとして動かず。ただ辺りを軽く見渡し、探索の真似事を続けることにした。

この場にいつシロナガス島の悪魔が現れるのではないかと思ってビクビクしている。いや、シロナガス島の悪魔だけではなく、何者かがこの場に現れれば確実に襲われるような強い緊張感がある。そして恐らくその考えは正しい。

不意に、シロナガス島の悪魔の絵画が目に入った。ねね子は嫌々ながらそれに視線を向ける。

(うう……こ、これを描いた奴は精神異常者なんだろうか？　こ、怖い……なんかジッと見ていると動き出してきそう……)

「……ねぇ」

「ヒッ！　ギャアアアアアアッ！」

ねね子は凄まじい悲鳴と共にその場で跳ね上がり、声をかけたアキラは、その絶叫に思わず耳を塞いだ。

「……ッ！　もう！　なによ！　ビックリしたじゃない！　なに突然、怪獣みたいな素っ頓狂な声張り上げてんのよ！」

「お、おぶぶぶ……へあぁ……おひひひ……」

ねね子は芋虫のように床を這いずる。

「もう、悪かったわよ。でも、別に驚かそうとして声かけたわけじゃないんだし、そんなに叫ぶことないじゃない」

そう言った後、アキラはその絵画に視線を向けた。

「それでその絵になにかおかしいところでもあったの？」

「い、いや……別におかしいところとかはなかった。あ、あの……次から声かける時は事前に通知してからにして……」

「通知って『今から声をかけますよ』とでも言えばいいの？　でも、仮にそれやったところで、ねね子は同じように叫びそうな気がするけど……」

ねね子はビクビクと足を震わせながら、なんとかその場から立ち上がる。

「た、確かに……。ま、まず十メートル以上離れた場所から静かに声をかけて、それから話をしてもらえると助かる……」

「……はあ？　寝言は寝て言いなさい。さあ、さっさと他の場所を探りなさいな」

「う、うう……はい……」

ねね子はアキラの視線から逃れるべく適当に通信室の中へと逃げ込む。

通信室の中にはジゼルがいて、中に異変がないかを調べている最中だった。

ねね子はそこにジゼルがいることに気まずさを覚えつつもそのまま外にとんぼ返りするのも気が引けたため、ただ所在なさげに身を縮めた。

「お疲れ様です。とりあえず私が調べた限り、通信室の中には変わったところはないようですね」

「あ……ど、ども……」

未だにジゼルに慣れないねね子は生返事をした後、チラリと通信装置に視線を向ける。

(こ、この通信装置が壊れてなければなぁ。増幅器だけでも生きてれば、ボクのパーソナルわんわんおと接続して救難信号を送れそうな気もするけど……)

そう思ったが、この手の通信装置を直そうとすると真っ先に犯人に目をつけられて殺される気がしたので、何もしないことにする。

「池田様も無事だといいのですが……」

「あ……ソ、ソウデスネ……」

再び生返事をして、気まずく身を縮める。

(うう……や、やっぱりジゼルは苦手だ……。なんか感情がなさ過ぎて怖い……)

ねね子にとって、アキラは暴風雨に晒されるようなものだが、ジゼルは極寒の地に裸で立たされるような居心地の悪さを感じる。どちらも似たようなものだが、それでもまだ多少アキラの方がマシだろう。

「あ、あの……。じゃ……これで……」

ねね子が廊下に戻ると、

「あら、おかえりなさい。ねね子、次はあそこに行ってみなさい」

アキラはそう言って貯蔵室を指さした。

ねね子の探索もいい加減だが、アキラの方は人にばかり指図して自分はどこも探し回っていないように見える。

ねね子はムカッと顔を曇らせた。

「え……？　い、いや……行かないけど……怖いし……」

「貯蔵室には結構物陰も多いし、中で池田が倒れてたりしてないか、よくよく調べてきてね」

「い、いや……だ、だから人の話を……」

ねね子は本人なりに精一杯の反抗をするがアキラにはその言葉が届かない。

アキラはジロリと視線を向けた。

「何、グズグズしてるの？　行くなら早く行きなさいな」

「う、うう……」

ねね子は半泣きの様子で視線を逸らしながら、誰もいない壁の方向を睨み付ける。

（こ、これが生まれながらのボンボンの感覚か……。人の話は聞かないわ、ワガママだわ、誰もが皆、自分の思い通りに動くと思い込んでる。で、でもボクは思い通りになんてならないぞ！　断じて！　決して！　絶対に！）

「ねね子、早く行きなさい」

「は、はい……行ってきます……」


貯蔵室の中は薄暗く、ワインの貯蔵に適した状態を作っているためか、本館の中よりも一段寒く、ジメッとしていた。

（く、暗いなぁ……）

ねね子は恐る恐る貯蔵室の中を進み、何かおかしいところはないかと見渡す。

この貯蔵室に入るのは二度目なので、以前と変化している場所にはすぐに気づくことが出来た。

ねね子は棚に並んでいる酒瓶を指先でちょんと小突く。

（さ、酒の瓶がかなり動かされているみたいだ……。ジェイコブが酒の瓶を動かしまくったという可能性もあるけど、それにしてもかなり広い範囲の酒瓶が動かされてる気がする……。なんでだろ？　誰かがここで何かを探していたとか？）

酒瓶の変化を調べている時、不意に、棚の奥で物音が鳴った。

「ヒッ……」

ビクリと身体を震わせ、その方向に恐る恐る視線を向ける。

(な、な、なんだ今の音……。ななななんか奥の方で音がしたみたいだけど……)

中央にある棚は胸の高さ程度だが、奥の方は陰になりよく見えない。

ねね子がそこを覗き込もうとした時、棚の陰から人影が現れた。

「わっ!?」

「ウッヒイイィィッ!」

ねね子は毎回のごとくその場で跳ね上がり、床に尻餅をつく。

現れた人影はアレックスだ。

アレックスは自分の胸に手をやって、目を見開いた。

「び、びっくりした……。なんです、そんなに凄い声上げて」

「こ、こ、腰が抜けた……。そ、そ、そっちこそ、なんでこんなところに?」

アレックスはいつもの冷めた目になって、視線を外す。

「え……? いや……少しお酒に興味があるので眺めていただけですよ」

「そ、外に出るのは危ないって話、リールから聞いてなかったの?」

「いや……それは聞いてましたけど……。すいません、失礼します」

アレックスは口ごもり、気まずさを誤魔化すようにそそくさとその場を後にした。

ねね子は尻餅をついた体勢から身体を起こし、ジトッと疑いの目を浮かべる。

(あ、怪しすぎる。もしかしてこの辺りの瓶を動かしたのもアレックスなんじゃないか？　だとしたら、一体ここでなにを……）

そのままこの場で考えを巡らせようとしたが、

「あー……い、一端外出よう。ここ、暗くて怖いし……」

そう呟き、貯蔵室を後にした。


廊下に戻ると、アキラの姿がない。

「あ、あれ……どこに行ったんだ？」

ねね子はまた何かの異変が起きたのかと心配したが、少しの間を置いて、トイレの中からアキラが現れた。

「あら、ねね子、戻ってきたのね。どうだった？　おかしなところはなかった？」

（な、なんだ……またウンコか……。肝心な時にいないとは使えない奴め……）

ねね子は心の中で悪口を言った後、口を開く。

「な、中でアレックスと会った。あと、何故か酒瓶が沢山動かされてたみたいだった……」

「アレックスと会ったの？　そう、私は見かけなかったけど……」

「ま、まあトイレに行ってたのならわからなかったと思うけど……」

アキラは腕を組み、威圧するような姿勢をとる。

「誤解がないように言っておくけど、私はトイレに行ってたわけじゃなくて、トイレの中を調べてただけだから」

「ア……ハ、ハイ……」

ねね子には何故アキラがトイレに行ったことを頑なに否定するのかがわからなかったが、余計なことを言うとまた怒られそうなので黙っておくことにする。

「それにしても、酒瓶が動かされてたって、アレックスは貯蔵室で何をしてたのかしら？　あんな場所、大した物が隠されているようには思えないけど。それこそ酒以外の物なんてないんじゃない？」

「ぎゃ、逆に、以前隠していた何かを取りに戻ったとか？　例えば盗聴器とか……。でもそれならあんなに沢山瓶を動かす必要はないか……」

「謎ね……。まあ、当人から聞き出せばいいんじゃない？　無理矢理にでも」

「こ、怖いこと言うなぁ……」

「でもそこにも異変なしだともう探す場所ないわよね……。ジゼルは外の場所探してるけどそっちにもいなさそうだし」

「こ、ここで状況の整理でもする？」

「そうね……。やっぱり池田の残したあの暗号が気にかかるわね。『Card lost』は、カードをなくしたってこと？　それはいいとしても、その後の『OOL3C』はなんなのかしら？　ねね子、何か思いつかない？」

「む、無理矢理単語を探すなら、OOL はオーストラリアのゴールドコースト空港のスリーレターコードだけど……。正直それはあんまり関係がなさそうな気がする……」

「だとするとなんなのかしら？　何かの意味がありそうだけど……」

「ま、まだわからないけど、もしもその暗号がレイモンド卿の部屋にあったものだとすると、重要な意味があるのは確かだと思う。あ、あの暗号は文字数がかなり少ないし、文章を暗号化している可能性は低そう……。なので何かを操作する際のコード、例えば無線機とか金庫とかのパスワードみたいなものなのかも……」

「なるほどね……。だとしてもそんなものを入力する場所なんてどこにあるのかしら？」

「な、何か見落としている気がする……」

ねね子はコード解読や記憶力には自信があるが、逆に謎かけやその情報を発展させて答えを得るといった作業は不得意だった。その分野は池田の領分だったが、当然ながらここに池田はいない。

(何かを打ち込む……ボタン、OとLと3とCのボタンがある装置……)

ねね子はしばらく思考を巡らせた後、ふと、ある可能性を思いつく。

「あ……も、もしかするとあの暗号の意味がわかったかも……」

アキラはパッと目を見開く。

「本当に？　じゃああれは一体何を示していたの？」

「ま、まだちょっと自分の考えに自信が持てないから。もう少し待って……」

「なによそれ。まあわかったわ。出来るだけ早くしてよね」

ねね子はこくりと頷いた後、扉が開いたままになっているエレベーターに乗り込み、ジッとその操作パネルに視線を向けた。

パネルには上から4、3、2と一階のロビーを示すL、そしてその下の左右にOPENとCLOSEのボタンが並んでいる。

(もしかするとこれが……)

ねね子は自分の考えが正しいのかどうかを試すため、ボタンに手を伸ばす。

「お、OPEN、OPEN、LOBBY、3、CLOSE……」

そのCLOSEのボタンを押した瞬間、

「うわっ!」

それまで完全に停止していたエレベーターが突然動き、扉が閉まり始める。

外にいたアキラが慌てて駆け寄ろうとするが、

「あっ!　ねね子!」

それよりも早く扉は閉まり、エレベーターは動き出した。

「あ……ひ、ひぃ……」

ねね子はビクンとその両手を身体に引き寄せてしまったために、反応するのが遅れた。

慌ててOPENのボタンを連打するが、それは遅い。

「えっ……こ、これどこに向かってるの!」

窓の光景は通常とは逆に流れている。

エレベーターは、存在しないはずの地下へと向かって降下を始めていた。


―2―


「あ、あわわわわ……」

エレベーターは長い下降を続けた後、停止する。

重い音と共に開いた扉の先には通路があり、エレベーターから漏れ出す光だけがそこを照らし出していた。

ねね子は顔を青くして、髪を掻き乱す。

「あ、あの暗号の文字と数字がエレベーターのボタンを示していることに気づいたのは良かったけど、ボク一人で試すんじゃなかった……。た、多分このエレベーターのどこかに非接触型のカードをかざす場所があって、あの暗号はカードを紛失した時にエレベーターを動かす非常用のコードだったんだと思う。と、というかそれはいいとしても、この状況を予測できないとは……ボクは馬鹿か……」

ポカポカと自分の頭を叩く。

「い、いや……今はそんなことより、どうにかして一階に戻らないと……」

ねね子はエレベーターのボタンを連打してみるが、ロビーのボタンどころか、どのボタンも作動しなくなっている。エレベーターは数分前の状態と同じように完全にその動きを止めてしまったようだ。

先ほどの暗号も打ち込んでみるが今度はまったく反応がない。

「う、嘘でしょ……」

どうやらこのエレベーターを上昇させるには別の暗号が必要なようだ。

ねね子は何度か適当なパターンを試してみるが、上昇させるための暗号が同じ5桁だとすると、そのパターン数は3125通りになることに気づき、そのボタンの連打を止めた。

ねね子は恐る恐る外の通路を覗き込む。

「う、ううう……ま、まさか自力で戻る方法を見つけないといけないのぉ……？」

通路は酷く暗いが、通路の左側の遠くに僅かな明かりのようなものが見える。

もしかするとそこに上に繋がる階段があるのかもしれない。

ねね子は通路に出て、その明かりの方向に向かうかどうかを悩んでいたが、

「……あっ！」

突然、止まっていたはずのエレベーターの扉が閉まり始めた。

ねね子は咄嗟にボタンに手を伸ばすが、扉は止まらない。

そのまま扉は閉まり、辺りは深い暗闇に包まれた。

こうなるともう、手元がギリギリ見えるかどうかの暗さである。

「ううう……う、嘘でしょ……」

不意に通路の右奥から不気味な鳴き声のようなものが響く。

「ヒッ……い、今の何？」

数々の鳴き声を記憶しているはずのねね子にも、それがなんの鳴き声であるのかがわからなかった。それはその声の主が未知の存在であることを示めしている。

「あ、明かりがある方に向かうしかない……」

ねね子は目を潤ませながら、ヨロヨロと明かりの方へと歩き出す。

「グス……い、池田ぁ……」


通路を進むと複数の扉がある場所にとたどりつく。正面に一つの扉、左側に一つ、右側に二つの扉が並んでいる。明かりはあるが暗く、色調もいかにも寒々としている。扉はどれも頑丈そうな鉄製で、取っ手の類いは見当たらず、横に非接触式の読み取り装置が備え付けられているのが見えた。

ふと、ねね子の鼻先に錆びた鉄の臭いが漂う。

ハッと地面に視線を向けると、そこに大量の赤黒い液体が広がっていた。

「う……こ、これってもしかして血……？　で、でもこれが全部血だとすると人一人分では足りないくらいの量になると思うのだが……」

血が流れ出している元を探ると、どうやらその血は一番奥にある扉の下から流れ出しているらしい。

「う、うう……あ、あそこで何かあったのかなぁ……」

ねね子はビクビクと怯えながらも、腰掛け鞄からヒギンズ氏のレベル2カードを取り出す。

「こ、ここらの扉は多分、このカードを使えば開く……と、信じたい。現状ではトマスのカードのクローンも作れてないから、今はこれを試してみるしかないし……」

ボソボソと独り言を呟き、それを読み取り装置にかざす。

「ひっ！」

大きな動作音と共に扉が開いた。

「こ、このカードが使えるってことは、ここがその隔離区画ってことになるのか？　こ、怖い物とかないといいんだけど……」

右側手前の扉を開けると、そこはロッカーとキャビネット、そしてスチール製の棚が並んでいる資料室のような場所だった。

ロッカーの中には掃除用具や、丁度ねね子のスカートと似た色調の手術用のスクラブらしきものがある程度で、大したものは入っていない。キャビネットはほとんどが空だ。

「キャビネットは空だし、ロッカーの方は箱に乗れば中に入ったまま外の様子を窺えそうだな……万が一の時は隠れられるかも……」

そう呟きつつも、その考えを払いのけるかのように首をブンブンと振る。

「……って、そんな不吉なこと考えるんじゃない。きっと大丈夫だから」

ねね子は脱出のヒントになる資料がないかと棚を探り始める。

そうした時、ふと一つの棚の鍵が壊れていることに気づいた。

「だ、誰かが無理矢理開けたのかな？」

疑問に思いつつも、中にある資料に目を通す。

『手術実施記録』
『№０２３』
２０[redacted]年[redacted]月[redacted]日
依頼人　『ロイ・ヒギンズ』
患者　『ロイ・ヒギンズ子女　エイダ・ヒギンズ』
症状
先天性の低形成異形成腎から末期腎不全へと進行。現在、透析治療中。
依頼人は早期の腎移植を希望。
患者エイダ・ヒギンズの年齢、性別、体格等を考慮しＨ-１４４の腎臓が適切と思われる。
参考資料として、Ｈ-１４４の資料を添付。

ハリントン医師からの異論がない場合、移植手術を実施する。
２０[redacted]年[redacted]月[redacted]日
ロイ・ヒギンズ氏立ち会いの元、腎移植手術を実施。
無事、両腎臓の移植に成功。
経過観察を行う。
２０[redacted]年[redacted]月[redacted]日
移植臓器の抗体マスキング処理の結果良好。
拒絶反応の兆候なし。血清クレアチニン値正常。
引き続き経過観察の後、[redacted]月[redacted]日退院予定。
Ｈ－１４４に関しては透析治療を実施の後、他の臓器移植手術を実施。
詳しくは手術実施記録『№０２６』、『№０２７』、『№０４６』を参照。

その内容にねね子はあからさまに顔をしかめた。

「や、やっぱりここでは違法な移植手術が行われてたみたいだ。あのエイダ・ヒギンズもここで移植手術を受けていたのか……。で、でも両腎臓の移植って、ドナー側の条件、酷くないか？　透析受け続けないと死んじゃうじゃん。普通、片方だけあれば十分なのに。やっぱりここでは人は物としてしか扱われてなかったってことなのか……」

資料に記載された『ハリントン医師』の文字をなぞる。

「や、やっぱりトマスはここで移植手術を行っていた医者だったのか……。で、でもジェイコブの名前が見当たらないのは何故だろう？　肝臓移植とかしてそうな気がしたのに……」

ねね子はハッと目を見開く。

「あ、そ、そうか、ジェイコブはこの屋敷で別のサービス……ゴニョゴニョを利用していた方の人間だったってわけか。あ、あのゲスめ……」

資料を読み進めていくと、ちらほらと招待客と同じ名字が目につく。やはり招待客の皆は、なんらかの形でこの島と関わりがあるようだ。

ねね子は怖いもの見たさで書類を読み進めていく。その中にある一人の事例をたどっているうち、ねね子は思わずウェッと喉を鳴らした。

「こ、このH-144って人、誰なのか知らないけど、手術記録多すぎだろ。ほとんど全部の臓器を取り出されているレベルじゃん……」

そうした中、ページをめくる手がピタリと止まる。

『No.046』
20[redacted]年[redacted]月[redacted]日
依頼人　『パトリシア・ウェルナー』
患者　――――

何故かこの手術実施記録のページだけ後半部分が欠落していることに気づく。

バインダーの留め具には僅かに紙の切れ端が残っており、その切り口の鋭さから判断すると、それは最近になって破られたのだろう。

「い、依頼人はパトリシア・ウェルナー……。アレックス・ウェルナーの母親かな？　もし、もしそうだとすると、アレックスから何か聞き出せるかも。後はこれを池田に伝えれば……」

そう思ったものの、ねね子はすぐに暗い表情をして、

「あ、ああ……そうだ。その池田を探しててこんな場所に迷い込んだんだった。あのアホ、一体どこに行ったんだ……」

涙で目を潤ませる。

バインダーを棚に戻そうとした時、不意に一枚の紙がこぼれ落ちた。

「……？」


『N−131の身体能力』

[redacted]聴力に関して。

N–131の耳は外耳が欠如し、外耳道が極端に狭まっている。

また、内耳神経も人間の物より平均して約60%の太さしかないため、N–131の聴力は人間よりも劣るものと考えられる。

研究所内で行った聴力試験においても、その予想を裏付ける結果が得られた。

具体的な例として、約8000Hz以上の周波域においてN–131は明らかな難聴傾向を示し、また、30dB以下の音圧レベルにおいても同様の傾向を示した。

ただし、一般的な行動において、支障が及ぶ程度ではないと推測される。

必要な場合、埋め込み式の無線機の導入等を考慮するべきと考えられる。
■嗅覚に関して。
N–131の鼻は耳と同様に外鼻が欠如し、弁状の構造で鼻腔を塞ぎ、水の浸入を防ぐ形になっている。基本的な嗅覚に関しては人間の物とほぼ同様かやや劣る程度であると考えられる。実験においても、それを裏付ける結果が得られた。
■視覚に関して。
N–131において特筆すべきはこの視覚能力である。

N–131は人間が完全な暗闇としか認識出来ない照度条件下にあっても、平常通りの行動が可能である。

実験においても、N–131は天文薄明照度である0.0001ルクスの条件下でも、平常となんら変わらない視覚を有していることが示された。

またそれに加えて、可視光線波長720nmを超えた1200nmの近赤外線光も視覚出来ることが判明した。

それらを踏まえると、N-131は夜間行動時においてこそ、その真価を発揮出来ると推測される。暗い物陰に隠れた兵士を見つけ出し、それを排除するといった作戦行動、また、外部装置によって近赤外線光を照射すれば完全な暗闇の中でも行動が可能となるだろう。

ただ、依然としてN-131の最大の問題点は前項で指摘した不死であるという点に加え、その知能レベルの低さであった。これを解消する手段として新たに考案されたのが『BH計画』である。

『BH計画』とはすなわち――


文章はそこで途切れている。

その内容を読み込むうち、ねね子の身体がひとりでに震えだした。

「こ、このN-131ってのはなんなんだ？　読んだ感じだと人間に似た生物の話っぽいけど。まさかこれがシロナガス島の悪魔？　いや、そもそもどうしてこんな書類が挟まってたんだ？　その理由がわからないし、怖い……」

ねね子はそれを適当にバインダーの中に挟み込み、棚へと戻す。

「う、上に戻ったらみんな死んでるとかそんなことないだろうな。うう……そんなこと冗談でも考えるもんじゃないな。ヒ……ヒック……」

資料室の隣の部屋はスチール製のラックに所狭しと標本が並ぶ標本室だった。

「こ、ここには出口ないな……。うん、戻ろう」

と、呟いたものの、ねね子はそこにある標本が気になり恐る恐る視線を向ける。

人間の臓器の標本、海の生き物の標本が並び、棚の上段にはホルマリン標本が並んでいる。

「い、いや……正確にはホルマリンで固定処理した後、エチルアルコールを充塡した液浸標本……深海魚の方はデヴィッドソン液で固定処理……」

頭の中に次々と無駄な情報が溢れるのをブンブンと首を振って払いのける。

棚には人間の脳や肺、それに胎児の標本が並び、それらと混じるようにしてあの例のダルマザメの標本もある。下の棚には人型の標本が並ぶ。見慣れない頭部標本、四本指の長い指の標本。その手の標本は、あの会場前の絵画につけられた手形に似ていた。

それらの標本を見てるうち、不意に、

「ま、まさか池田のアホ……今頃臓器抜かれてるんじゃないだろうな……」

そんな不安がよぎり、ねね子はまたその瞳を潤ませた。

「ふ、ふぇぇ……。グス……池田ぁ……」

再び廊下へと戻ったねね子は次に左側の扉にカードをかざしたが、そこはただエラー音が鳴り響くだけだった。

「こ、こっちは開かないのか？　ここはレベル3ってことなのかな？」

同じように奥の扉もエラー音が鳴る。

ただし、そこは血まみれの扉だったので、むしろねね子はそれが開かなかったことに安堵した。

「と、と言うよりなんでボクはこんな怖い扉開けようとしたんだ……。ここが開いたら大変なことになる気がする。この先にはそのN-131の実験施設があるんだろうか？　もしかして、今まであった屋敷の中の痕跡はここから逃げ出したそいつが……」

不意に、頭上の明かりが点滅し、ねね子はその場で跳ね上がる。

「う、うひゃあっ！」

体勢を崩し、そのまま血の海に倒れそうになったねね子はその身体にぞくりとした寒気を感じ、反射的に振り返った。

延々と長い直線通路に点々と明かりが灯る中、

「…………？」

その遙か先に、人影が見えた。

だが違う。それは人ではない。

通常の人間の背丈より遙かに高く、手足が異常に長い。そして、赤色の肌。

ねね子はその人ならざる何かの存在にただ呆然と視線を向ける。

「……ッ！」

直後、その場に耳をつんざくような鳴き声が響いた。

その何かはねね子を狙って動き出す。

「に、逃げないとッ！」

ねね子は咄嗟に辺りを見渡し、逃げ場所を探る。資料室と標本室。一瞬悩んだが、資料室の方が身を隠せる場所が多い。

セキュリティがある部屋なら大丈夫なはず。

ねね子は資料室の中へと飛び込むが、まだ安心は出来ない。外には異様な気配が充満し続けている。

ねね子は部屋にあるロッカーに視線を向けた。

身を隠すには適切だろう。

「も、もしもの時のために隠れないと……」

ねね子は自分にしか聞こえない程の小さな声で呟いた。

その場にピチャピチャと濡れたような足音が響く。

赤色の肌をした化け物が読み取り装置に手をかざすと、埋め込まれたチップが反応し、扉が開いた。

何度も繰り返してきたかのような自然な動きで、化け物は部屋の中へと進んでいく。

「…………」

その大きすぎる黒目を更に見開き、低い唸り声を吐き出す。

部屋の中には誰の姿もないが、化け物はその低い知能でも、一人の少女がこの扉の中に入ったことを記憶していた。

化け物はロッカーの一つから深い緑色の布がはみ出ていることに気づくと、それを全身を使って覗き込んだ。

指先を槍のように固め、それを振り上げる。

直後、強烈な一撃がロッカーを貫き、まるで銃弾を浴びたかのように大穴が空いた。

化け物は何度もそれを繰り返し、ロッカーを原形を留めぬ程に破壊する。

だが、そうした後、破壊されたロッカーから取り出されたのは単なる深緑色のスクラブだ。

化け物はそれが人でないことに気づくと、すべての興味を失ったかのようにそれを放り投げ、まるで自分がなんのためにここに訪れたのかすら忘れたかのように、再び外の廊下へと戻っていった。

扉が閉まるのと同時に化け物の足音は遠ざかり、再びその場に静寂が取り戻された。

いや、僅かに震える息づかいだけが残っていた。

数分の時間が経った後、ねね子はキャビネットの中から倒れ込むようにして姿を現した。

四つん這いのまま荒い息を吐き出す。

「た、助かったぁ……」

化け物が来る直前、ねね子はロッカーへと入るのを止めた。

あの報告書の中にあった暗闇を見通せる目の記述が確かならば、こちらから見えるということは相手にも見えることになるからだ。ねね子は同時に、N-131の知能が低いという記述を思い出し、ロッカーの中からわざと深緑色のスクラブを覗かせ、そこに注意が向くように仕向けた。

だが、まだ完全に危機が去ったわけではない。

あの化け物から見つからないように上階に向かわなければならないだろう。

「に、逃げないといけないのは確かだけど、確実にあいつに見つかって殺される未来が見える……。でもこのままグズグズしてるとまたあいつが……」

不意に、その場に電子音が鳴り響き、ねね子はその場で跳ね上がる。

「ヒイッッ!!」

だが、それはねね子が持っている端末の通知音だ。

「な、なんだ、パーソナルわんわんおの通知音か……。というか、さっき鳴らなくてよかった、鳴ってたら死んでたぞ……」

端末の画面を開いて確認すると、そこにトマスのカード解析が終わったとのメッセージが表示されていた。

「こ、これでクローンカードの作成も出来るけど、ともかく今は上のフロアに戻ることが先決……。だから一度、外に出てみないと……。神様、頼みますから何もいませんように……」

恐る恐る外に出て、辺りを見渡す。

既にあの化け物の姿はない。

ねね子は安堵の息を吐き出そうとしたが、その矢先、

「う、うう……」

間近から僅かな呻き声が聞こえた。

「い、今の声なに？　なんか呻き声みたいのが聞こえたんだけど……」

「ううう……」

「ま、また聞こえた……。この声、まさか、池田？　い、池田が近くに居るのか？」

どうやらその声は資料室の向かい側の扉から響いているらしい。

「レ、レベル2のカードでは開かなかった部屋だ……。もしかするとトマスのカードを解析したデータなら開けられるかもしれないけど……少しでも手間取ったら、またあいつと鉢合わせに……」

「うう……」

再びその声を聞いたねね子は自分の中の恐怖を振り払った。

「も、もう！　そんなことを考えている場合じゃない！　池田がここにいるなら助けないと！　ボクはパートナーなんだから！　い、池田……待ってて、今、助けるから！」

読み取り装置のカバーを外し、下側にあるメンテナンス用接続端子と端末を接続し、そこから先ほど解析を完了したトマスのカード情報を流し込む。

「ううう……は、早く早く早く早く…………」

やがて、

「よ、よし……通った……」

100%の表示と共に扉が開く。

その部屋は、中央にある無影灯に照らされた薄暗い部屋だった。

部屋の中には手術台のようなものが設置してあり、そこに一人の男が横たわっている。

「あっ、い、池田！」

池田の手足は鋼鉄製の器具で拘束され、その頭には見慣れないヘッドギアのようなものが装着されているのが見えた。

ねね子はその拘束具に手を差し入れ、なんとか外そうとするが、ビクともしない。

「うーん！　……い、痛たた……とてもボクの力じゃ無理だ。どうにかシステムに介入しないと……」

ヘッドギアに接続された配線は床を這い、巨大な装置に接続されている。動作を示すランプが点滅し、そこから冷蔵庫のような低いコンプレッサー音が響く。

「ま、まさか臓器の保管に冷蔵庫使ってるとも思えないし。だとすると、もしかしてこれってスパコン？　内部の冷却液を冷やすためにコンプレッサー使ってるのか……」

これと似た浸漬液冷方式のスーパーコンピューターには覚えがあるが、それらは専門施設に置かれるようなもので、当然、絶海の孤島には似つかわしくない。

備え付けられたモニターにはスノーノイズだけが流れている。

「こ、このデジタル時代にスノーノイズだなんて、逆に珍しいけど……このモニターは何を表示する物なんだろう？　もしかすると、池田の頭に付けられているヘッドギアと何か関係があるのかな？　例えば脳波計の表示モニターとか？」

だがそれはこの大がかりな装置とは噛み合わない。

ねね子はスパコンと自分の端末を接続してそのシステムへの介入を試みる。

「う、うーん……？　い、一応、システムにアクセスは出来てるのか？　手当たり次第通りそうなコードを打ち込んでも、なんか反応が鈍いな……。あ……」

画面にマニュアルが表示された。

「い、一般人には絶対に理解出来ないレベルの小難しいマニュアルだな……まあボクは天才なので大丈夫ですけどー……。これはマニュアルというより、自分の中の考えを延々と羅列しただけのメモだな。これを作ったやつは相当なコミュ障に違いない」

呆れたように呟いた後、

「ボ、ボクみたいに……」

にへっと皮肉げな笑みを浮かべる。

「ど、どうもこの装置は人間の脳にアクセスして、過去の記憶、経験を疑似再生して情報を引き出す物みたいだ。こ、こんな装置があればどんな情報だって盗み放題になるな……」

ねね子は池田の救出に関係する項目を読み進める。

「シ、システムと被験者の脳が接続状態にある場合、それの接続を無理矢理解除すると脳に深刻な障害が残ってしまうみたいだ……。よかったさっき取り外さなくて……。ということはつまり物理的方法以外でシステムから池田を切り離さないといけないってわけか……。考えられる方法は三つ。システムにアクセスして実験を停止する方法。当然ながらボクはメインシステムへのアクセス権を持っていないのでボツ。薬剤投与によって覚醒を促し、システムを強制終了させる方法もボツ。そんな薬がない。最後は、被験者自身に自分が仮想世界を見ていることを認識させる方法……。だぶんこれしか手はない……」

ねね子はキーボードを叩き入力を進める。だが、何度システムに介入しようとしても、延々とエラーしか表示されない。

「あ……うう……だ、駄目だ……」

ねね子はそれを繰り返した後、がっくりと肩を落とす。システムの介入を諦めたねね子は這うようにして池田のそばへと駆け寄り、その身体を揺り動かす。

「め、目を覚まして池田！　起きて！　……起きて!!　このままだと大変なことになっちゃう！　もう時間がないんだ……。この世界は現実じゃない。だから起きて…………お願い！　池田……池田戦!!」

だが、どんなに大声で呼びかけても、池田が反応することはない。

ねね子はグズッと鼻をすすった。

「だ、駄目だ。こんなことをやっても意味がないんだ。やけになる前に行動しないと。他のアプローチでシステムに介入しないといけない……。自信ないけど……。……いや、ボクは天才だ。やってみせる」

ねね子はキッと真剣な表情を浮かべ、再びキーボードを叩き始める。

やがて、それまで完全なスノーノイズだったモニターに空港の映像が映し出された。

それはねね子と池田が出会ったジョン・F・ケネディ空港の映像だ。

「こ、これは……池田がボクを迎えに来た時見ていた光景か……」

ねね子は表示され続けるログと映像を見比べながら更にキーボードを叩く。

「ううう……な、泣き言は言わない方だけど難しい……。まったく未知のシステムにアクセスして、池田の見ている光景に強制介入しないといけないなんて難易度高すぎる。とりあえず、ハッキングして適当にコードを打ち込んだ後に画像の変化を見て、該当箇所を推測するしか……」

試行錯誤の後、映像に変化が起きた。

画面内に映る案内板には出鱈目な文字が示されている。

「こ、このコード部分は空港の案内板に対応していたのか……それなら……」

ねね子はキーボードを叩き、コードを入力する。

『この世界は現実ではない《THIS WORLD IS NOT REAL》』

なんとかそれだけの文字を表示させることは出来たが、未だに池田は覚醒する様子はない。

池田はまだ自身がいる世界が仮想のものであることを認識していないのだ。

「ク、クソッ……それなら次はこっちで事前にコードを構築して、そいつを一気に流し込んでやる。そ、相当に強烈な光景……ペンギンが目の前を飛び回るとか、それなら流石に池田も現実じゃないと気づくはず……いや、どうかな？　『ほう、最近のペンギンは空を飛ぶのか』とか言っちゃいそうな気もするけど……」

ねね子はコードの構築を進める。

「よ、よし！　出来た、あとはこれを流し込めば……」

そう呟き、ねね子がそのエンターキーを押そうとした瞬間、その場に扉が開く音が響いた。

ねね子がハッと視線を向けた直後、

「うわッ！」

ねね子の身体は、うつ伏せの形で押し倒された。

身体はビクとも動かない。その何者かはねね子の背中に馬乗りとなり、ねね子の腕を後ろ手にして、完全に固めてしてしまっている。

「随分と大きなネズミが紛れ込んだようだな。出雲崎ねね子！」

背中に馬乗りになったアビーが声を張り上げた。アビーからはそれまでの無感情な様子が完全に消え失せている。

（こ、この女やっぱり……）

「おっと、動くなよ。動こうとすれば、容赦なくお前の腕をへし折る！」

アビーは、身じろぎしようとしたねね子の腕を強くひねり上げる。

「……い、痛いッ！」

（う、動きたくてもこんな状態じゃ動けるわけ……痛ッ……痛い痛い痛いッ！）

「まさかこの地下にまで入り込むとはな。どうやってここに忍び込んだ？」

「……あ、え……？　うう……」

「なるほど喋るつもりはないということか。だが、これならどうかな？」

「イギィッ！」

（ち、違う違う！　ボクはコミュ障なだけで普通に全部素直に喋るつもりだから、別に強情張って喋らないようにしてるわけじゃないから！　ま、待て！　一呼吸時間くれ！）

ねね子はバタバタと足を動かし、心の中で叫ぶが、当然ながらアビーには伝わらない。

「意外と強情な奴だな……」

アビーは更にねね子の腕をひねり上げた。

「イギッ！　しゃ、喋る！　喋るから！」

（も、もう言われたことなんでも素直に喋る、知ってることみんな喋る。だから腕ひねるの止めてぇ……と、すんなり口に出せたらいいんだけど……うう……）

「いいだろう、ならば例の解除コードを教えてもらおうか！　お前もそのコードを知っているはずだ！」

ねね子はぽかんと口を半開きにした。

「……か、解除コード？　な、なにそれ？　プログラムのパスか何か？」

「チッ……知らないのならばいい。ならば、トマス・ハリントンとレイモンド卿を殺したのは誰だ？　奴はお前達の仲間なんだろ？　知らないとは言わせないぞ！」

「……え？　あ、あの……そ、それは……うう……」

ねね子は不満げな表情を浮かべ、もう一度バタバタと足を動かす。

（ちょ、ちょっと待て！　それに関してはボクが知るわけないだろ、こっちが知りたいくらいだわ！　馬鹿！）

「……なんの真似だ？　時間でも稼いでいるつもりか？　だがいくら待とうとも、助けなんて来ないぞ！　あまり私を舐めるなよ！」

直後、ねね子の腕が強烈にひねり上げられ、ゴキッと鈍い音が鳴った。

ねね子はその激痛に身をよじり、思わず叫ぶ。

「イギャッ!! お、折れた! 折れたぁッ!!」

「ああそうだ、右腕を折った! 次は指だ! お前が喋らない度に指を一本ずつ折っていく! さあ喋れッ! 仲間の名を!」

ねね子は涙を流しつつ苦しげな表情で答える。

「な、仲間……? な、な、な、仲間なんていないない……けど……」

アビーは薄い笑みを浮かべた。

「なかなか骨のある奴だな。それともお前はマゾの変態か? ここまでされても喋る気がないとは、どうやら余程に指を折られたいらしいな」

「痛いッ! 痛い痛い痛いッ!」

(だ、だって、ほんとだもん! ほんとのことしか言ってないんだもん! いや……このままの調子だと指を全部折られるどころか蛸の親戚になってしまう。嘘でも時間を稼がないと……)

だがすぐに思い直す。

(い、いやいやいや! 時間を稼ぐ? そんなことしても意味ないじゃないか! どうにかしてこの状況を打開するしか生き残る方法はない……!)

必死に辺りを見渡すと、その視線の先にスパコンに接続したままの端末が映った。

（そ、そうだ……コード実行するだけで池田の脳内にデータを送れるはず！　この状況でも音声コマンドの実行ならなんとか出来る。問題はアビーに気づかれないままそれが出来るかどうかだけど……）

「まずは一本目……」

アビーは、ねね子の指を可動域の外へと曲げ始める。

（痛い痛い痛い痛い痛い！　し、死んじゃう！　死んじゃう！　このままだと嘘言っても本当のこと言っても殺される！　や、やるしかない！）

「な、仲間はいる！　全部教える！　だ、だからもう痛いのは止めてぇッ！」

「やっと喋る気になったか。いいだろう、ならば話してもらおうか。少しでも嘘をついたら、わかっているだろうな？」

「わ、わかってる！　わかってるから！　な、仲間の名前は……い、いや違った、コードネームは……」

「さっさと言え！　そんなに痛いのが好きなのか？」

「痛い痛いッ！　コ、コードネームは……パーソナルわんわんおコード実行！　と、と、と、と、という名前なんだけど……。いや……そ、そいつは凄く変わったコードネームでぇ……」

ねね子は「うへへへ」と気色の悪い笑みを浮かべて、へりくだる。

その様子を見たアビーは眉を寄せた。

「……？　なにを訳のわからないことを言っている？　そんな妙なコードネームなんてどうでもいい、そいつの名前を教えろ！　いや……待て……」

アビーはねね子の様子がおかしいことに気づき、サッと周囲を確認する。

薄ら笑いするねね子の視線の先、端末のモニターに進行状況を示すバーが表示されている。

「貴様っ！」

アビーはその配線を無理矢理引き抜き、ねね子の頭を床へと押しつける。

「今、このパソコンから何かコードを送ったな！　ふざけるな！　もう容赦しないぞ！」

ねね子の視界がぼやけ、呼吸が乱れる。

ねね子はその朦朧とした意識の中、すがるような声を上げた。

「あ、うッ！　た、助けて……池田…………」

」3「

深い闇の中、遠くから声が聞こえる。

それは不鮮明で、まるで水の中から聞こえているような声だ。

「……ふざけるな！　もう容赦しないぞ！」

「あ、うッ！　…………た、助けて……い、池田…………」

池田は空港のベンチで目を覚ました。

辺りを見渡した後、先ほど聞こえた声のことを思い返す。

「なんだ今のは……夢か？　随分と騒がしい夢だったような気がするが……。まるでこう……女同士のキャットファイトのような……。いや……そんなことより肝心のあいつはどこだ？　まだ、到着していないのか？」

到着案内板へと向けようとしたその池田の視線が止まった。

「なんだありゃ……」

目の前に異様な物体が浮かんでいた。

それはペンギンだ。それも普通のペンギンではなく、小太りでマスコットキャラのようなペンギンが空中でふわふわと上下している。

池田は自らの眉間を強く押さえた後、もう一度それに視線を向ける。だが相変わらずそれは浮き続けている。

「ほう……最近のペンギンは空を飛ぶのか……。なんて、冗談を言っている場合じゃないようだ……」

それはホログラムのようにも見えるが、ただ妙なのは、この空港内にいる他の人間が誰一人としてあれに注目していないことだ。つまり、あれが見えているのは池田だけということになる。

「オーバーワークがたたって俺の精神がおかしくなった可能性はあるが……そうだとしても、いきなり空飛ぶペンギンを見るのはハードルが高すぎってもんだろ」

あれが本物のペンギンではなく、バルーンや立体映像の類である可能性を確認すべく、池田は目の前を歩いていた黒髪の女性に声をかけた。

「あー……ちょっといいかな？　あそこに浮いているアレなんだか……なんだかわかるか？」

女性はただ怪訝な表情を浮かべて、首を振る。

「ごめんなさい、わからないわ。インフォメーションにでも問い合わせてみたら？」

「……？　……ああ、ありがとう」

他の人間にはあのペンギンが見えていないのだろうか？

「いや……そもそも、今の会話自体、噛み合っていないような気がしたが……」

池田は、もう一度そのペンギンを睨み付ける。

現実感の欠落。

何が起こっている？

「まさか、最後の可能性……今見ているこの光景、いや……『この世界は現実ではない』という可能性……」

普段なら一考にも値しないことだが、これほどの異常な光景を目の当たりにした後では違う。

「この世界は現実ではない……妙だ。どこかでこのフレーズを見たことがあるような、そんな気がするんだが……。俺はなにを忘れている？　俺はなにかとんでもなく重要なことを……待て、俺は確かあの島に……。島？　島ってのはなんだ？」

池田の思考は突然靄がかかったように薄れ、乱れる。

何かを忘れている。そしてそれは最も重要なことだ。

池田は己の太ももを強く叩いた。

「クソッ！　……ああ、いいだろう！　この世界が現実でないってのなら試してみる方法はある！　どうかこれで刑務所送りにならないことを願うぜ！」

池田は、背中から銃を引き抜き、その銃を天井に向かって放った。

轟音が鳴り響き、その場が一瞬静止したかのように静まりかえる。

「…………」

池田の頬から汗が流れ落ちる。

直後、目の前にノイズが走り、すべての光景が逆再生する。

一瞬の後、すべては元に戻り、空港は再びの平静へと戻った。

「クソッ！　当たりだ！　やはりこの世界は現実じゃない！」

世界は今の銃声に対して反応を起こそうとしたが処理が追いつかず、発砲自体をなかったことにした。世界は一瞬の後に修正されたのだ。

「だが、この世界が現実でないとすると、今どういう状況に陥っている？」

昏睡状態で仮想現実に陥らされているとして、どうやって目覚めればいい？

果たして、これほどの深い夢から目を覚ます方法があるのか？

「こんな時、ねね子に相談することが出来れば……」

池田はそう呟いた後、ハッと辺りを見回す。

「いや、待て……そうだ俺はこの空港でねね子と待ち合わせをすることになっていたんだ。奴が仮想世界の住人だとしても、何かヒントが得られるかもしれない」

その矢先、池田は視線の先にねね子の姿を捉えた。

「……試してみる価値はある」

池田は歩を進めた。


「君、名前は？　英語は喋れる？　どの国から飛行機で来たの？　親とは一緒？」

「あ、う……。ううう…………。あ、あ、いや……うう……」

池田は、二人の間に身体を割り込ませる。

「そいつは俺の知り合いで、もうハイスクールの年なのに一人で旅行もまともに出来ないへたれだ。後の詳細は省く。ねね子、こっちに来い、お前に聞きたいことがある」

無理矢理その場から連れ出されたねね子はムスッと頬を膨らませた。

「あ……い、池田、どこ行ってたんだ。と、というか……なんか様子が変だぞ？　か、顔が汚い……じゃなかった、怖い」

「ねね子。仮に今、昏睡状態に陥り、仮想世界の中に捕らわれている男がいるとする。そいつがその仮想世界から目覚めるためには、どんな手段を取る必要があると思う？」

ねね子は眉間に皺を寄せる。

「か、仮想世界から目覚める方法？　なんでそんなことを知りたいんだ？」

「いいから。何か上手い手があれば教えてくれ。詳細は省くが、危機が迫っている」

ねね子は頰に指を当て、頭を傾ける。

「…………？　んー……か、仮想世界から目覚める方法なら……まず第一には外部操作、次に外部刺激、システム自体のシャットダウンか、薬剤投与とかかかな？」

「その方法は難しそうだ。他の方法……例えば外部からのアクションではなく、仮想世界に陥っている人間が自らの力で目覚める方法はないか？」

「か、仮想世界から自力で目覚める方法……？　んー……それなら、まずその対象者がそこが仮想世界であると認識することが、覚醒の第一歩だと思う……。それでも目覚めないのなら、後の一押しは覚醒物質の分泌を促すとかかな……。て、手っ取り早く覚醒を促すのなら、ドーパミンとノルアドレナリンの分泌……。たとえ夢の中でも興奮状態や危険な状況に晒されれば、それらの脳内物質が分泌されて覚醒に近づけると思う……けど、なんでそんなこと知りたいんだ？　ほんと」

池田はその話を聞いた後、しばらく考え込む。

そして、ホルスターから銃を引き抜き、

「危険な状況か……。例えばこういうのはどうだ？」

それを自分のこめかみに押し当てた。

「う、うわあああッ！　な、なにやってんだッ！　お、お、お、落ち着けぇッ！　そ、そ、そ、そもそも銃で頭を撃つのはお勧めしないぞ！　じ、実際の感覚と仮想世界が強くリンクしているのなら、自殺は衝撃が強すぎてショック死する恐れがあるからからからから！　と、と、というか池田！　ここは現実なんだから普通に頭撃ったら死ぬぞぉッ！」

「試してみる価値はある。それに、この世界は現実じゃないんだ。俺の意思の方が勝ればあるいは……」

池田の指が引き金にかかる。

「な、なにわけのわからないこと言ってんだッ！　や、止めろー！　止めてーーッ！」

ねね子が池田に飛びかかろうとした瞬間、池田はその引き金を引いた。

轟音と共に目の前が暗転する。

だがそれでもなお、池田の意識は残っている。

凄まじい激痛が走る中、池田はこの世界からの脱却を図る。

「こいつは……強烈だ……。だが、死んでいる場合じゃないぜ。死ぬんじゃない！　目覚めろ！　この世界から目覚めるんだ！　起きろ！　池田戦！」

やがて池田の意識は深海から浮き上がるかのように、ゆっくりと上昇していく。

その先に光が見えた。

」　4　「

『警告、被験体の覚醒を検知。接続解除。システムの再起動が必要です』

「…………ッ」

池田は目を開く。同時に強い光がその視界を真っ白に塗りつぶす。

「……ここは？」

やがて照明の光に目が慣れた頃、池田は全てを思い出し、声を上げた。

「ああ、クソッ！　やっと今、何もかも思い出したぜ！　そうだ、ここはシロナガス島だ！　俺はレイモンド卿の部屋で罠にかかって……」

咄嗟に辺りを見渡す。

「ここはどこだ？　今の状況は？　どうなってる！」

「い、池田ぁッ！　池田ぁッ！　た、助け……グエッ！」

アビーは、助けを求めるねね子の首を絞めつつ、その顔に驚愕の表情を浮べる。

「馬鹿な、目を覚ましたのか？　クソッ！　待ってろ！　こいつを始末した後、すぐに装置に繋ぎ直してやる！」

池田はその場で起き上がろうとしたが、その手足は頑丈な拘束具で封じられている。

「どうやら随分と厄介なことになっているようだな！」

「エェェッ……」

ねね子からほとんど声にならない苦しげな呻き声が漏れた。

「ええい！　ねね子、これで貸し借り無しだぜ！」

池田が再び力を込めた直後、拘束具の留め金が弾け飛んだ。

その勢いのままに、池田はアビーを突き飛ばし、ねね子から引き離す。

完全に不意を突かれる形となったアビーは咄嗟にその場から飛び退いた。

「グッ……！　ば、馬鹿な……あの拘束を自力で解いたのか？　鋼鉄製の拘束具を素手で？　貴様……やはりただの探偵ではないなッ！」

池田は笑みを浮かべて答える。

「実は俺の爺さんがスーパーマンと知り合いでね。この程度のことは朝飯前なんだよ」

アビーはその思考を一瞬停止させた後、

「何をふざけたことを……。爺さんの知り合いがスーパーマンで、何故お前が強くなる」

眉間に皺を寄せ、正論を吐き出した。

「ゲ……ヒュー……ゲホッ……」

アビーの拘束から逃れたねね子は、大の字に倒れ込みながら荒く息を吸い込む。

池田はアビーに対して戦闘態勢を取りつつ、ジリッと間を詰めた。

「アビー、やはりお前は敵側の人間だったようだな。覚悟しろ。知っていることを洗いざらい話してもらうぜ」

池田が飛びかかろうとした寸前、

「チッ……」

アビーは軽く蹴りを放ち、そのまま部屋の外へと逃げ出した。

このまま戦うのは分が悪いと判断したのだろう。

やがて、その場に再びの静寂が戻った頃、池田はその身を壁にもたれかけさせ、ふうと大きく息を吐いた。

「正直助かったぜ。今の俺はウイスキー一瓶開けた後、逆立ちでジェットコースターに乗ったみたいな状態だからな……」

「ウェ……ウエェェ……。ゲホゲホゲホッ……」

足下で倒れていたねね子が大の字のまま、苦しげに咳き込む。

池田はねね子に寄り添い、肩に手を添えた。

「大丈夫か？　ねね子。どうやらお前が俺を起こしてくれたようだな。何があったのかしらんが、随分世話になったようだ。礼を言う」

「い、池田ぁ……池田ぁ……。グス……ヒンッ、エグッ……」

ねね子は泣きじゃくりながら、その身を力なくだらりと床に預けた。

「おいおい、本当に大丈夫か？　ゆっくりお前を看病してやりたいところだが、そうもいかん。早いところここから逃れた方が良さそうな雰囲気だ。さあ、ねね子。準備しろ」

ねね子は苦しげに目を閉じる。

「ボ、ボクはもう駄目なんだ……。致命傷を負ってしまった……。い、一歩も動けない。もう……終わり……だ……」

「致命傷？　なんだ？　どこか怪我したのか？」

池田はねね子の身体を確認するが、顔色が悪い以外の異常は見られない。

ねね子は潤んだ瞳を開き、池田に弱々しく手を伸ばした。

「ア、アビーに腕の骨を折られた……。もうじきボクはこれが原因であの世に旅立つことになる。うう……し、死にたくないぃ……。池田、ボクの手を握ってくれぇ……」

池田は呆れたように呟く。

「腕の骨が折れたぐらいで人間が死ぬなら、今頃、世界人口は三分の二くらいになってるだろうぜ。折られたのは右腕か？　どれ……」

池田はねね子の腕の状態を確認した後、その腕を勢いよく突き上げた。

再びグキリという鈍い音が響き、ねね子は身をよじり、絶叫する。

「アッ！　アギイイイイィッッ!!　ま、また腕折られたぁッ！　お、おま……う、裏切ったなぁッ！　池田ぁッ！　オエッ……オエエエッ……！」

「何が裏切っただ、馬鹿め。腕は折れてなかったぞ。肩の関節を外されていただけだ。今、入れ直してやったからもう動かせるはずだ」

それまで七転八倒していたねね子はその言葉を聞いて、ピタリと動きを止めた。むくりと身体を起こし、恐る恐る腕を上げる。

「あ……うう……。あ、ほ、ほんとだ腕動く……。う、腕あんまり痛くない。よ、良かった……死なずにすんだ。い、池田は命の恩人だ……」

「裏切り者だの命の恩人だの、色々と忙しいことだな。まあ、動けるようになったのなら、上出来だ。すぐにこの場から去る……と言いたいところだが、こういった状況だからこそ現在の情報を整理した方がいい。ねね子、今までの状況説明を頼む」

「あ、うう……えーと……」

ねね子は今までの出来事を語り始める。

「なるほど……随分と危ない目にあわせちまったようだな。奴らが追っている殺人犯、謎のコード、気にかかる点は色々とあるが、今の状況下だとその化け物のことが間近の危機なようだな。そういえば確か、俺もレイモンド卿の部屋に向かうエレベーターの中でそいつを見たような記憶があるが……」

「だ、だとするとアキラ達がちょっと心配かも、そいつにやられてないといいんだけど……」

「確かに心配だな。今、上の階にいる客は六人……。例の報告書の通りなら、その化け物は軍事用に開発された兵器レベルの戦闘能力を有しているはずだ。正直、上の連中が相手にするにはキツいだろう」

ねね子はギョッと目を見開く。

「……は、はあ？　い、池田、まだ寝ぼけてるのか？　大丈夫か？　ほんと」

「……なんだ？　別におかしなことは言ってないと思うが……？　どういう意味だ？」

「だ、だって上の階にいる客は五人だぞ？　一体、誰を余分に数えたんだ？　し、心配になってくるんだが……」

サッと池田の顔に緊張が走る。

「なんだと？　まさか俺が寝ている間にまた誰かが殺されたってことか？」

ねね子はブンブンと首を振る。

「い、いや、客の中で殺されたのはトマスだけだけど。それを除くと残りは五人だろ？　た、頼むからしっかりしてくれぇ……」

池田は怪訝な表情のまま、招待客を指折り数える。

「何言ってやがる、ジェイコブ、アキラ、ジゼル。リール、アウロラ、アレックス……。やっぱりどう数えても六人だろうが」

ねね子は再び目を見開き、唖然とした表情を浮べた。

「……？？？　い、いや……ちょっと待って。そのアウロラっての誰？」

「……？　アウロラ・ラヴィーリャ。金髪で背はそこまで高くなくて、年はお前と同じかそれよりも若いくらいで……ああそうだ。あの大きな青いリボンをしている……」

「こ、こ、怖いこというな！　そ、そんな女どこにもいないぞ！」

ねね子は怯えた表情を浮かべ、その場で足を踏み鳴らす。

池田は思わず息を飲んだ。

「アウロラがいないだと!?　まさか……？　おい、そいつは本当なのか？　あれが偽物の光景？　だとすると……俺が体験してきた世界はどこから現実でどこからが仮想のものだったんだ……？」

池田は過去の記憶をたどる。

そこには確かに彼女の存在があった。

だが、次第にそれらの光景に数々の綻びが生じる。

思えば、アウロラと初めに出会った時から違和感があった。

アウロラは何故あれほど寒そうな服装だったのか？

何故、池田はアウロラに本名を伝え、名刺まで手渡したのか？

そして、アウロラは他の誰とも会話をしていない。

それらはすべて、実際には存在しなかったのではないのか？

食事会場で皆が集まった時の違和感も今になればわかる。

会場には招待客の食事が用意されていた。
だが、レイモンド卿の食事がないのはおかしい。
主賓の食事がないなどあり得ない。
アウロラは、本来レイモンド卿が座る席にいたのだ。
初めから……そう、初めから一人多かったのだ。
その事実に気づいた池田は、ただ呆然とねね子に視線を向けた。
ねね子はビクッとその身を縮める。
「い、池田……」
ねね子はもうその池田の目を不安げに見返すだけで精一杯だった。

下巻につづく

シロナガス島への帰還 上

Return to Shironagasu Island
Hyogo Onimushi presents

2023年9月29日　初版発行

[著者プロフィール]
鬼虫兵庫（おにむし ひょうご）Hyogo Onimushi
島根県出身作家。
小説、イラスト、ゲームなどを製作。
代表作／ミステリーアドベンチャーゲーム『シロナガス島への帰還』

著 ——— 鬼虫兵庫
イラスト —— しろい
発行者 —— 山下直久
編集長 —— 藤田明子
担当 ——— 岡本真一
編集 ——— ホビー書籍編集部
装丁デザイン — arcoinc
発行 ——— 株式会社KADOKAWA
〒102-8177　東京都千代田区富士見2-13-3
電話：0570-002-301（ナビダイヤル）
印刷・製本 — 大日本印刷株式会社

[お問い合わせ]
https://www.kadokawa.co.jp/（「お問い合わせ」へお進みください）
※内容によっては、お答えできない場合があります。　※サポートは日本国内のみとさせていただきます。
※Japanese text only

ISBN 978-4-04-737517-8　C0093